幻想
三部曲

HUANXIANG
SANBUQU

刘历 著

百花洲文艺出版社
BAIHUAZHOU LITERATURE AND ART PRESS

图书在版编目（CIP）数据

幻想三部曲 / 刘历著. — 南昌：百花洲文艺出版社, 2020.1
ISBN 978-7-5500-3489-1

Ⅰ.①幻…　Ⅱ.①刘…　Ⅲ.①诗集—中国—当代　Ⅳ.①I227

中国版本图书馆CIP数据核字（2019）第271506号

幻想三部曲
HUANXIANG SANBUQU

刘 历 著

责任编辑　　游灵通
书籍设计　　彭 威
制　　作　　何 丹
出版发行　　百花洲文艺出版社
社　　址　　南昌市红谷滩世贸路898号博能中心一期A座20楼
邮　　编　　330038
经　　销　　全国新华书店
印　　刷　　北京虎彩文化传播有限公司
开　　本　　710mm×1000mm 1/16　印张 28.5
版　　次　　2020年5月第1版第1次印刷
字　　数　　310千字
书　　号　　ISBN 978-7-5500-3489-1
定　　价　　68.00元

赣版权登字　05-2019-390
邮购联系　0791-86895108
网　　址　http://www.bhzwy.com
图书若有印装错误，影响阅读，可向承印厂联系调换。

序／青春似歌 人生如梦

王瑞

现代社会在科学技术强力推动下的发展中，不断抛弃传统文化和传统的生活方式，也使人们抛弃了思想和意识包袱。与此同时，现代化大生产已经使得人类不知不觉地陷入灵魂匮乏和盲目消费的时代浪潮。置身其中，人类忽略了个人的性情和品质之美，可以说，是物质化生活方式淹没了人的品性，使人处于笼统而空泛的庸俗空间里。而《幻想三部曲》正是在这种具有历史性的时代里，以充满幻想的艺术形式着意刻画了人的性情之美，以艺术再造的方法、细腻的生活笔触深入人的心灵和灵性的世界，这样才能更加彰显人的品质、人的性情和人的生命意义之美。这个艰巨而又充满苦难的任务，在诗篇里却落在了主人公翠儿姑娘身上。而诗篇在这方面以夸张的幻想，假借了古老的巫术和平添了许多个人想象的生活画面，主人公不仅是她自己，而且已经成为一个象征性的人物。主人公身上透

1

露的美象征着人性之美，主人公经受的磨难象征着人生的各种悲伤和际遇。

《幻想三部曲》的主题围绕着主人公翠儿在雾岛的各种奇遇而展开，以极富幻想的、音乐主旋律的流线形式描写出人生的大起大落，表达了人生好像一场绝妙的美梦，世界好像一场春秋大梦。整部诗篇描写了一位乡村美少女的一系列奇遇，美少女成为一位尊贵的小姐，又变成一位人见人爱的俏娇娃。翠儿小姐美妙可人，动人心魄，人见人爱，甚至小姑娘也会情不自禁地迷恋上她。诗篇通过渲染主人公的美而刻画一个人的青春年华之美。当有男人爱上她而被拒绝之后，那个人就会在她面前消失；当她真心爱上一个人的时候，她本人却情不自禁地消失于世人面前，走进了幻想中神奇的世界里。她身上的美变成了一道奇幻的哑谜。青春年华的浪漫风情相对的是人生的艰辛磨难，在这一过程的转变中人的性情变成了艺术的衍生物，人的形象放射着令人难以置信的光芒。从此，社会上存在的人就变成了自然界的精灵，现实生活中的人都有着闪光的故事。在《幻想三部曲》中，人，特别是美少女更能体现出这样的气息，人的美与自然之美和艺术形象之美转变成为象征物，诗篇采取悲剧的写作风格完成了一部规模宏大的历史性喜剧。因为人在这部喜剧里，最终摆脱了各种现实关系和物质利益的枷锁，是人性在世界上的再次延伸。人生的得意莫过于爱情的快乐，人生的失意莫过于爱情的忧伤，所以爱情不仅能体现人生的意义，而且能体现人生的价值，爱情故事和人生之美紧密相连，如影随形。如果要在诗篇中塑造一种既贴近诗意又符合现实的人生，那么，人要面对其生命的世界、生存的空间和经历的时代。所以，作者将那个世界、那种空间和那个时代艺术化处理，使其成为生命意义上的哲理，她的艺术形象才真正得到了升华。

作者刘历，安徽省界首市人。在创作《幻想三部曲》之前，已出版一部哲学著作《世界原理》。这两部作品均是作者潜心构思了二十年乃至三十年思想的产物，这就给《幻想三部曲》披上了哲理的外衣，使作者在描绘艺术人物的时候平添了富于哲理的人生意义和社会空间。长诗着意讽刺了现代科学对于自然界和人类社会的大肆掠夺。

所谓的现代诗风格在诗篇中，也在现代人的生活方式和社会背景里流露出来，人性在其中展露无遗，美丑与真假、贫富与善恶在诗章里洋洋洒洒，作者快人快语，直接而无悬念。《幻想三部曲》抒发幻想，人与世界、人生与社会水乳交融，好像一则现代神话在时空中诞生。

（作者系安徽省阜阳市作家协会副主席，界首市作家协会主席）

目录
MULU

献　辞

我们既可以说上帝是永恒的，世界是流动的
也可以说世界是永恒的，上帝是流动的
我们既可以说世界内在于上帝
也可以说上帝内在于世界
…………

——A.N.怀特海《过程与实在》

歌唱吧，太白金星
因着这颗自作妩媚的心灵
是它的想象力判处我踏上这趟旅程
把一个现实上的世界，比作那金玉良缘的天庭
歌唱吧，女神缪斯
天上地下，每一件无可比拟的美妙形态
都使用化身，前来驱动这驾金光闪闪的马车
尽情渲染它，踏过现代社会的门槛

现代社会，这棵更加苍劲的大树
每一个有灵有性的生灵路过这里

每个人的身上生长着，那渴求阳光的动感的绿叶

每一个思想，尽可能展示它的意识形态

每一种科学，竭尽全力发现一切

每一片梦想，欲最大可能地包容一切

绿叶之上的绿叶，个人之上的人流，有如河流

尼罗河啊必然又要泛滥，以与自然的节律合拍

打开诗性的心灵，直觉就会诞生

在诗人面前，有一个鲜活的自然

供他遥望，供他模仿，并在那里入梦

仿佛，有一张消失的面孔把诗人想象

有一张未来的面孔，唤起了他的灵性

有如一座梦幻般的神奇殿堂

自我与我，在那里飘忽，朦朦胧胧

我是伴随艺术之光太白金星一起行走的人

为了使用简洁生动的语言描写，这些

超越现实的人类境况，诗人必须为自己

打造一顶神采奕奕的冠冕，那将不是

桂冠和荆冠，亦不是色彩斑斓的金冠

它是用坚利凿刀在岩石上雕凿而成

从那亘古不衰的时光里探求神性

在颓废的精神和荒诞的时代里追求艺术

我是伴随艺术之神缪斯一起行走的人

哦，我的诗歌，我的读者，我的诗人

请在这社会自然里，共同感召于神灵的启示

心灵的秘密早已被他发现

他已将宇宙打造为一个显性的世界

在那里，人，永远不会迷途

在那里，你，无数个婉约的自我不停地出现

在那里，爱，同生命自成一体

爱吧！直到消逝，你将宣布胜利

爱吧！我也曾经是乌鲁克国王

将《吉尔伽美什史诗》作为自我的神谕

我的双手，曾经是我的战袍、我的武器

我的目光，曾经发现了那永恒不朽的伴侣

可是如今，我必须消失

用坚定不移的自我，向神明献祭

只有作为牲人，才能获得神赋予的一切

那牲人沉重的脚步，可以踏破无数道门槛

哦！缪斯

在这里，你也将被迷惑

真理不是每个人想要的永恒秩序

你怎么敢令这个时代，消失

于你的脚下？虽然你光彩照人

艳丽无比。然而，事实却是

每一个现实存在的人，早已胜过女神，他们

从网络空间、生命空间、科学空间里四处散布消息

哦，真实！哦，幻想！哦，神

我们，终将成为美的读者

每一个人，无能再塑一个可照千古的女神

人早已被他俘获，虽然战战兢兢

但却跃跃欲试，拂拭迷津

读者请看，这篇诗刚一动笔

我，必然消失于无形，消失于大千世界

从三千大千世界里忙于打捞自我的原型

幻想第一部

少女幻想曲

幽深夜里，独坐于秘密的书斋

黄铜三脚架之上

幽暗的火苗微微闪烁

难以置信的预言诞生了

——诺查丹玛斯《诸世纪》

第一篇
□ ——— 我的旅行

正当我领略无限风光的人生

却接到一个令人难堪的使命

有如苦难降临，我的命运

变得艰辛。这任务很可笑也很可耻

我的大当家，大老板

早已是世界知名财团的巨头

集团之内，唯有他一人

是孤独的大鳄，是一位

个性孤僻、冷漠、任性而又坚定的家伙

他执掌着十大上市公司中股份的绝大份额

那些实体公司，几乎遍及社会的各个领域

采掘冶炼，风险勘探，金融与信息，等等

而每一个公司，都曾是他一手打造

老板有着秘密的资金供应渠道

源源不断，可为所欲为

其中的缘由，也许

在他人之中只有我一个人知晓

谁叫我是一个，鼎鼎有名的律师

在这个国际法通行的年代，无论

获取财产，还是将财富公之于世

只有依靠法律的保障

才能做到

无忧无虑的、贪婪任性的

老爷子，每日酒醉三次，嗜酒如命

偶尔拉拢一些知名人士，高谈阔论

偶尔，驾驶游艇去海上垂钓、折腾

中午时分，大多会在高尔夫球场里小憩片刻

这位，不服老的老爷子

忽然一场莫名其妙的大病降临

才让他反思到：对于自己的生命

这不仅仅是一场病，也将是一次

痛苦的抉择。生命怎么办

财团怎么办？事业怎么办

谁叫他一生曲高和寡，身边少有亲人

知心的友谊是靠不住的，早已被他驱离

而关于，血缘里的亲人——

这件事，正是我领受的任务

老爷子，一位分散了四十年的女儿

老爷子只记得，那位可爱、温顺的女儿

名叫翠儿，在那座叫作什么乳房山下

走失。这么广大的地区，这么漫长的岁月

我必须执行任务，唉，我必须找到女儿

否则，我小命休矣。谁都知道
老爷子手段毒辣、怪异，不仅是他本人
还有他手下的众多打手
虎视眈眈，对于金钱和赏赐
他们视财如命，将视死如归

从雾岛出发，已经三个多月
好在，春天的时光容易让人将烦恼忘却
乳房山啊，无人知晓的乳房山
也许，仅仅是一座无名的山丘
也许深藏在险壑的群山中
我必须做出艰难选择的姿态
日日漫游，逢人打探消息
我也可以在永无尽头的漫游中
耗尽，那老爷子的最后一点生命
可是，我的一切也将随着他生命的消失
而消失，因为我也是那财团中的一分子
不得已而对老板唯命是从
现在，那位翠儿小姐
将成为我的生命、我的荣誉
我要么获得悲哀，要么获得光荣

奥妙的、神奇的大自然
终于向我敞开胸怀
古老的村镇，神奇的丛林
清澈的溪流环绕着一座座山丘

每一座山，每一条河，每一条路

仿佛都有神灵，仅仅是

一片野花的清香就可以将它们联系在一起

我这个法学院的才子，也仅仅是一个书痴

这乡村的美景，尽情满足心灵的渴望吧

世界向我广延她的触角

把美唤作爱的代价

我购买一些画板和画笔

傍晚时分，坐在动画似的山岩之上

展开梦想的心灵，尽情描绘几笔

二月二的龙抬头

三月三的歌墟节

哈萨克族的"姑娘追"

青海湖畔的"花儿"

这些妙趣横生的民间风俗、故事

我想要它们展现在眼前，变成现实

我看见，一群迷人的身着短裙的苗家姑娘

头上缀以大大的闪亮的银饰

我叫住她们："美女们

你们要去哪里？"

"这里没有美女！"她们一边回答

一边向着一条小河奔去

那轻盈的风采真让人着迷

那边，在几棵古老的茶树旁边

有一座小小的庙宇

我的任务仅仅是，把它们公之于世

当老板成了真正的大鳄

他没有铲除我这个异己，他

欣赏我的学识。现在

给我下达这个无法完成的任务

他已经别无选择，因为

那生命危在旦夕，这样，我自然

成为他的心腹，只是

我必须真诚地完成任务

这漫长的旅途，仿佛才真正开始

我也必须，时常同伊南娜小姐保持联系

那位办事果决的女人

是老板真正信赖的人，她

敢作敢为，对老板忠心不二

能够想到老板所想的，她

不是在公司里，而是在老板身边

打理很多重要的事务。就性情而言

她更像是老板的女儿

这种时候，我只有向伊南娜小姐

诉苦，只要我们两个达成默契

老板的未竟事业，定会十分顺利

当然，在这种特殊的伦理关系里

只有亲情，不存在政治和法律

我翻山越岭，走过广大的地区

这项任务是纯粹的，不能
向任何人暴露秘密，谁知道
在人世间的众多女人中，哪一位
是真正的翠儿，搞不好
我自己也会朝不保夕
乳房山、翠儿、十六岁
这些信息就是真正的秘密
时过境迁，那些其他的信息
早已发生了变异
哈希码老板，他也仅仅是
因为战争，从北方避难而来
他的女儿在异乡走失，这件事
本身就不存在多少确切的印迹

好吧，我祈求主的保佑
也许祈求菩萨保佑更为可取
大慈大悲的菩萨，总是
在人极其危难的关头伸手相救
喜马拉雅山啊，仿佛异常遥远
又仿佛近在咫尺
脚步，就是我的信念
清晨，我从旅店早早起身
听说，在此地附近的山上
有一位灵通的占卜道士，很能够
排解他人的忧愁，对于有真诚愿心的人
他愿意倾力相助

旅馆的店老板愿意为我带路

我们必须在天亮之前赶到道观

带上探照灯，穿上运动鞋

这条路老板熟悉，可是

在黑夜里赶路，什么事都必须做好防备

崎岖的山路，雾蒙蒙的天气

我们匆匆前行，一句话不说

多一句话都不能说，因为

保持一颗单纯的、求愿的心

是占卜能否灵验的根本

如果有人胡扯闲聊，或者

在路上遇到怪异的、不吉利的东西

那最好立即返身而归，如若

继续前往，那你是想占得真情

还是想求得一场空虚

山顶上树木葱茏，难以看清的山路

弯弯曲曲地掩映其中。真诚的心愿

也同样地笼罩着迷雾

看不见哪里是道观，哪里是山顶

旅店的老板，是一位诚恳的农民

他突然止住脚步，只是一转身

轻轻地敲击，一扇古铜色的大门

轻轻地，再敲击两下

我听见了一头大象踱步的声音

然后，有一双古铜色的手

为我们打开这扇古铜色的门

不用说一句话，他都知晓我们的来意

而后，又说："两位请这边坐

请问贵客，是想求问家事

还是想求问某些社会上令人苦闷的事

谁求问就是谁，不可为他人代求

还必须报出你的生辰

还必须报出你的意愿

一五一十，不得有所遗漏。"

"好的，大师！"我回答道

"是我本人向你求问

我心想，怎么样才能说出真相

而没有隐瞒的成分

原来，我有一位大姐，名叫翠儿

四十年前，她从乳房山下走失

那时代战事频仍

那一年，她只有十六岁

我从遥远的雾岛前来，寻觅她已有数月

请问大师，无论希望多么渺茫

我会有多少希望或者机遇，达成所愿？"

大师说道："先生，你的事儿蹊跷

希望，我不敢说，我只能

顺理说事儿。请报出你的生辰。"

"出生年月我自己知道，可是

我的母亲并不曾告诉我具体的时辰。"

好半天都没有找到，很累

采不到草药我也不想回去

天黑下来，路不好走，就在这里入睡。"

"哦，原来如此！"

我叹息不止，又说道：

"野百合，现在应该刚刚开放

十分稀少。我帮你吧

我可以帮你买到其他的药物。"

小姑娘走到我的身边

有一种依恋的感觉

我就用许多话安慰她，因为

这些事情我本来就可以办到

亲切的话语，越来越投机

其时，热烈的太阳已经升到树梢

我感到自己的任务繁重，前途渺茫

不自觉地说道："我只是想去乳房山

将一位离散很久的大姐找到。"

"乳房山，是乳房山吗？"

姑娘神色俏丽，这样问我

"是啊，我就是要去那里！"

"你向西边张望，看看，那是什么？"

我顺着她手指的方向，向西遥望

那里，山下只有一片平川

有几座村庄，偶尔有树丛婆娑

我想，那里一定有什么可看的东西

我取出望远镜，调试好焦距
忽然，在那西方很远的地方
我发现，一望无际的平川之上
赫然出现一对温情脉脉的乳房
在艳阳的辉映下，那动人的线条
挺拔高耸的姿态，艳丽异常
仿佛有女神在那里躺卧
把天穹当她的茅庐
使得原野之上，生机勃勃
"哦，美啊！真是壮美！"
我不禁喊道，我情绪激昂
身边的这位姑娘，转眼成了
迷人的、完美的少女

因此，我决心前往探望卧床的病妇
奉献爱心，将会得到好的报答
跟随着，这位双目流淌泉水的少女
进入山村，走向一座古旧的木楼
只见一扇灰暗的房门，半掩着
屋内，传出来一声声苦闷的喘息
听见有位农妇叫道："翠翠
翠翠，你回来了，回来了吗？"
"我回来了，妈妈！
妈妈，那野百合，我没有采到
可是，我遇见了这位大哥，他答应
可以帮忙买到更多的草药。"

这母女相依为命，我也一阵心酸

想到我的母亲，我们母子

不也是相依为生

那农妇气喘吁吁，说道："翠翠

你，今年十六岁了，我今夜

突发高烧，可能，不久于人世

我，为你担心，受怕。"

当我听到这样的话语

一个奇怪的念头，猛然间

从我心灵深处闪过

"翠翠，翠儿"，"十六岁，十六岁"

这难道是天意，巧合

"乳房山，乳房山"

"不久于人世的农妇，生命垂危的老爷子"

我终于向自己叹息，老爷子啊

不是我存心欺骗你，而是

你的生命将蒙上你的眼睛

难道，大师的灵签就这样

应验？难道，难道

哦！乳房山就在不远

我一定会再去探听消息

我走到病床前，唤她："不要怕，阿姨

你的病，我会尽量负责

我有钱，你们母女我深感怜惜。"

那农妇很是惊愕，不理解

我的意思，以怀疑的眼光

看着女儿，说："翠翠，我这病

折磨我数十年，不可能治好，自从

你阿爸，在你十岁那年，在山上

出了意外，我的病年年加重

而我，毫无办法，也只能把你

一个好孩子，许配给，你舅舅的儿子

你的表哥，他家里富裕

你将来，也会有依靠。"

那农妇昏昏沉沉，好像是

胡言乱语，她的表哥

这种娃娃亲，这个年代怎么可能当真

我只有，为她请来大夫

认真检查，用药，花多少钱都没问题

可是，时间还不到中午

她家的一群亲属

嚷嚷不停地，赶到病床前

姑妈这次病倒，甚至

有生命之虞，那表兄家来人

仅只是探望，并不想花费太多

他们更关心的是翠翠

有这位美丽的，从小许配的姑娘

谁舍得不要

翠翠的舅妈一阵忙乎

在病床前说出许多好听的话
从她眼神里可以看出
她真正关切的还是翠翠
恨不得找机会，将她接走

第二篇
□———民族艺术狂欢节

可爱的姑娘，美丽的少女

燃起我生活的希冀

充满忧伤的古老山村

仿佛被施加了魔法似的山村

枯树和古井，都充满了记忆

歪斜的木楼，扭曲的大树

一片竹林里，隐藏着精灵似的鸟儿

那些鸟儿半睡着，在黎明时分

呼唤着每一个人的名字

而那些，已逝的老人的名字

它们叫得更凶。它们

也为孩子们隐藏心中的秘密

我在村口的一家小酒馆里

昏沉入睡。昨晚

翠翠送来两碗甜酒，那酒色

紫红，酒味儿酸甜浓郁

喝起来像啤酒一样清淡

我大口啜饮，不一会喝完

一时，激起了心中的联翩浮想

可是不久，酒劲冲头

这仿佛迷魂药一样的甜酒

后劲十足，一阵眩晕

当那些精灵呼唤到我的名字

我好像失去了意识，却有感觉

感到自己睡在一张长长的竹片连椅上

身上覆盖一件粗布被单

这是什么地方？我怎么在这里

想坐起来，但仍想继续入睡

空中飘浮着一阵蘑菇的香味

哈希码老板，伊南娜小姐

翠儿，翠翠，慢慢地

我恢复意识，在这寂寞的乡村

继续入睡吧，乳房山那里

绝不会出现什么奇迹

渐渐地，村里一片骚动

骚动越来越大，发出一阵喧哗

有些人说什么，狂欢节、艺术节

如果有节日，如果有艺术演出

那样更好，我可以趁机打探消息

店老板走过来

说："先生，你可要去艺术节

听说那里，就在神乳峰下

有盛大的艺术狂欢节将要举行
那是艺术的大节，更是
民族艺术的狂欢节，在我有生之年
这将是一场最难得一看的盛会。"
"哦，好啊！"
我猛然起身，想起乳房山
原来叫作神乳峰
难怪没有多少人知道
我说："好啊，好啊老板
这样的盛会，我一定会去。"

不知道从哪里传来的消息
不胫而走，孩子们三五成群
结成朋伴，沿着蜿蜒的小路
一路向西。店老板
随即送来一些绿豆粥和薄饼
作为早餐，我大口吞咽
只因昨晚我被米酒冲晕了头
没有食用晚餐
餐后，我俩一起出门
仿佛受到了召唤，跟随孩子们的队伍
然而，我必须与翠翠打个招呼
告诉她我们的去处，到那里
也许有其他的事发生，也许几日后才能返回
我送她一只备用的手机
作为通信工具，必要时联系

告诉她使用手机转账的一系列事宜

安心照看母亲，花钱不是问题

她又欣喜又难为情的样子

不知道答复什么样的话语

其时，店老板即刻说道

"小翠，你今天遇到贵人

这位兄弟，可是相貌不凡

谈吐文雅又知情达理

小翠，是你家的贵人，也是

咱们村的贵客。小翠

只因为你母亲病重，你辍学在家

你的成绩优良，理想也难以实现

这荒僻的山村，怎留得下你

你是我们村的凤雏，好像是

阿诗玛再世，十里八村的谁人不知

你聪慧伶俐，今天

有贵人相助，来日定有前途。"

那小翠姑娘抿嘴舒眉

双颊灿烂，微微地

好像在用心说话，展开了笑颜

说道："谈理想就像做梦一样

同学们和老师替我着急

苦苦相盼，母亲病重，万一

有个三长两短，我的生命

也同样失去了意义。哦

今天有先生相助，日后定会奉还。"

"奉还吗，小翠？

不要讲奉还，有贵人相助

从来不讲价钱，不要讲奉还。"

店老板说着话，带我向前

在山路上转了两个大圈

一片开阔的原野，丛林稀疏

水田相连，低垂着的阳光

挥洒着，像一阵梨花雨那样热情

缓缓飞落而下，一片一片

店老板边走边说

"我叫阿水，朋友

我不知道叫你兄弟，还是应该称呼你老板

我从来没有遇见过大人物，可是

你却非同一般，你来这穷乡僻壤

有何贵干，都不是我应该问的事儿

我们家乡方圆百里

虽说民风淳朴，却只有神乳峰

能迎来外地的旅客，有时候

他们流连几日，不舍得离去。"

"阿水老板，我此行

就是要去神乳峰，寻找

我的一位姐姐，在四十年前

她从那里走失，那时正值战乱年代

你可曾听说，曾有一位

从北方来的女子，走失之后流落某个乡间

到了今天，她应该人过中年。"

　"这种事儿，我从未听说

何况，战乱年代我尚未出生

只能听前辈人讲述的故事。"

对于阿水来说，这事儿他一点也不感兴趣

他只感兴趣于盛大的艺术狂欢节

将要举行什么活动，或者

由什么人组织。这却是一个大问题

路上每一个前往的人，都不自觉地这样思忖

人流越来越密集，远远望去

山路上，小河边，杂草丛生的小径里

一簇簇的人流向大道上汇集

而那大道上面车流不断

早有外地的游客驱车而至，拥挤在路上

其中夹杂着一辆辆大篷车、彩车

好像是马戏团的摆设

他们正在寻找合适的地方，驻扎下来

身着迷彩服的治安队，他们

骑着越野摩托车，在周围五座山之间

来回巡逻，四处奔波

他们绝不是骑着扫帚的女巫

而是一队队训练有素的民兵

这不是梦幻之乡，亦非魔术之镜

言辞无法描述现实的情景

想象无法再现真实的场景

神乳峰刚好在中心的位置
两座绮丽的山岗，以端庄的姿态
静卧其中

世间的美胜于一切联想
当失真的事物充斥于字里行间
人在那里将找不到心灵的归宿
而在眼前，神乳峰哦
那瑰丽的母性气质
流动的阳光向她低语
在两座山岗之间，搭起一排
蓝色的遮阳棚，有数十位老者
他们，就是狂欢节的主持人
说来十分可笑，这些
略显斯文，却两袖清风的老人
怎么有能力主持这样的盛会
虽然他们经验丰富，历尽沧桑
虽然他们，更懂得民间艺术
而这种盛会需要庞大的开销
可是他们，面带笑容
对眼前的一切，很有把握
他们面前一张巨大的布告
已经说明了问题

他们曾经从华山博士那里
获得了一笔庞大的资金

当时，很多地方官，包括警察

都对此垂涎三尺，十分觊觎

这笔资产难道属于政府吗

那博士在遗言中分明表示

他用个人所有的资产，完全

向地方人民弥补他所有的遗憾和惭愧

那张纸却是完全合法的证据

老人们，在周边数十里之内

召集贤能，谋划策略

最终决定，除了留下修桥补路的资金

其他所有，全部

投入到这场盛会

盛会将弘扬民族的文化精神

把各民族即将被遗忘的艺术

再现于世，历久弥新

于是，他们以四处散发布告的形式

加大宣传力度，欢迎各民族

各文化事业团体，包括艺术家个人

前来献艺，其间所有的经费全包

另外包括住宿、食物、车辆损耗

另外包括，在白天前来观赏的人们

全部的食品供应。邀请

各地的美食，前来设摊

所有食材，全部由长老会供应

长老会预备的食材包括

九百九十九头牛

九百九十九只羊

九百九十九头猪

九千九百九十九只鸡

另外供应九车面粉

九车大米，九吨鱼

九车蔬菜，九车果品

这些，所有能用"九"表示的物品

都表达某种象征意义

可是，以这种独特的形式

不难发现，这群老头的愚笨

他们，想着在自己进入棺材之前

把所有可能表达的心情表达一番

哦，所有的观众都是幸运儿

老人、小孩都出动，人间一片欢腾

而且，所选场地如此广大

在周围五座山之间，选址

可以自由决定。哪里空旷

就去哪里，踩踏事件绝不可能发生

艺术团体，包括艺术家个人

可在二十四小时内昼夜献艺

只要有人前去观赏

可以充分炫耀艺术的魅力

当然，那些空洞的艺术形式

将在这里被观众抛弃

这次盛大空前的狂欢会

前后举行七日。由此可见
那位博士先生庞大资产的实力

神乳峰下，一群
身着奇服艳装的女子
她们，发髻上插着明亮的银饰
脖子上，戴几个银项圈
排列整齐，俨然是
一队奇异的林中仙女
那一个个林泽女神，悄然站立
所有的眼睛，都是一个人的眼神
所有的嘴唇，都是同一个口吻
忽然，它们微微颤动
如同蝉之翼，发出了共鸣
如同微风，自然地，吹过芦笛
在一排不同的口唇之间
让不同的音响，以同一种音韵流溢
哦，这就是侗族大歌
如同泉水流过琴弦
展现具有特色的多声部音韵之美
无指挥，无伴奏
任由口唇发出天籁之音
年轻人，都向这边拥挤
而那些脚步沉重的老年人
在别的地方，观看斗鸡
突然，这些年轻人

像一阵风似的，向南边跑去

那边，在一片杂草丛生的地方

正在上演牛王争霸大赛

只见，一头体壮的黑牛向草地中央奔去

草地中央，有一头王者神牛

傲然屹立，直视来者

稍微低头，放松肩膀

摆出格斗的架势

待那头发疯似的黑牛冲来

它不慌不忙，待到最后一刻

猛然间，直直地冲撞而去

那头黑牛，被撞后头稍微一偏

牛角仿佛松动，浑身一阵颤抖

随后，它应声倒地

有几个壮汉，身穿黑衣

腰系长长的布袋，立刻上来

将神牛隔离，带走黑牛

随后，人群中有一扇竹门打开

又一头玄紫色的壮牛

撒野一般，奔向草地

就这样，神牛一连战胜三头

撒野的壮牛，而它自己

肩上的肌肉不停地颤抖

不知从哪儿流出的鲜血

如同浑圆的泪珠，挂在鼻翼

这时候，牛的主人上来

将神牛带出现场

在一旁，用清水和鸡蛋用心养护

而栏杆后面，仍有几头壮牛

哞哞直叫，用牛蹄扒地

发泄不满的情绪

观众，也都在四下里叫喊

吹口哨，放鞭炮

期待着，神牛下一场的战斗

忽然，又一群年轻人

像一阵风一样，向西边跑去

大约有七八百米远的地方

那里，有一片整洁的草地

被特制的竹栅栏严实隔开

像篮球场那么大的地方

整整地，隔开一圈

只见，一头目中无人的野牛

在栅栏里闲逛

坚利的两只牛角，直指向前

这是来自非洲的野牛

天生目空一切，那非洲的原野

寂寞辽阔，有如炼狱的世界

由于它目空一切，在这狭小的栅栏内

那野性无法显露出来

所以，它显得温驯，甚至

有些斯文，对于四周的竹栏

它有一种麻木的感觉

那野牛在草地上走来走去

一会儿站立，一会儿嗅嗅草地

一种无可奈何的姿态

像在期待，某种未然的事物

而栅栏外面的人群

像牛儿那样，都在期待

某种未然的事物出现

牛和人，共同猜测

斗牛士在哪里

如果缺少斗牛士，那么

野牛和人群，必然陷入

互相观赏的状态

其时，跳荡不已的

激烈的时间，已进入黄昏

远处的餐车上飘来一阵阵香味

有咖喱香，胡椒香，川辣子味

榴梿香，还有孜然冒出羊肉的香味

一辆辆特制的餐车

用平板货车改造，上面装上顶棚

餐车在大路上来回慢行

把可口的、美味的食品

向每一个前来观赏的人供应

其时，我遇到这个千载难逢的机会

向许多长者，打听消息

他们认真回答我

有人说，我的父亲就死于那场战争

有人说，他看见有女人抱着孩子跳崖

还有人说，神乳峰下曾有几年空无一人

这种令人失望的对答方式

一直在持续，因为他们

根本想不到从何处说起

在战争年代，一个小姑娘走失

那肯定将杳无音信

我必须，对每一位老人的访问

做好笔记，拍照、录音

否则，我将没有交代的口实

这时候，我收到翠翠发来的消息

她说，要在野人渡河边参加一个仪式

我们两个一起向野人渡河边赶去

野人渡河，要举行什么仪式

难道，这热烈的狂欢节

把一个涉世未深的姑娘从家里吸引而来

其时，河边已经聚首着一群少女

她们的形象已经发生了怪异的变化

不是穿着原来的衣服

而是身着草裙，每个人的胸部

都用一个野草编织的花环围起

她们，被打扮成了原始人类

这要上演哪一出戏剧

当我们赶到，只见一位健硕的女人

从河里，一条舟楫里走上岸边

双目炯炯有神，那双手

仿佛是杀人的利器，只要那

手指一动，草木都会战栗

这位叫人迷茫的女子，勾引着人的精神

只想向她走去，当她

刚一上岸，立即挥手示意

让其他的所有闲杂人员，全部撤离

其他的，所有的人必须走

这位神秘的女性，她

就是恩库拉

她将要给少女们举行成人礼

当那一天，在灵鹫山下

她灭火之后，稍坐片刻

欲要迅速离开，可是

天已大亮，早早有一群人

将她挽留，问天问地

后来有人想到，这位女法师

从非洲而来，掌握了许多人间的仪式

人们挽留她，要给本地的少男少女们

做一场成人仪式。因为时代的变化

本地区已经有很多年没有举行过这种仪式

而且，这位女法师非同一般

她掌管的仪式，一定会

对少男少女们有益

恩库拉见僵持不下，只得说

若是做成人礼，必须依照礼法办事

男孩子必须进行割礼

那是本地区的风俗不可接受的事实

而女孩子，可以举行象征性的仪式

因为女孩子脆弱多情

心灵灵动，易于感受新奇的事物

只要，一个真切的象征

一场仪式表达，就可以进入她们的心灵

人们满心欢喜，随即

召唤各村各寨适龄的少女

凡是年龄在十四岁到十六岁之间的

召集她们，在狂欢节之际

在清澈见底的野人渡河边举行仪式

其时，恩库拉召唤少女们

从舟楫上取来，一些

必要的材料，都是一些就地取来的东西

有柳枝、艾草、青竹、花朵

还有一面古旧的牛皮手鼓

女法师一阵忙碌

将青竹插在小路两边，上面缀以

各种材料，将一对铜铃

紧系在两边青竹之上

然后召唤这群身着草裙的姑娘

从这象征的门廊里走过

要轻轻地，踏步而过

不得碰触，那铜铃

当少女们踏步而过，女法师

在一旁默念着祷词

然后，命她们去河中沐浴

姑娘们，一阵犹豫

女法师催促她们

说，只要双脚踏进水中即可

然后召唤她们到对岸去

姑娘们，依次向对岸涉去

而河水，也仅仅没到臀部

到了对岸，她们围坐一团

女法师，围绕她们走了一圈

要求她们闭上眼睛，认真地

听女法师的祷词，然后默念

姑娘们，哪里理解祷词的意义

仅仅是，咕噜几句而已

不知过了多久，当她们睁开眼睛

哪里还有女法师的踪影

她已经，趁着天色黢黑

悄然离去，她简单地

为少女们举办一场成人礼

就设法离开此地，去到那

魔法的舞台，任性的世界

无论是沧桑人世，还是

险恶怪异的地方，她都要勇于拼闯

她要在现实中发现奥秘

为奥秘打开通道

姑娘们一阵骚乱

纷纷涉水过河，到了对岸

换上自己原有的服饰，她们

根据自己的意愿，三五成群结合在一起

像一阵香风，向着神乳峰方向奔去

在那里，在神乳峰周边地区

已经高高地竖立起，九十九盏

探照灯，为了

让艺术节彻夜举行

其时，在山下的一片丛林附近

有一群打扮鲜亮的阿细小伙子

急切地吹着竹笛，弹奏大三弦

热烈欢快地蹦来跳去，然后不久

从树林中走出一队女郎，原来

她们在林中梳妆打扮，穿上

古老的民族衣裳，黑色的坎肩

鲜红的花腰带，头戴着绣织精美的布帽

姑娘们拍响清脆的掌声跳出丛林

在草地上整齐地混入男方的队伍

跳起了欢快的嘎斯比舞蹈

曲调和着舞步，弦声扣着心声

间或爆发"哦、哦"的吼声

粗犷奔放而又热烈

令举行完仪式的少女们心动

就在左边不远的地方

出现一队着长袖衫的男女

他们手拉手围成一圈

由一位高个子舞者领头

迈着整齐划一的舞步

跳起了严肃而雄壮的锅庄舞

少女们继续前行

欲用她们好奇的眼睛，把一切

令人惊叹的古老艺术览尽无余

然而，却有人提醒她们

说，已经有来自缅甸的猎头族混入人群

要求人们，行走时必须结伴，三五成群

每一根灯柱子上都贴有警示的布告

关于什么是猎头族

少女们从来都没有听说过

其时，将会有一个令人恐怖的事件

悄悄向翠翠逼近，那就是

她表哥石头自己知道的，关于

他们两人已经被双方家长订婚的大事

当翠翠妈妈感觉自己将不久于人世

她向外界透露了这个消息

而且，石头的父母已经与她商量妥当

只要他俩能够成婚，将万事大吉

请求病痛中人，一百个放心

石头表哥，是一个鲁莽的小伙子

他，围绕着神乳峰到处乱窜

欲把表妹翠翠寻找

小伙子心中激情无限

心想，自己哪辈子摊上了这种好事

那翠翠，可是人见人爱的好姑娘

他自幼欺负她，只要见面

就会找一个挑衅她的借口

这边翠翠她们，正结伴

朝着人群密集的地方行走

那位石头，正怀着追寻的念头

正巧看见翠翠，就一把把她抓住

说道："翠翠，你在这里

表妹，我担心你，已经找你好久！"

翠翠说："你自己玩去吧，石头

去哪里都好。我们

女孩子在一起很开心。"

石头没有放手，而是抓得更紧

其他的少女见此情景，一哄而散

她们羞于谈论表哥表妹之间的事情

石头拉住翠翠的手，说

"我俩去那边说话

这两天，我的心情激动，有时候
控制不住自己，想找你谈心。"
他拉着翠翠的手就往丛林方向走去
惊心不已的翠翠不知道做什么反应
眼前这个石头表哥，订婚
母亲的许配，母亲的病痛
这些乱糟糟的事情，仿佛
无情的雾水袭来，她一筹莫展

当他们进入树林深处
灯光变得暗淡，人声稀落
而一轮初夏的新月，弯弯的
仿佛无精打采，翠翠欲摆脱石头的手
然而石头一直往前走
仿佛是一头莽撞的公牛，他俩
向着无人的山上走去
他任性地说话
"翠翠，你得相信我
可能吧，我对你早有思慕
从小就对你爱恋不舍
一听到我俩的婚事
我心潮澎湃，我发誓重新做人。"
"石头，你只是我的表哥
那许配的事，我也是才听说
父母们，那些老不死的
他们随便说话，我不会当真。"

"翠翠，你已经参加了成人仪式

已经成年，必须尊重事实

社会上的规矩，不仅是生活的习俗

也是社会上的传统和法律

没有人能脱离社会关系

除非你远走高飞。可是现在

既然我俩已经订婚，我

决不允许你离开家乡，现在的我

有这份权利，也有责任。"

"哦！表哥，石头

你不可以贪求，过分地贪求

想想你为人处世，在学校里

你常常对我寻衅滋事，常常

弄得我在同学之间难堪

我觉得，你是表哥

每件事让你三分，从来不向

老师和家长诉苦，你石头

也是一个大滑头，说你是一位

花花公子，你却不配

你家虽然发点小财，要我看

也仅仅是羊头上戴着牛头面具。"

石头一阵心烦，欲露出原来的情绪

可是他追求心切，遇事必须让她三分

他要摆出一副姿态，否则

他自己，怎么样才能刻苦努力，重新做人

其时，空旷的山上荒无人迹

月亮探头探脑，欲要

摆脱一切人世间的秘密，然而

月亮却发现有两个人影，鬼鬼祟祟的

向他们靠拢，那不是一般的人影

仿佛是手持弯钩和绳索的无常

脚步轻轻，越来越近

当只有十米远的距离，猛然间

他们向他俩冲来，这位石头

毕竟也是灵活有力的小伙子

当他发现异常，立即，捡石头向他们掷去

一把推开翠翠，欲要从树上

折取树枝作为武器，可是

那两个魅影异常凶恶，动作麻利

好像原始猎人，对生命毫无顾忌

石头奋力反抗，可是，一切都晚了

对手，是身经百战的猎头族武士

他们按照原始的、祖传的规矩行动

他们，每年只猎取一颗人头

把它安放在祖上遗存的场地

举行祭祖、祭谷仪式

他们行动迅捷、秘密

把猎取的人头用麻布包起，立即

消失在山谷密林深处

可怜的翠翠，向山下狂奔

双目昏暗，一句话说不出

看见人，就拉住他，瘫倒在地

当人们组织民兵

向山上奔去，一切都晚了

猎头族的武士早已无影无踪

他们，必须趁夜越过边境，或者

在某个隐秘的山洞里藏匿

整个会场，方圆十里一片哗然

警笛嘶鸣，音乐渐息

在这边，猎头族的行为是犯罪

在另一边，他们却只是按族规行事

当遇到这盛大的狂欢节日

猎头族的武士，他们必然

逞逞英雄，以扬族威

其实，人人都能够理解，在一年之内

他们绝不会再猎取第二颗人头

这种规矩，使得人们放松警惕

渐渐地，会场上音乐又起

悲伤最爱光顾痛苦的家庭

一息尚存的病人最害怕新的苦难降临

优美的诗行可以将现实描绘得愈加完美

而临终之人对世界的看法

将找不到任何修辞表达

忧伤哦苦闷哦

对于孤苦伶仃的美少女

我会给予最大的怜恤

一直到了中午时分，村里

警笛悲鸣，人们发现翠翠

被一辆警车送回，她必须

到警局里备案，做事件发生的详细记录

当她踏入家门，进入内室

躺在床上，蒙头大哭

事实已经隐瞒不住病痛中人

她虽然无力起身，可是

头脑清晰，已经虚弱到了危难的程度

不可能大口喘气，而只是

微弱地，一丝一丝地换气

医生和亲属都无可奈何

大医院不肯接收这样的病人

那只好尽快一点，料理后事

为了心灵的无限宽慰做好准备

其时，远亲、近邻在私下里议论

对于后事的一切打算，只要有现金

所用材料均可以迅速办齐

这一切难不倒翠翠的朋友

这时阿水，他不仅是

村里唯一的店老板，还是

村里有名望的、说话算数的人物

只有他，第一个想起了翠翠的朋友

用一种悲哀的眼神望着我

我无话可说，满口答应

他便从翠翠的手机上支取了一笔恰当的费用

其时，屋里渐渐止住了唏嘘

翠翠只是打了一个盹

和蔼可亲的阳光，已经西去

她即刻起床，像以前一样

利索地，去做自己应该做的事情

先去厨房里，煎药

再走到医生面前，问询实际的病情

治疗和安慰是医生的双重责任

所有的病痛都会从安慰中离开人身

因为夕阳，往往比人的脚步走得更快

慈祥的医生，预留下必要的药品

匆匆地，骑摩托车离开山村

黑夜一晃而来，午夜一晃而过

那些能够抚平心悸的药物

往往最能暂时拂去人的记忆

并且，唤起人香甜的睡眠

午夜过后，翠翠一觉醒来

温顺的黎明已经送来慈爱的晨曦

她想去问询母亲的病情

走到床头，看见了那不该看见的事实

不知何时，她母亲已经失去了气息

心碎的姑娘并不曾哭泣

因为她心里清楚

自己已经丧失了表达痛苦的意志

按照古老的传统，乡村的规矩

可以处理人间的一切现实问题

顺理成章，没有人提出异议

对于孤苦无望的人儿，所有的人

都希望尽快办理后事，仅仅

三两天工夫，无论多么

强大的悲哀，都会像种子那样落地

事后，我提出要带翠翠

去到那雾岛，学习、工作的事宜

阿水，发出疑惑的眼光

一边说："那好啊。"

一边提问："我们都不知道

你到底是什么身份，你的底细

无人知晓。而且，雾岛那么遥远

怎么能叫翠翠的亲人、乡邻放心？"

我随即取出自己的证件

公司的证据，工作记录

等等，一切应该提供的资料

雾岛嘉年国际投资开发公司

大名鼎鼎，谁人不知，网上可以搜索

"太好了，好极了！"

笑容可掬的阿水一边说话

一边联系到翠翠的亲人们

按照规矩，下葬后最起码

三七之后，翠翠才能离家出门，而且

日后，必须回家举办周年祭

对于这种安排，翠翠心领神会

默然应允，每日泪水不止

那边，在神乳峰下

狂欢节如火如荼，每日

都会爆出令人惊叹的表演讯息

我的使命尚未完成，令人心急

随着各个地方的人潮涌现、退去

希望，变成了毫无意义的话题

我总感觉，谣言都比这消息更真实

好在，狂欢节令人振奋

欣赏古老艺术的独特魅力

此项盛会，每个参与的人

都惊叹不已，在这里重新发现人生

那边，在一棵古榕树下

毅然站立着两位傩舞大师

一位头戴狰狞的蓝色面具

一位头戴恐怖的白色面具

他们，身披红袍

手持长枪，静穆而立

他们身后，忽然，锣鼓大作

立即，他俩挥舞长枪

向着三百六十度的空间

上下作法。人们惊骇于

他们一次次的手势，那双手

仿佛变幻莫测，那身姿

像森林中巨大的藤蔓，它们之间

相互缠绕，用姿态

向外界散布一阵阵的哀号

其时，在他们身后

又出现一位高大的傩巫

手捧一只瓷碗，走到前面

将瓷碗送到面前

一口咬烂，将大块的瓷块

咀嚼，吞下，然后

又连续咬几口，可怜那瓷器

巫师已经将它变成果腹的点心

艺术的魅力哦

能叫人痛彻心扉

古老的传统中，流动着

古人精神的气息，他们

一直追求着战胜自然的能力

世界，比想象的更加宽广

我虽然，没有完成任务

但却具备了诗人的想象力

"弄拙成巧"与"弄巧成拙"

两者会有必然的区别

回头，我就与伊南娜聊聊

向她诉诉苦，把真情转告

好吧，我心事已定，大步向前走

那边，有位吉卜赛女郎玩弄着一副塔罗牌

那女郎气质妖冶，看谁

都是一副挑衅的样子，而同时

面庞上又露出诚恳的表情

当我，刚到她面前，她仿佛

已经完全掌握了我的心态

她随意将纸牌向地毯上一撒

那纸牌出现一种心形的样式

一句话都不用说，抽出的牌就是问题

这情景就已经构造了一张大网

不由得我不去取牌

当我抽到第一张牌，她一把抓在手里

这张牌将提出问题

她说："先生，你必有烦心事

而且是当务之急。你可要继续玩下去

此方式，采用三张牌占卜法

第一张牌提出问题

第二次抽取两张牌，选择出路

第三次抽取三张牌

将回答命运和归宿。"

当我俯身再去抽牌，她突然

把纸牌迅速收走，转手又摆出

一种网状的阵势，我捡起两张牌

她接过来，说："先生的心事尚无大碍

但是，你将有多种选择的机会

每一种选择都将考验你的智慧。"

然后，她将纸牌在手中转来转去

挥手拍出一沓，反手又甩出一摞

最终，地毯上出现一条龙的流线形式

当我再去取牌，她突然摆出底线

说："先生欲要探求命运

必须先付出一点费用，虽然

此地的艺人演出都可以免费观看

但这牌局将决定命运

小费，就是进入棋局的路引。"

好吧，命运伟大，我答应

她的条件。认真地从牌局中取出三张

当她露出一脸迷惑的神情，最后

把其中的奥秘揭晓

说道："先生的人生如意。但是

将有一个难关摆在你面前

你必须设法逃脱水中的灾难。"

"水中的灾难"，这将是

我生命的奥秘？我一定谨记

也许所谓的牌局，仅仅是

一场自导自演的把戏

那边，有一位着红袍的法师

将一根竹竿一劈两半，然后

他随便从人群中招来两名游客

两人用双手握住两根竹片的两端

中间保留一段距离

只见，那法师口中念出苗家咒语

一只手指挥竹片

一只手舞动手杖

他将身心合为一体，仅仅

依靠意志的力量，把一群阴兵阴将指挥

将两根竹片缓缓地合拢在一起

人群中发出一阵唏嘘

而在远处，人声密集的地方

夜晚将上演"上刀山下火海"的大戏

狂欢节将拉开高潮的大幕

每一处人声鼎沸的地方

新的神话将从那里开始

傩巫、法师、天兵、阴将

锣鼓、非洲手鼓、木鼓

大三弦、古琴，响彻天地

人神不分。孩子们

在这里被迷惑，老年人

在这里最开心。老年人

将面对死亡，容不得分心

他们欲从一个神秘的仪式里

穿越而过，然后进入

灵体，并与之合一

第三篇
□———雾岛风情

神奇的故事装扮着可爱的乡村

每一棵古老的大树，仿佛

都有神灵，山上隐藏着仙人

河流之中，有龙王潜伏

跳跃的河水，携带着人影

哗啦啦叫着，同老年人谈心

你不可能两次踏入同一条河流

我也必须离开此地

不可能很快离开，而且若有所思

欢乐之地变成了伤心之所

神奇的艺术又成为痛苦的记忆

也许日后在梦中，将会

重现那一幕幕的高超技艺

可是现在，我的心灵

在这里受到了洗礼，因为

我幼稚的生命被雾岛限制

那里高楼大厦，狭窄的街道

荒诞的市民过着颓废的生活

可是现在，我必须重新做人吗

这颗心灵欲让我同自己对话

把自我的记忆，在这里

向自己一一叙说，我想到

母亲曾对我寄予厚望，也想到

那些法律条文。我先前就是

那些法律条文的织布机

可是现在，我自己

被织进一张感情的大网里

伦理和习俗的灵感不停地燃烧

在这里，有灵有性的人们沐浴阳光

有心就有魂，有魂也有心

人们在自然界，在人间

过着如梦似幻的生活

那翠翠母亲的三"七"将过

我将带她离开这神秘的地方

这种古老的神秘气息，给她

带来无限的哀伤，没有谁

愿意在神秘之中黯淡地死亡

因为那神秘中隐藏着魑魅魍魉

这种神秘之美，当发现它

就是美，当走进它

就是哀伤。那么

在这里我心怀无限的哀伤

我将重新追求人生的理想

不必再虚度时光

我要带翠翠走，尽量风风光光
用一种别致的情调
清洗她心中凝聚的哀伤
我的那辆心爱的兰博基尼要派上用场
再聘请两位帅小伙同往
说是我的朋友。我驾驶爱车
他们各人驾驶法拉利、宾利
可是，轿车只能停在村口
村里的道路弯弯曲曲
散布着牛粪，不是豪车进入的地方
在村口那里，阿水和几位村民
摆出迎客的姿势
我们大步向前走去
面前却出现，一道篱笆和竹门
有几根高高的竹子插在路两边
竹叶向上编织，成为一道大门
我问道："阿水大哥，这是什么意思？"
"不好意思，兄弟。"
阿水说道，"我们依照传统办事，由于
我们山寨粗陋贫瘠，没有寨门
今天特意编造一扇竹门
表示欢迎，而且
你一个陌生人，今天
要把翠翠接走，须经过此门

只有从此门进出，我们感到，今后
才能确保翠翠一个美好的命运。"
"哦！诸位乡亲，多虑了
我好像来此地娶妻成婚！"
"你不是来娶妻成亲
我们也不见你的聘礼、你的心情
可是翠翠，也不是平凡的庸俗姑娘
今天，她与你同去
保证她的未来，是我等的责任。"
"请诸位放心！"
我用笑颜相答，举步前行
前面却有两位姑娘，举着一碗酒
等候着，不饮酒不得进门
我深知这甜酒的后劲，可是
拗不过她们，也只好
我们三人，分食共饮

那位双目流淌着泉水的少女
在屋里来回踱步，收拾东西
面容憔悴，不忍心离去
对于未来满心疑虑，这姑娘
从没有出过远门，可是
少女心中，总是渴望新奇的事物
"翠翠，我们走吧
这家里的东西，一样不拿
一切都会有的，样样俱全

而且，把东西留在家里，日后
也能勾起你的回忆，若带走一样
当你看到它，就会伤心。"
此情此景，让我仿佛变成诗人
而在诗的语言中，她
一位少女心情激动，微微一笑
她又把笑容扔进面庞的深渊

那邪恶的吉卜赛女郎
偏偏向我预示，水中的灾难
那好吧，今回到雾岛
我们不乘渡船，而去追赶航班
把那部爱车，打包，从物流发送
其时，机上乘客很是安静
每人都像个乖孩子，期待着
另一片时空。那雾岛
风光无限，举世闻名
椰树和沙滩，一派热带风情
此岛置身于大洋的深处
最为可爱的，是那奇妙的迷雾啊
纷纷扰扰，如同仙境
一天里，总有大半的时间
宝岛被云蒸雾绕，仿佛是
无限羞赧的美人，她胆怯、多情
她从不愿意触碰真实的世界
她身上散发的气息，全是美梦

雾岛啊，那里只有在中午时分

两个小时里，迷雾散去

其他的时间总是云雾迷蒙

这种景致在人间稀缺，世上罕有

招引过来源源不断的旅客

他们流连驻足，不舍得离去

同时，他们也把大把钞票恭奉

那里是，世界醉人之地，人间幸福之乡

诗人为之歌颂，在不同的时代

表现艺术、抽象艺术屡屡在此诞生

其时，机上的旅客微微骚动

那些新来的旅客，因为

雾岛的风情，开始讨论雾岛的话题

哪儿的酒店奇特，哪儿的酒店惬意

哪儿有怡人的景物

哪儿有醉人的沙滩

我微闭双目休息

回到雾岛我的故乡，好好休息

那是我出生之地，我的母亲

多日来，正期盼我的回归

可是忽然之间，那是什么？我发现

隐隐约约地，有一片忽闪忽闪的魅影

在空间里翩翩起舞

一只蝴蝶，在翠翠的头顶上空

来回萦绕，不舍得离开

"翠翠，蝴蝶！"

我惊叫一声，看着翠翠

翠翠说："蝴蝶吗？

我看不见，哪里有蝴蝶？"

"是的，一只蝶儿

翩翩而飞，好像在花丛之中。"

"孟德斯哥哥，你也许

刚刚从乡间而来，在那草丛中

看的蝴蝶多了，迷惑了眼睛。"

旁边的一位女士也说

"哦，确是一只蝴蝶

好像是一只青色的凤蝶，点缀着粉红

它一会儿翩飞，一会儿又不见影踪。"

这时候，人们一阵骚乱

有人也说："我也看见，一只蝴蝶

在姑娘身边盘旋。"

几个人纷纷起身寻找、观看

飞机上空间狭窄

怎么会有蝶儿，那昆虫

特别胆小，不可能跟随乘客登机

这件事打开了乘客们的话匣

"雾岛的美女好多哦！"

一个黑脸的商人，故意卖弄嗓音

说道，"她们最会卖弄风情

她们早上化一点淡妆，到了下午

又化出一副浓妆，她们

走路缓慢，扭摆，从来不走直线。"

"那种人，好像专门被你碰到！"

"雾岛，本来就是度假的圣地

休闲的天堂，美人们

彰显媚态，是她们的本事

她们即使不勾引别人，也是为了

勾引自己，时间一久

使得自己更有情调。"

"你这是画家的言辞，可能

你最喜欢探索那种别样之美

不然，你的画作就无人问津。"

"我的专业是服装设计

不过，也偶尔玩玩泥塑

每到周末，我常常去东山岬

用一天时间做一个沙雕

许多欧洲的旅客爱在那里驻足。"

"哦！东山岬

是雾岛最神奇的地方，它的对面

就是庄严巍峨的穿山神笔峰

那山峰万分陡峭，直插云霄

所有的人，从来看不见峰顶

即使在飞机上，在高空

也不能看见清晰的峰顶

那山顶终年云蒸雾绕

这边的海岛，所谓的雾岛

也依靠神笔峰的关照、赐福

由于那山峰在雾岛的东向

从大洋上刮来的风，被高峰

转化为迷雾，覆盖了海岛

我们才能一次次地被海岛迷惑。"

　"是啊，穹山永远是雾岛的爱人

神笔峰永远是雾岛的女神

也是我心中的女神。只不过

那山峰杜绝任何人攀登

即便是整座穹山也限制旅客进入

只有那些大亨、知识界的精英

宗教界的大师，才有进入的资格

对于我们来说，那山峰

平添了巨大的奥秘和神奇。"

乘客们议论纷纷，而雾岛

确实有许多可以讨论的话题

其时，前座有一位矮壮的胖墩

扭过头来说话："我看这位少女

也一样神秘，不苟言笑，袅袅婷婷。"

　"不要乱弹琴！"我说

　"对一位姑娘，你不可无礼！"

　"呵呵！她即使是你妹妹

说两句也未尝不可，本来

雾岛就令人浮想联翩，特别是美女。"

　"猪猡，想试试我的拳脚吗

只要一下，就可以把你打扁。"

　"你的身体虽然看起来孔武有力

但也只是一只纸老虎

下了飞机，我让你尝尝帮派的厉害

你得记住，我就是豹哥！"

其时，机上的乘警怒气冲冲

过来喊话："是谁，想招惹是非

想戴着手铐下飞机吗？到时候

我还得给你准备一副头套

老实点吧，我也不想有这个必要。"

航班必须在正午或者午后降落

否则，浓雾裹挟着雾岛

飞行员将看不清跑道

回到家乡，我回母亲身边

安排翠翠在酒店住下

早已为她预订好房间，在酒店的

第八十八楼，从那里

可以瞭望雾岛的景色，也可以

瞭望那奥妙的神笔峰

它像一支大神的笔杆

直直地插在碧波荡漾的海中

她也可以，从高处眺望远方

让迷雾和风雨拂去心中的忧愁

至于她，要在酒店住多久

我必须同伊南娜小姐谈谈

再看看哈希码老板的近况

在此之前，一切秘密不可外露

雾岛的清晨

淡淡的阳光被浓雾挤走

窗前一片朦胧，在东方

只能看到一座高大的擎天柱

周围云雾缭绕，一缕缕

一阵阵的云雾直扑西边的海岛

神山用一种威严的气势，和独特的爱

把这海岛揽入胸怀

神山与海岛，用雾的纱帐联结

形成一道天街，那神山之上

仿佛帝都的街市，有层出不穷的

海市蜃楼，变化着不同的形态

仿佛是人与神相通的地方

上帝的神性在这里，唾手可得

大海哦，每一阵风都向山上吹去

在那里变成，返回到天上去的风

所有的气息，风儿却将它们

转化为迷雾，纷纷然将雾岛遮蔽

雾岛的中午

云雾缓缓凝结，或被风吹走

或被阳光驱散，一阵细雨之后

海岛一片明媚。这时候正是盛夏时节

金色的沙滩有如一条长长的玉带

将雾岛缠绕一圈，这海岛

周围没有多少巉岩峭壁，只有

一条金色的沙滩玉带，游人不绝

而在海岛中央，有一片高耸的大平台

那是万人瞩目的城市广场

每天上午十点过后，纷扰的大雾

首先从这高高的广场散去

然后，它们像野猫一样

在方圆百里海岛上空悄悄溜走

那是动情的广场，艺术的广场

音乐的广场，引诱着翠翠

向那里走去。那里

有萨克斯乐手不停地吹奏

有魔术师，有玩足球的少年

还有美女手捧奇异的鲜花和野草

专门向外地的游客兜售

"十元一枝，鲜艳的花朵十元一枝！"

她善用甜美的声音叫卖

这么便宜的花儿，不过

只对叫得上花名的人，卖十元一枝

而对那些不知花名的人价格翻倍

这种方法，是美女最好的兜售方式

其中，不乏世俗人情，也饱含浪漫激情

翠翠，最喜爱听萨克斯

细腻委婉的音调，节奏流畅

低音深沉而平静，高音

清澈而透明。她第一次听到这音乐

少女边听音乐，她的眼睛

边无心地，凝视着花朵

"小美人，鲜花如玉，你要哪一枝？"

那女子走上前来，捧出花卉

翠翠，觉得双颊泛红

一时竟无言以对

"哦！小美人什么时候学会了害羞？

多少男生最喜欢盯上你的脸。"

这女子口齿伶俐，也不过十八九岁

"什么意思啊？我真的不懂。"

"不懂也好，懂了更好。唉

我手捧鲜花，有蝴蝶却围着你乱飞

也许你比我更有福气。"

其时，翠翠想起了那蝴蝶的事儿

更加不解，说道："哪里的蝴蝶？

我真的不知，也看不见蝴蝶。"

"好啊！蝴蝶喜爱鲜花

我必须送你一枝。"

说着话，一枝蓝色的花儿

已经送到翠翠手里。翠翠一时紧张

将一张钞票塞进女子手里

那女子笑道："谢谢，小妹

我叫珊珊。我的父亲是个渔民

小时候他喊我'珊瑚'，这么难听的名字

你就叫我珊珊。那朵花里

有我的联系方式，如果你需要

店里会有人送花上门。"

佩戴着鲜花的少女，欣喜异常

这异国的花卉，感染着南国的情调

在她心中激起了爱的涟漪

她一阵旋风似的脚步

返回酒店的客房

这时候，我已经在房间里等了一会

我尽可能带来一些

女孩子喜爱的物品，遵照

母亲的心愿，其中有一串手链

就是慈母的压箱底。当然

真正时髦的少女们的所爱

还必须她亲自到市场上挑选

那里，各种商品琳琅满目

充斥着异国的风情、世界上的宝贝

"翠翠！"我亲切地喊她

因为对于我来说万事难料，我满腹狐疑

现在，我才真正地愿意

把摆在眼前的问题

和事实，以及我的行为

向她和盘托出，必须的

这样才能使她心领神会

我认真说道："翠翠，你可曾知道

我前往乳房山，就是那神乳峰下

前去寻找我们老板的女儿

她四十年前，从神乳峰走失

她名叫翠儿，那时候的她十六岁

当老板身染重病，卧床不起

方才想起去寻找那失散多年的女儿

…………

哈希码老板个性刚强，心肠歹毒

把世界变成他个人的所有

之后，我也必须，向你诉苦

我的行动也是出于万般无奈

不然的话，我将无法逃避现实。"

那双目流淌着泉水的少女

也聪慧无比，已然猜出

我的用意。那颗懵懂的心灵

不解地问："哥哥，你说的那个翠儿

她在四十年前走失，到如今

必然已经年过五旬。我来雾岛

只为了学习、工作，在这自由的

环境里，我总可以

量力而行，自由发展。"

"是啊！翠翠

可是缘分就是缘分，我也曾经

两次求签占卜，光明的机缘都指向你
我在你母亲病床前，突发灵感
现在，哈希码老板同样病危
生前沉迷于酒精，到现在
老人家全身的神经麻痹，双目无光。"

翠翠一时无语，此刻的我
也一时无语。我俩
仿佛都是幼稚的孩子，任由思想意识
在时间中自然随机运动
这件事若能办成，必然
得通过伊南娜小姐，最终
必须得到伊南娜小姐的授意
只有她，才是老板真正的心腹
也许，伊南娜比我更加心急如焚
嘉年是什么样的公司
老爷一手打造它，难道还要
一手葬送它？外界将有许多人
对这巨大的财富觊觎，虎视眈眈
然而，天知道那位伊南娜
是什么心态，有何用意

说曹操曹操就到，只见
门扇一闪，一位高雅不凡的女人
夺门而入，十分敏捷
她，进门后第一件事就是

拿一双炯炯的飞眼，认真把少女端详

看她的神态，观她那身量

只见，那少女文雅，眉清目秀

像一阵清风一样，宛如

森林中霏霏的细雨，山谷里待放的蓓蕾

然而，伊南娜也是出生于城市

在市井的烟云中长大，从来没有

接触过乡村的风俗。当她

走到少女身边，一把抓住她的手

喊道："翠儿，你就是翠儿

孟德斯曾多次谈到你的事情。"

"啊！我是翠儿

我应该称呼你大姐，还是阿姨？"

"他们都称我伊南娜小姐

你还是什么都不要称呼

最好，像不认识那样

因为，大律师告诉我的一切

我必须认真对待，这关系重大

你、我、他每个人，都不可承担

也许我的任务，就是

履行命运的职责。"

伊南娜小姐，转而

向我说话，怀揣着那种

大是大非的心情，说道："劳烦

大律师艰辛跑来。哈希码老爷

在病床上，日日叫苦不停

双手抓不住酒杯，双目看不见墙壁

可是老爷，除了思念失散的女儿

对其他的事好像万念俱灰。但是

这绝不是老爷的作为，他早已

写下了两份遗嘱，分别藏在

两只保险柜里，上面都没有署名

老爷，做好两手打算

这成了他的天职。你和我

也成了老爷子的棋筹。"

"大小姐！"

我本能地说道，"平日里只有你

最理解老爷，他也会把府上的要事

嘱你办理。我想那两份不同的遗嘱

一定是，寻到女儿时的方针

和找不到女儿时的对策。你也会看到

老爷子并不曾将你我当作真正的依靠。"

"呵！聪明的人还是律师

是你，孟德斯律师

将老爷深藏不露的巨量财富公之于世

对于那些财富的来源，你我都不想探求究竟

那样，对你我没有好处

老爷子身边，那些贴心的保镖

现在都像饿狗狼子，又像热锅上的蚂蚁

不经过我，他们，拿不走一文奉酬

老爷子经常大手大脚，养得他们

如狼似虎。如今
我可以将他们变成流氓一样的人物
找机会将他们送进大牢。"

"是啊，大小姐
你个性刚毅，精明，做事面面俱到
老爷子最信赖你，今后，老爷子的后事
也必须依靠你，你尽管
努力去做，我当然会努力
支持你的事业，使之成为合法的工作。"

伊南娜小姐，终于莞尔一笑
哈希码老板需要法律作为工具
伊南娜小姐，也渴求法律作为武器
现代社会，所谓的现代社会
法律，也只有法律是社会的基石
野蛮的、为所欲为的时代已经过去
那些大哥、大爷，都已成为法治社会的垃圾
历史的车轮滚滚向前，而法律
就是这驾马车的皮鞭
我郑重地向伊南娜说道："大小姐
府邸里的事情，我不好过问
我们必须谈谈公司的安排
嘉年的未来，更值得探索。"
"董事会议必须召开
老爷子掌管着绝对多的股份
决策的事情不必要请求他人

老爷子曾与我谈笑说

那个世界需要抢劫

这个社会需要投资

此言不说，你也会明白

府邸之中巨量的财富，来历不明

老爷子从来不会暴露

社会的发展不需要证明，因为

那过去的时代尚没有相关的法律

只要获得财富，无论什么手段

都是正当行为。《荷马史诗》中的英雄

到了今天，就是不折不扣的劫匪

老爷子哎，老爷子

他利用你高超的学识，一次一次地

将万贯、万万贯资财投于世界

而老板，并不急切追求利润

他要的是名分，要的是自豪

然而，得意忘形的生活方式

令他忘却了对于后世的安排

直到病危，他又想起你

命你去寻找自己失散多年的女儿

我对于此种安排，也很唏嘘

今天，你却带回来美丽的少女

可爱的翠儿，这仿佛是机缘巧合

我们，我和你必须做出巧妙的安排

只要令老爷子，亲耳听到女儿的叫唤声

和在走失时一样甜美

哦，老爷子方能安心

就会做出最后时刻的、毅然的决定。"

然后，伊南娜又转向翠翠

说道："翠儿小姐，如今

你是我们尊敬的小姐，你是

西兰府邸真正的千金，哈希码老爷

是你的阿爸。你必当之无愧

这是我们对老爷子的报答，也是

我们共同的事业

切记，翠儿小姐！"

我的心头一阵激动，情绪万端

即刻说道："可爱的翠儿

我们的大小姐。伊南娜小姐的话

句句真实，我心中的石头终于落地

想到我这半年的苦苦追寻

结果比我想象的更加完美

当你去到那富丽堂皇的府邸

尽可以学到古往今来的知识

以配你的芳龄和求知的愿望

尽可以尊享快乐的年华

以配你秀丽的姿容和婉转的心灵。"

可爱的少女，双眼泛红

双颊染上了晨曦的色泽

把这些，一连串的话儿倾听

那颗温柔的心，此时

无法做出自我的、真正的决定

仿佛出于无奈，她点点头

表达出徘徊在感情和意愿之间的心声

飞快的时间，这时

在我们面前凝滞不前，为了岔开话题

我说道："伊南娜小姐，我不知道什么时候

得罪了几个小流氓，有个叫豹哥的家伙

早上曾找到我母亲的窗前，叫喊我的名字

骂骂咧咧的，嚷嚷不停。"

伊南娜说道："这个好办

我只要一个电话，准叫那家伙

主动去找你，向你赔罪

求你饶命。今天晚上我就陪翠儿小姐

在这客房里安歇，我两姊妹

谈谈心，拉拉家常

我一眼就迷上了翠儿小姐

可爱的程度超出我的想象

大律师请回，放心吧

再不会有小混混敢去把你骚扰。"

第四篇
□——— 充满幻想的花园

哦时光，总是让人充满幻想

雾岛的时间，这里风卷云涌的光阴

心里如果藏着梦想，眼睛里

就会让美梦一幕幕闪现

影影绰绰的树，影影绰绰的高楼

令人迷惑的、躲躲闪闪的阳光

仿佛是永远幼稚的小孩

在空间里每一处玩耍嬉闹

然而，时间急匆匆的

它绝不会旧调重弹

寒冷而令人忧伤的冬天，一天天流逝

向北方退却，即刻

流淌着音乐的春天，也一天天流逝

转眼，已进入明朗热烈的夏季

永远热烈的，是那大海

波涛汹涌，在岸上伸展

那完美的身段，一股献身的精神

又把自己撕得粉碎

哈希码老板，临终受难的大老爷

终于，在生命最后的期盼中

在精神无限迷顿的时刻里

听到了女儿甜美的召唤

和他们父女分离时的声音相仿

那颗心获得了最终的安慰

在人生最后的美梦中，他咽下最后的气息

老爷在临终时刻仿佛找到了生命的过去

那在乳房山走失的女儿

又在那里出现，翠翠就是翠儿

历史的时间，仿佛

变成了生命的游戏

蹉跎的岁月，仿佛

最爱留恋人生的完美

如果你发现，西兰府邸

现在它置身于雾霭之中，有如

完美的处子，静悄悄地徘徊于海滨

如果你发现，隐居府上的翠儿公主

那位二八少女，悄悄变幻着

流光溢彩的美丽容颜

女大十八变，每一天，每一刻都有着

变化的光影，温情而又婉转

那发式，向着时间抒情

那面颊，向着光阴歌咏

那流淌着泉水的双眼，其中

隐藏着林泽仙女，有如

天鹅戏水，有如翠鸟出没

古木为之倾倒，向着地面

无情地抛撒树叶

花园里的两座亭台，也为其感怀

在园林中四处走动

而我的双眼，这眼睛

被蛊惑的视觉，一种无法琢磨的情调

当我与她三日不见，便深感陌生

那好吧，我不如

日日前往府邸，不仅

关照府中的事情，也可以

关怀翠儿公主，辅导她学习

只要发现有什么新款服饰

我总会向她推荐，或者叫人送到府上

好让她，亲身一试

我不是一个多情的儿郎，我深感

法律的严酷，学习的艰辛

然而，是我发现了翠翠

从乡村到雾岛，从小姐变身公主

说话谈心，倍感亲切

谁叫我是家母的独生子

是她老人家的掌上宝贝

无穷的溺爱，使我无忧无虑

如今，我年过三旬，从来不曾

爱上任何姿色出众的美人

现在，我想把翠儿

当作亲爱的妹妹，只有

在她身边，我才能够开心

伊南娜小姐，不会让翠儿公主

去学校攻读课本，哪怕是

私立学校，或者女子大学

而是聘请名师，来府上辅导学业

这样，公主可以任选喜爱的书籍

可以广泛地涉猎许多知识领域

文学方面，聘请专人

朗读唐诗宋词、西方名著

理学方面，聘请专人

讲解牛顿力学、欧几里得几何

公主本来就聪慧，今有名师

各门学科很快地进步

而伊南娜小姐忙里忙外

府上的事儿她要操心

公司里的事务，她必处理

各大公司的老板、经理

都将伊南娜奉为红人，她是他们

心目中的女强人

从此，伊南娜的个性、才华和本领

真正地展现于世人面前

在公司内部，她善于运用奇巧的思路

在公开会议上，她只讲几句话，从不多言

这句句千金的话语，能打动人心

启发各级主管部门的思路

逐渐地，那些先前老爷子接触的人物

个个与伊南娜交好，人人称赞

伊南娜的公关才能。而他们

更愿意关心或打探翠儿小姐

翠儿小姐才是老板事业的传人

可是伊南娜，绝不会让这些局外人士

或闲杂人等，接触到小姐

一心让她安静学习，培养她

高贵、博学和风雅的品性

就是在这种时候，伊南娜

认识到了一位鼎鼎大名的才子

他叫唐璜，是一位在雾岛

最尊贵的学子，也是世界上知名的学者

他分别，在哈佛大学和牛津大学

获得了生物学和哲学博士学位

他为人健谈、风趣，他又取得

雾岛科学发展基金会的特聘

唐璜博士，和伊南娜年龄相仿

相谈投机，他俩在咖啡馆里

谈天。唐璜说道："伊南娜小姐

你看，这杯咖啡里

充满了巴西的风情

在你我面前，时光能够在

两片大洋和三座大洲之间漂移

我有幸遇见你，一位气质美人

而你的另一面，有如

波斯猫那般慵懒、高贵。"

伊南娜小姐，此刻

身着华丽的服饰，裙摆飘纱

秀出优美的身段，几缕发丝

飞在面前，随意而又妖艳

伊南娜小姐，闻听到

这充满后现代风格的话语

心旌摇曳，如遇知己

说道："唐璜博士，不愧为

一位高雅的学者，并非

常常发呆的学痴，你的话语里

诗意纵横，你也能够

将庞杂纷乱的知识，编织

成为口头的语言，滔滔不绝

令人爽心、神迷。"

微笑的博士，随即说道

"我有我的宝库：知识

我有我的护身符：词语

将知识转化为词语，在每个词上

我探索自己的感情，词的群星里

有如喃喃低语的美梦

尊贵的小姐，你执掌着

世界的宝库和社会的财富

你总可以，把人间的事物

转变为你手掌的力量，令人钦佩。"

第二天，伊南娜将博士邀请到府中

来指教公主的学习。别人

邀不动的事，伊南娜可以办到

在一片盛情之中，博士欣然而来

这华美的建筑，偌大的花园，仿佛是

人的精神堡垒。每一个有理想的男人

都会向往这里，爱戴它和拥护它

两种心态将在这里不期而遇

一种令人感到震撼之美，出现在博士面前

这是别墅还是宫殿？既有

西方风格的廊柱，又有东方风情的布局

厅堂有如帝宫，又像庙宇

最是那座充满万种风情的花园

超出了东方园林精巧的一般意义

它秀美而又狂放，精巧而又浩荡

有古木参天，又有小桥流水

几座亭台置身于奇花异木的氛围里

一花一木一人间，一光一海一世界

巨石和沙滩，喧闹和静穆

有如琅嬛圣地，令学者流连忘返

花园东面，是一座高尔夫球场

花园西面，是一座游泳池

两个地方连同花园，一片安静

先前，曾有客人熙熙攘攘

也是哈希码老爷酒后纵情的地方

现在，有唐璜博士

他一人就能把寂静搅得一阵喧哗

这位自命不凡的家伙

先去步量府邸上下，花园里的

每一处角落，每一棵奇异古树

他四处游荡，尽情赏览

那里有紫檀、花梨、香樟和丝楠

地上生长着金合欢、金盏花和迷迭香

甚至，有些古木是雅利安王族

从印度移栽而来，有千年的树龄

他又去探索府邸前庭、后院和古宅

客厅、书房和走廊里悬挂着的名画

有《神圣与世俗之爱》，是提香的名作

有《永恒的记忆》，是达利的作品

这些名画都是真品，没有人知道来历

而壁龛上摆放着古董、金器和名瓷

更让他激动，仿佛贪心不足

这样，我只有与伊南娜商议

我说："小姐，你看，也许我们

必须限制唐璜先生的行为，他的

探索目标，超出了人的预期

有些名画就连我们也不知道来历

而他，却要探求究竟，此事不宜！"

当听到伊南娜向他说出的话语

那位唐璜博士，转而去到

高尔夫球场里浪迹，又去沙滩上纵情

而他教学不是在书房

却偏偏到花园里，设置

一处花台、讲坛，搭建

一个明亮的天棚。似要

把它建成一座伊壁鸠鲁式的学园

那学园，显得异常浪漫

这种方式，正是美女们喜爱的方式

伊南娜小姐，也会抽空

到这里玩玩，听讲一些

能够漫游历史文化空间的哲学

唐璜博士，把自己装扮成大师的模样

也许，他本来就是渊博的大师

为什么伊南娜会付出高昂的教学代价

每月的奉酬，有一辆轿车那样昂贵

但是他，永远不是什么圣贤人物

至少，我这样认为

他讲道："人的心灵

是人的标志，是人的象征

标志着人的命运和力量

和传说一样，人也有神的品质。"
这洋洋洒洒的修辞方式
缺乏证明，也没有任何逻辑依据

其时，翠儿公主听得入迷
明媚的双目，总爱盯住
那张向外界抛撒词语的口唇
只要那唇翼颤动，必然
弹奏出不同旋律的音乐
那双流淌着泉水的眼睛
这时候宛如，把飞泉倾泻而出
她常常感到，这个人是多么幸福啊
他能够探索事物的奥秘

当这位博士先生，发现了
翩翩飞舞着的蝴蝶，总是
萦绕着公主不肯离去，仿佛
那身上的香味儿将蝶儿吸引
这位生物学博士话题一转
讲述关于蝴蝶的学术问题
此刻，其他的人员，包括花园的园丁
聚拢而来，侧耳倾听
关于蝴蝶恋爱，蝴蝶产卵
关于蛱蝶、凤蝶和粉蝶
他无所不知，无所不晓
秘鲁蓝鸟蛱蝶、巴西棕鸟蛱蝶

冈比亚三色堇蛱蝶，以及

那极度唯美的金斑喙凤蝶

关于蝴蝶，他最后讲道

"成为风是一种光荣，成为

海浪是一种幸福，成为

蝴蝶，是一种坚贞不屈的爱。"

"蝴蝶，是一种坚贞不屈的爱"这句话

极能打动人心。那么

成为花儿，也是一种绰约多姿的美

那么，我，仿佛也受到了感动

我便在外面采购一些花儿

送到那伊壁鸠鲁式的学园

上午，当雾霭向着海面消散而去

我手捧一簇美女樱，款步而来

将它放在天棚下面，或者放在公主身边

借以烘托这简陋学园的气氛

或者，增添别具一格的气息

这玫瑰红的花色，硕大的花叶

阳光下枯燥的时间也会向它倾斜

第二天，当雾霭向着海面消散而去

我手捧一束三色堇，款步而来

将它放在天棚下面，或者放在公主身边

烘托这简陋学园的气氛

或者，表达某种参与的情绪

这迷人的蝴蝶花，十分迷你

偶尔经过的行人也会被它吸引

再一天，当雾霭向着海面消散而去

我手捧一瓶月光花，款步而来

将它放在天棚下面，或者放在公主身边

烘托这简陋学园的气氛

或者，增添某种独特的效果

当看到这洁白的花卉，博士先生

一脸惊奇，说道："律师先生

真是贵客，这花儿也是贵客

它本来只在夜间开放

今天它弥漫在阳光之下，不同凡响。"

我说："午夜的花朵，人们无心欣赏

在灿烂的阳光下，虽然

花儿十分厌倦阳光，但是

因为有爱心存在，将它滋养

它增加怒放的时间，是对爱的回报。"

这位生物学博士，向花瓶走来

低着头说道："有爱就有美

有美就有爱，好像是同语反复的胡扯

你肯定给它喷洒了药剂。"

我只好抬起头，向着骄傲的博士说

"谁都可以向植物喷洒药剂

植物是否依照人的意志行动

还要看植物的本意。在这热烈的阳光下

月光花居然开放，不仅说明

月光花不惧怕阳光，也说明

博士先生和学生也喜爱阳光的明媚。"

博士随即说道："你的话语

像法律那样严谨、有趣

只是在弯弯曲曲的表达中才更合理

阳光与黑暗，是孪生姊妹

你我在一起，也是兄弟

既然如此，你却是一位小弟弟

你看看，阳光可以驱散迷雾

也可以，将高山和大海呈现于眼前

在知识的海洋里，没有

捷径可走，唯一可指望的

不是发现，就是感悟。"

"这话听起来，好像大师的说教

我们的公主，还是一位年少的姑娘

听不了这许多沉重的理论

我希望先生，讲一点

简单的知识，更易于理解。"

我转而向翠儿说话："公主你看

怎么样？这浓烈的阳光可能妨碍记忆。"

翠儿公主站起身说道："我喜爱这花园

也爱这海滨的景致，但是

阳光总令人讨厌，可巧

博士先生的才华，能够令阳光的炽热消减。"

突然，博士先生不屑一顾

转过身来，向着花园深处漫步

到一棵花梨木下，他以跳跃的方式

转身说道："穹山神笔峰下

我将有要事处理，要三天时间

那神圣的穹山，是我的

另一个家园，而那是人世间永远的秘密

那里有许多神奇的事物

足以令人叹息。"

这豪迈的语言充满自信

因为，穹山神笔峰不仅是圣地

也是一处禁地，是没有经过特许

任何人不许进入的地方

火云如烧的夏季刚要消退

流云如炽的时光把久违的秋天挽回

哦，美妙的花园，有着某种

欲要侵占大海的情趣，它把绿意和红花

把盛情和芬芳，向着大海挥洒

你可免费在空间的旋转木马上旋转

而且与它一起，将自我的秘密

显示在碧空的面庞上。流转的时光

将公主塑造成娇艳的美人

它把自身的美和无限的风光

化作衣裳和姿容，悄然向少女馈赠

而那不断地转变形象的少女

最爱，在浓雾消失之前去花园逛逛

这便令那多心的园林有机可乘

然而，请仔细地听

大海欲表达他凶悍的愤怒

他让波浪逾越沙滩向花园蜂拥

令人炫目的力量如此迅速

侵吞花园是他的追求

就这个理想，却难以实现

因为公主，只爱栖身于浪漫的绿意之中

直视大海，将他逼停

三日后，仍不见博士回返

那唐璜，在时间里显得十分倔强

七日后，仍不见博士来园

阳光欲抹杀人的记忆，就像

记忆又让幻觉浮现

那位唐璜博士，爱使用流光溢彩的语言

就像这晚到的秋天

他欲把整个自然界，表现一番

是的，唐璜博士他不仅

欲演绎自然，还想把自我感情表达一番

当他，再次不期而至

仿佛有备而来，领着公主

走向花园，用一种飘逸的姿态

演绎自我心中洒脱不俗的感觉

因为，他发现这西兰花园

真正的美不是某种现实、某种感觉

而是超越文化、超越时间

在一切存在中的那种超然之美

就让博士先生，在花园中经历

超越自然，或者超越现实吧

谁也没有多少时间感受他的感觉

只要伊南娜小姐不反对

而且，伊南娜小姐欢迎博士前来

有空可以陪陪他，共进晚餐

其时，博士先生手持几册书

每一册的书名相同，都是《会饮篇》

爱好聆听的人，人人可取一本

当他说道"爱，就是对美的企盼"

话题即刻打开，滔滔不绝

"如果美是绝对的，那么

绝对的美是存在的，是绝对即非一般

必然，凌驾于一切形态之上的

必是某种理念。"

"先生，怎样看待那种理念？"

有位园丁提问，这园丁已经被他感染

博士提高声调说："师傅，我愿回答你，请听

比如，师傅你培育这花园

当你的心灵，你的技艺

和你企盼的结果，在园中实现

而且与花园本来的面貌成为一体

你行动的结果已经不属于你

而是被某种更高级的因素支配。"
其时，在座的每个人都可以提问
每个人都提出了不同的问题，因为
这本书奇特，发人深思
只有翠儿公主默默无语
她，从不爱与人争论，对于万物
她仍然保持着羞赧的心态
怯生生的，胆小怕事

就是这种令人迷情的姿态
被博士抓住，他找到了某种感觉
怎么不会呢？世上的每一个大男子
都会被少女们的羞怯所吸引
其中的本质，无非是一种心态
男人们爱美，真的爱美吗
他爱的，却是那种他爱美的原因
原因就是，在少女的羞怯中
暗含着某种情思

哦情思，多么迷人的情思
唐璜博士好像找到了，他珍爱花园的原因
他也不想过多地探索世界的奥秘
那里面有太多无聊和乏味
然而情思永远迷人，因为
他永远不理解，这迷人的情思的原因
最终，唐璜先生对于花园的执着

变成了恋恋不舍，这全然是因为

一种超乎寻常的心态。在他心中

默默无语的翠儿小姐，一会儿

是一种冷淡，一会儿是一种爱

没有什么语言可以帮助他理解

到底，那绯红的脸颊，那俏丽的神态

隐藏着怎么样的情思迷结

那就提个问题吧，他说

　"翠儿小姐，当你观看

一丛迷迭香的时候，是否也看见

花儿开放的一个个瞬间？你的双眼

能够凝聚更多的光线，而且认真

万物的变化将逃不过你的双眼

你无论是微笑的时候，还是

在害羞的瞬间，你的双眼

总是凝重，闪烁着令人难解的光芒

无限制地向外界飘散

或许，可以招引蝴蝶和蜜蜂

它们也不知道，是香味儿还是光芒

将它们招引而来，围绕在你的身前身后

嘤嘤嘤嘤的，不肯离开

如果你尽情地，歌唱或者跳舞

定能够将它们驱赶。"

只见翠儿说道："谢谢先生的赞扬

也谢谢先生的指点

我想歌唱，也很想跳舞

小时候我唱的歌儿，已经不适合

这里的生活气息，会招致别人的取笑

我的眼睛可以告诉我一切

这海滨迷人的花园，和您的讲座

叫人感到无比快乐。"

唐璜博士即刻说道："翠儿小姐

大胆些吧，快乐是人生的目标

成为风是一种光荣

如果你跳舞，美少女

就会变成玉洁冰清的娇娃

如果你歌唱，美少女

就会成为诗意盎然的云霄仙女

雾岛虽小，但也出现过许多美人

而现代的人们，总爱不厌其烦去寻找

通过网络，通过选美，通过偶遇

去寻找那千年一遇的美人

真是不巧，翠儿小姐

依你的条件完全可以承担这份高尚的责任。"

只见翠儿小姐，一时无语

目视远方，用羞怯表达心意

从来不曾听到过这样的溢美之词

无论是少男还是少女

自己从来不会在自己身上

发现那种自我想见的美

当太阳西去，浓雾一阵阵涌来

海风将其裹挟着的空气，转化成迷雾

从神笔峰上飞扑下来，这明媚的海岛

变成了一个风起云涌的世界

最近，伊南娜小姐

会在浓雾涌满海岛之前，驱车

赶回府邸，找唐璜说两句

或者邀请唐璜在府邸共进晚餐

府邸里，闻名遐迩的大厨有好几位

当年，老爷子不仅嗜酒如命

也热爱品尝世界各地的美食

他常常邀一些名流大款，到花园餐厅里

用膳。当酒过三巡

为人豪爽的老爷，侃侃而谈

他常常站起身，挥动手臂说话

像一位演说家。不一会儿

他跌倒在沙发上，休息片刻

或者一阵瞌睡之后，又继续谈话

今天，善于谈吐的人士变成了唐璜

他不会吹牛，也不会空谈，说话时从不挥手

他用词机警而又高雅

会突然找到话题，像幽默大师

使得谈话变得风趣

这种表现最能赢得女人的青睐

所以，伊南娜小姐

也学会了小酌一杯，借助酒力

发展那些有趣的话题

从前，伊南娜小姐滴酒不沾

在老爷面前，她做事谨慎

唐璜先生，对于美酒也不介意

那些珍藏多年的美酒，在酒柜里

酒窖里，各种酒色令人垂涎欲滴

法国名酒，三十年珍藏，五粮佳酿

各种名品应有尽有

雾岛的夜晚，总有流逝不尽的时间

有些人为了寻找话题，有些人

为了消磨无忧无虑的光阴

酒吧、咖啡馆，甚至街头小吃摊

常常人流涌动。外地的旅客

最爱欣赏这种在迷雾和霓虹中

弥漫着的海岛风情。而翠儿公主

用餐完毕，早早回到自己房中

有时候，与那位卖花的姑娘用电话聊天

那位珊珊姑娘从来都热情不减

唐璜博士，终于谈到翠儿

用一种和蔼可亲的语言

说道："翠儿小姐虽然聪慧

对于外界，她却有一种冷漠

只要她，笑逐颜开

那美少女就会变成俏娇娃

可爱的形象将无与伦比。"

伊南娜随即说道："我们真希望

公主她既冷艳又高傲，用一种独特的表情

高居于所有人之上。只有她

是西兰府邸的公主，哈希码老爷的唯一传人

我等只能尽心尽力，像老爷在世时一样

维护公主，做她的贴心人。"

"哦！俏娇娃公主

天生丽质的娇娃

将成为雾岛的明星，我愿意启发

她更多的微笑，传递更多的知识

只是，我将用什么方式才能

开启她的心灵？"

当无边无际的交谈继续进行

那些美酒，首先把他们自己的心灵打动

这种时刻，我会不期而至

去到他们身边，在一旁坐下

用一种眼光，打探他们的身影

直到，那博士酒足离去

"伊南娜小姐！"我说道

"你和我，都是老爷信赖的人

老爷子已经给予我俩，每人

数亿资产，指望我俩维护其产业

使之继续发展。而那位唐璜

总爱谈论公主，给她一个不雅的称呼

又在花园里设立什么学园

这种事情，对于你我和公主

显得不妥。"

"律师先生，我难道

没有这样做吗？唐璜博士

也许有他自己的方式，什么启发

什么循循善诱，那却是一种

比较自由、开朗的方式

在这方面，是你多虑！"

"公主她，单纯，对于新鲜事物

或者突发的事件，她会感到羞怯难当

当她的感情正在走向成熟

当她的心灵正要接受新的事物

这种时候，那位唐璜

却以诱导或迷惑的方式

使得公主的感情走向未知领域。"

伊南娜站起身，说道

"哦！律师就是律师

处事严谨，风格独到

你总能看到一些别人想不到的问题

如果，你什么问题都能想到

世界上就没有了落日

自从老爷过世，你也以嘉年公司的名誉

成立了新的公司，你也管理公司的事务

凭你的才智，你有这种能力

行为只要合理，没有人反对

至于公主的未来，你还是不必多心

我和公主，都是女流，都居住在府邸

有心情可以直接交流。"

伊南娜说完就走

我还要稍坐片刻，回想那些

话语中的话语。关心和爱护

仿佛是我的任务。关心什么？关心谁

那就关心关心翠儿吧，对于她

我仿佛一直担心忧虑

她那清秀的面庞令人着迷

她的感情令人百思不解

一举一动都具有，既古朴

又灵动的魔力。当她冷漠的时候

那样高贵；当她微笑的时候

那样雅致。哦

是我爱给她挑选精美的服饰

越是完美的工艺，越是适合她的身段

艺术和美，仿佛正是为她而存在

哦，是我将那乡村的姑娘变成了娇娃

只有认真，没有其他的行为可以表达

也许，那位唐璜博士

也是用某种令人不解的方式

表达他心中的知识，难道

他要做一个诗仙李白

又傲慢又多情

没有人可以理解的事儿

他却用令人不解的举止，来表达真诚

第五篇
□———穹山的秘密

从心灵中滋生的感情，伴随着
时间的波浪，它将愈演愈烈
人，将自己欺骗的时候
他感到那是绝美的真情
他与自我共患难于空间的每一处
在丛林里、花园里、客厅里、走廊里
他，深深感到自己对自我的怜惜

其时，唐璜博士将自身当成怜悯的对象
用某种激情把自己置身于另一个世界
在这里，伊南娜是可亲的
芬芳的花园，是完美的
那位隐隐约约的仙女，是天降而来的
在世上最大的秘密，将不是人
而是天使，在她尚未开口，发布消息之前
就已经决定了，听者的命运
每一个人在她面前
将变成不自觉的聆听者

是啊，可怜的唐璜博士

知识渊博的讲授者，仿佛

那位少女将要发布，决定其命运的消息

因为，那鲜艳而倔强的樱唇

从不轻易开启，将消息透露出去

在人间，还有许多这样的可怜虫

比如我，最近将有一场大官司

老爷在去世前所进行的最后一笔投资

现在，变成了风险投资

澳洲的钻石矿，它神出鬼没地

出现在钾镁煌斑岩之内，那岩层

绝不是金伯利的。伊南娜小姐

必须亲赴金伯利地区。许多卷宗

令人头痛的材料，将由我整理

这下好了，海滨花园就交给唐璜博士吧

以他的那种，独到的行为方式

还不知道，他怎么样对待秋天的园景

他的语言，仿佛可以在园林中舞蹈

令古木抛撒树叶，无情地抛弃

或者，他战胜了另一个特洛伊

单凭一个人就可以实现的，理性的疯狂

有如上帝抛弃的外衣，令人唏嘘

"看，这朵花多美啊！它为什么

要凋谢？"这便是博士要探讨的

第一个问题，带着一种戏谑

首先，有位园丁回道："博士先生

因为秋天来了，时间已过了。"

另一位园丁说："花儿凋谢

自有果实出现。问题

好像没有这么简单

我们想听听博士的高见。"

"好吧，朋友们

我简单说说第一种回答

花儿开放、凋谢，再有果实凝结

它本身，完成了一个过程

它为什么，要用自身去完成一个过程

而且，还要与其他的花草竞争

这不仅仅是，世界对它的期待

还因为，它用自身行为体现于世界。"

"如果它怠惰、偷懒怎么办？"

"那好！作为一个人就拿不到薪酬

作为一朵花就会失去自我。"

转而，唐璜向默默无语的公主提问

"我们的娇娃，能否说说你的看法

你的回答也许与众不同。"

"我以为，这朵花与别的花没有差别

如果它凋谢，其他的花同样会凋谢

那么整个大自然，也会成为一个过程。"

"好极了，真理不言自明

每一个存在，都只是一个原型

如果我们，看见这朵花美

就美的范畴而言，在公主面前

它自会失色，因羞愧而凋谢

这是问题的另一种回答方式。"

其他的人又是嘘，又是喊："高见！"

因为不理解，他们纷纷散去

这时，唐璜向公主提出了另一个问题

"公主，你以为这雾岛是否神秘？"

"是很神奇，真是天下奇观

无数旅客被它吸引，不舍得离去。"

博士说道："越是神秘的地方

越是诱人，让人流连忘返，这里

迷雾缭绕的海岛，美妙绮丽的沙滩

天空与大海相连。然而迷惑人们的

不是迷雾，而是迷雾掩盖的世界

一旦迷雾消散，一个分明的世界

会使人感到厌倦无聊，甚至痛恨自己的生活

然而，这迷雾发生的根源

却是在穷山神笔峰

那座高耸入云的山峰，宛似

联结天庭，从天堂抛洒

大团大团的迷雾，把海岛遮蔽

那穷山神笔峰，无限神奇，令人惊叹

有多少豪杰志士，欲探索神笔峰

却是不可能，那直插云霄的山峰

永远不可能揭去面纱，因为
那儿从来不曾有烟消云散的时刻。"
　"哦，博士，你也常去那里
怎么样？希望你多多介绍。"
　"那里不仅是圣地，也是禁地
没有遭到旅客的破坏、骚扰
想想吧，真是绝境
曾经去过的人，回来都不曾谈起
因为，他们怀着万分惊叹的心情
不屑于向别人说起
只愿保存心中的秘密。"
　"哦！多好的地方，谁不愿前往？"
　"那好，公主！在穹山我有一片花园
经过总督大人的特批，他是我的尊师
在上个世纪营建的一处绝美的园林
不仅风光秀丽，那里还藏着
科学的奥秘，是人类
探索未来的秘境
翠儿公主，可爱的娇娃，我带你
明天就去，只要一天就回
趁伊南娜小姐去往澳洲
这是个机会，前往穹山
你绝不会后悔。"

其时，翠儿公主万分焦虑
心情激动，而又无言以对，这种

突然的决定，令她羞愧难当

"公主，别人不可能带你前往
他们没有这个权利，即使老爷在世
也只能从飞机舷窗里张望。我们如果
明日前往，我必须今天安排行程
需要预约，不可以随便出入。"
"啊，先生！那我必须联系一位女伴
她叫珊珊，雾岛她很熟悉
只有和她一起，我才能心安
没有顾虑，她是我的一位闺密。"
"那好吧，公主你当记得
我们的行程，暂且保密
任何人不得知悉，否则出现沸沸扬扬的局势
回头会叫人难堪。"

奥秘叫人心动，多情让人痴心
难以理解的激动往往只因为一个故事
难以消除的痴心往往只因为一份多心
让翠儿公主寝食难安的，不是穹山
而是她自己的心。她只好
傍晚就打电话给珊珊，约珊珊前来
陪她谈谈天，把时间
当成了自我感想的工具
时间，在一团团的迷雾中上演着
一幕幕的话剧，时间它

说话时唠叨不停，理直气壮
它有难以吐露完的千言万语
当没有听众的时候，它才看清自己
原来是在演戏。然而
当有人关注它的时候，它会暴跳如雷
公然谴责，每一个欲要忽视它的人
此刻，珊珊姑娘来到府邸
她从来不辜负人的感情，她热情
她诚恳，虽然忙碌，但行为谨慎
一位大姑娘，机灵能干

当她临近府邸，却一阵惊恐
翠儿小姐深居高邸，她是何人
她俩虽然保持联系，网上谈心
但对于身世和处境从不关心
只聊聊新闻和令人高兴的话题
今天，这座名邸更能打动人心
在客厅里，她稍等片刻，只见
一袭华丽的晚礼服泛着光影
飘然有如仙女，举步却像公主
裙裾窸窣泛着粼粼的波光
"你是，翠儿小姐？"
珊珊站起身说道："哦！
从你的眼睛，我一眼就能认出
你是翠儿小姐，如果先前知道
你是府上的小姐，我会经常前来探望

我会送来你的最爱！"

"好啊珊珊！雾岛你最熟悉

对面的穹山怎么样？你可知悉？"

"我从没去过那里，穹山四周

尽是巉岩峭壁，翻卷着恶浪

许多旅客在东山岬拿望远镜张望

可是，那里浓雾弥漫，永远都是秘密。"

"好啊珊珊！神奇才更动人

我们明天前往，怎么样？"

"好啊小姐！我听你的

谁不想去穹山玩耍，听说

那山里有古老的庙宇、神奇的建筑

奇石和绝壁有如神山

一听此言就令人心动。不过

和我一起，小姐尽管放心

我虽然只长你两岁，但什么人

什么事情我都不惧，何况

你是一位尊贵的千金。"

是夜，翠儿公主安然入眠

珊珊，她却辗转难寐

不停地思索，想象的事物

往往单纯；不可想象的，才真正迷人

当清晨的浓雾翻卷着华美的波浪，他们便起程

府邸里静悄悄的

大街上行人稀疏。旅客们

曾经彻夜狂欢，到了黎明时分

他们拖着疲惫的身体

在迷雾中迷失了方向

美酒或者咖啡，音乐或者恋人

尽情地，迷失了方向

他们三人，驱车一路向东

路灯下的道路，为他们指引方向

像一只举起的手臂，它总是在远方

期待他们，鼓励他们

那边，东山岬高高的灯塔

光线一片朦胧，而熹微的阳光

缓缓地攀到灯塔之上

像黑夜的岗哨，它们正在庄严地换岗

一个身影把另一个覆盖

一种幻觉取代另一种幻想

在东山岬的海滩上，一艘

漂亮的渡船，早早地把他们期待

它身披白色和黄色的锦缎

又把蓝色的纱丽轻轻套在身上

在船头有一只激光探照灯

红、白、蓝三种色彩不停地旋转

向岸上招手，为行人传达信息

它有三张高昂的白帆已经收起

马达在启动，发出喘息的叫声

船儿刚离岸，阳光就出现

一丝一丝的，搅拌着云雾

有七种色彩，轮番旋转

令人迷恋的东山岬已经在身后

招人热爱的穹山隐约在前

可是，东方却突然显现一座城市

错落有致的建筑忽隐忽现

东方又出现一座大山，飘忽不定

东方又出现另一座大山，形态各异

一座将一座推挤，一座将一座覆盖

层层叠叠的，有如恶浪翻卷

船长告诉大家，什么都不要看

所有虚幻的景色都是迷雾的变形

你发现的事物，等于没有发现

当你发现了自己的发现

才能够获得一个可靠的信念

珊珊对此一阵唏嘘

这姑娘在海边出生，却对此发出惊叹

因为，那前方就是穹山

它仿佛有无数只手在挥动

又有无数只翅膀在拍打

奇石怪象，古木葱茏

在那穹山之上，有一根巨石柱高耸入云

好像上帝的权杖，直插大洋

那就是世界奇迹神笔峰

这座叫人永世难忘的高峰

只要看上一眼，人就会做一个

足可以遗忘一切的美梦。这是

默想的高峰，这是时间的高峰

它将世界一分为二，一边是

人间，一边是永恒

它又将心灵一分为二，一边是

自我，一边是忘我的过程

船长可以告诉乘客一切，只要

你问他，可是他什么都不想说

他除了唯唯诺诺，就是

引申夸张。他也要挽留自我的心灵

唯恐被陌生人骗走

唐璜博士也不愿意多言

他会绘声绘色地说，凡是

进入此山的人，都会保持缄默

因为一个可以默想的地方无须多言

一个可以令心灵再现的地方，保持

缄默，就是最适宜的感叹

神笔峰在天空消失

穹山在面前浮现

出现于一块巨大的画布上

远近的各种景物，都像构思的产物

笔墨轻狂，活灵活现

船儿靠岸，这不是海岸

而是一处悬崖，有七十七级台阶

将人带到一处宽敞的庭院

有各种香味儿，从山中向空间弥漫

这香味儿既是多情的，也是任意的

它有它的目的，不是让人逃避

而是让人接受，使人心情舒畅

庭院周围是几间别致的房舍

还有几处亭台，还有古老的茅棚

那是供人们休息的地方

庭院的周边全是陡峭的崖壁

东边只有一个出口

有一条洁净的青石山路

通向穹山的深处，在那路边

有岗哨、石狮，还有两排金色的灯柱

秘密就在那里，它显得

奇特而又静穆，出奇地深旷

庭院和山路相接的地方

是一处宽大的玻璃门廊

连续三道门，全是明净的玻璃

此艘渡船，只运载五人

其他两个走在前面，他们直接

穿过三道大门，大门自动开启

毫无阻拦，好像没有大门一样

山路上的景致清晰可见

其时，唐璜在前，穿过门廊

翠儿公主在中间跟进

只有珊珊，当她接近大门

却被大门隔在外面，她一脸无奈

欲哭的表情。当他俩回头

也无可奈何，因为门旁空无一人
这种大门，原来有一套智能识别系统
每个人的脸型、体态，都已经被计算
珊珊原本是海边的姑娘，经常在
中心广场附近出没，不可能进入穹山
唐璜此刻只得告诉她
关于穹山的各种禁令，并劝她
在庭院里安心休息，那里
配备有食物和休息场所
但是她不可离开庭院，因为
往来的渡船每天只有一班
那七十七级台阶下面，绝不可
停留，海浪异常凶险
此刻，珊珊泪流满面
眼看着期待的去处不能到达
翠儿小姐也向她挥手，并许诺她
回头将有好礼相送

其时，他俩在山路上行走
前面两人急匆匆的，已消失身影
静穆的山野却毫无静谧可言
隐隐约约的声音，飘忽不定的色彩
心灵之中也有某种声音
被激发出来
却毫无吐露的愿望
在一座山岗后面，出现一片宽广的厂房

翠儿想问，这里怎么会有工厂

"嗯！"唐璜说道

"那里不是一般的工厂

而是一家生物制剂基地

那里探索和开发，世界科学前沿领域的

学术课题。基因修复、基因图谱定制

精神药剂、编织记忆等等

那里，会聚了世界上的知识精英

正在研发一种能够改变形态构造的药剂

老年人服用后将精神焕发

丑陋的、肥胖的、抑郁的

都可以改变生命存在的形态

也可以根据个人意愿

获得人想要的品性。但是

这一切都是秘密，因为

可以更改存在的技术，不可以

在现实世界里公布

比如雾岛，这里云集着世界上

最富有、最天才的旅客，他们

一生都想在此地滞留，当他们

年老，或者当他们精神发生意外

他们最渴求这种药剂

他们永远都想着做人类的精英

从不管需要多大的代价。"

当他俩又走过一段崎岖的山路

一只黑鹰在树上噪叫

唐璜说道："十年来，就是这只鸟

经常栖在高高的树上，见人就叫

好像有什么消息报告。"

那只鸟在橡树顶上，来回走动

显得严厉、笨拙而又老迈

这些橡树同样苍老

有几个世纪的树龄，旁边

有几棵千年的红花天料木

树上潜伏着一些怪异的生物

那边山坳里，生长着香柏、月桂和古榕

再往前行，山路向上攀升

有峭岩和奇石排列路边

每一片景色，都是大自然的古董

如此鬼斧神工，在山中深藏不露

大海被远远地抛在身后，而山路

仍然向上攀升。突然

前面出现一面松柏打造的山门

唐璜在山门前停住，若有所思

并环顾四周，说道："小姐

这是一座进入深山的界牌

里面的景致，隐藏着巨大的秘密

那里将令人惊叹

这界牌不仅是山门，也是

一座仪式之门，进入此门

心灵将受到巨大的感染。那么

我俩都在这边橄榄树上

每人折下一根树枝，拿在手上

不可抛弃。你若感到心惊不适

只要将树枝插在发中

可以回避一切惊恐，因为

这片橄榄树林，是从非洲移栽而来

已经是，被施加了魔法的树林

你看它们，每棵树都苗壮苍劲

生命力顽强。而且

这是我的尊师亲手栽培，虽然

老人家已经过世，但我们

谨遵师命，定会安然无事。"

"好神秘哦！"翠儿说道

"只是听到你的叙说，就已经令人不解

里面还会有多少魔法、妖怪？"

"没有魔法，也没有妖怪

也没有见不得人的巫术

可是，当科学的技术超乎寻常的时候

会让人不解，惊心动魄。"

"那我们进入吧！"唐璜说道

前方不远处，有几座山庄

它们随着山路向前，一字排开

那山庄古老，却十分瑰丽

像庙宇那样隐身，像仙人修炼之地

木结构的庙堂，装饰着精美的大理石

第一处山庄的门楼上

用铜雕琢的是"人性山庄"几个大字

这门楼没有大门，只有门廊

进门后，院落里陈设着四座厅堂

第一座名为"法老厅"

只见，厅堂里黄金宝座上端坐着一位

头戴蓝色王冠的大王，翠儿小姐

十分好奇，走近法老王的宝座

法老王突然开口，说道

"我是阿蒙之子，我是世界大王！"

翠儿好奇地问道："法老王

你是拉美西斯还是那位图特摩斯大王？"

"我是法老王，我的话语就是法律！"

那法老王，突然举起了他的权杖

那根权杖，却是一条硬朗的眼镜蛇

法老王紧握蛇头，毒舌的尾部

发出警示的振动声

翠儿一阵惊慌，右手握紧橄榄枝

那法老王，已经被灌输了

关于法老的所有意识，他不是

任何一位法老王

而是法老王的统称，他要保持自身的威严

在别人看来，他好像装腔作势

但他不这么做，就会失去存在的品性

所以，他永葆这种精神，像神一样

这是他做人，或者说存在的唯一原则

第二座名为"天皇厅"

门匾上镶嵌着银色的"天皇"两个大字

那天皇却在读书

手捧一册《源氏物语》

对于来者，他没有显出任何神态

他专心致志，正襟危坐

一刻钟之后，他仍然摆着同一个姿势

双眼紧盯书本，却没有读进一个字

翠儿十分好奇。唐璜说道

"尊敬的天皇，浩气长存！"

那天皇抬头侧面说道

"先生，听我说话必须认真

我天皇，万世一系，没有姓氏

崇神天皇和应神天皇，都是

国家的象征。我天皇

乃东方的神皇，永世的根基。"

翠儿说道："'天皇万岁'

这是什么时代的词语？天皇

你却坐在这里，隐修，或者求神

我看不见你的王冠和权杖。"

"我天皇，是神皇的象征，东方之帝

不可置疑。少女你看天皇

不可乱用词语，必须谨记。"

那天皇，已经被灌输了

关于天皇的一切意识，他不是任何一位天皇

而是天皇的统称，他必须保持自身的尊严

在别人看来，他好像装腔作势

但天皇本人，不这么做就会失去天皇的品性

所以，他永葆这种精神，像神一样

他存在的唯一原则，就是成为天皇

他自己的意识，就是天皇

"天皇"使他感到光明正大。否则

他会失去存在的性质，心灵空虚

第三座名为"始皇厅"

"皇帝"两个大字不是镶嵌在门匾上

而是高悬在秦皇座位后的墙壁上

头上佩戴着十二串珠的冕冠

身披宽大的冕袍，上面绣着

日月星辰、龙等十二种图案

脚踏一双红色的龙靴，腰系玉佩

和一柄长剑，他目光炯炯，虎视眈眈

威严傲慢的神态，来回扫视

一会儿抽出宝剑，向四个方向指点

当看见有人前来，立即高喊

"攻打楚国，消灭齐国！"

一会儿将宝剑入鞘，一会儿又抽出宝剑

翠儿却觉得好笑，说道

"皇帝万岁！你不如消灭俄国。"

那皇帝即刻抽出宝剑，高呼

"消灭俄国！"

而在第四座厅堂里，大厅里张贴着

一个大大的"乩"字，那分明是

纳粹的显著标志，希特勒厅里没有座椅

他总是站在厅堂正中，来回走动

一撮小胡子将他衬托得凶悍无比

当听到隔壁的皇帝叫喊，他

立刻狂躁起来，高喊时手舞足蹈

"我是第三帝国的元首！我

信仰纳粹主义

攻打俄国，解放欧洲，出发！"

立刻，他掏出匕首，从厅堂厢房里

抓起一只羔羊宰杀

那干净利落的手法，无人可比

当听到隔壁皇帝的第二声叫喊

他即刻从厢房里，拉出一头仔猪宰杀

放尽鲜血，甚至怒气冲冲地剥皮

他每天必须如此，宰杀一只羊

一头猪，另加鸡鸭鹅数只

此刻，翠儿一阵心慌，扶住门廊

差一点瘫倒在地

唐璜一个箭步上前，扶住翠儿

并将橄榄枝佩戴在小姐头上

翠儿立即站起，面不改色

唇角露出笑容，好像在观赏一出闹剧

唐璜带着安慰的心情，说道

"小姐莫怕！这位纳粹党首暴烈

死不悔改。我们只有

每天配备一些牲畜供他抹杀

杀就杀吧，刚好

我们营地，每天需要这么多的荤食

另加一些蔬菜、果品

这党首的手法快捷，任何屠夫都比不了他。"

　"哦！唐璜，在这岛上

我决不食用荤腥，绝对不吃！"

其时，当他们走出第一座山庄

走上山路，翠儿仍然心悸不已，心脏突突直跳

不解地问："唐璜先生

用什么方法，使这些人变成这样？并且

凸显他们的人性，比现实更加逼真

难道他们，甘心成为这种人物？"

唐璜说道："采用什么基因制剂

什么意识底版，什么情绪控制

我不便告知，都是生物学的机密

这种科学行动，也叫作科学试验

不仅要开发药剂，开发意识

还要开发生命的逻辑

也是为了揭示意识和灵魂的秘密

用这种科学方法，去还原历史

比历史学更加可信。"

　"如此做法，他们，怎么可以做人？"

唐璜却这样回答翠儿，说道

　"与你擦身而过的

也许是穿牛仔裤的阿基米德

披着大甩卖零售衣的叶卡捷琳娜大帝

某个提公文包、戴眼镜的法老王

…………

翠儿小姐，你是华贵的娇娃

每一个有着此种行为的人，也都可以与你相遇

不是与你本人相遇，而是

与你的那个娇娃相遇，你不也是

深爱着你自己的娇娃？"

"哦！好吧！

这种太过于暴露人性的举止

反而失去了人性。"

唐璜说道："如果每个人

都不暴露他的品质，世界

将永远不可知。当暴露了

那种品质就会成为某个历史形象

被人们抓住，认识他

因为人类尚有更多的品质秘密

不断被发现，令人始料不及。"

唐璜博士就这样侃侃而谈

只有在这个异常的地方

他的才学，才能显示出最大的能量

其时，他们接近第二处山庄

门楼上，用金字雕刻着"人本山庄"

几个大字，闪光耀眼

这门楼没有大门，只有门廊

进门后，院落里陈设着四座厅堂

第一座名为"柏拉图厅"

只见，一位相貌堂堂的先生

端坐于厅堂的一侧，手中没有教具

而是两手空空，一手托起前额

若有所思，目不转睛

翠儿对这位老者甚是好奇，走上前去

可是，那先生一动不动

翠儿试探着叫："喂！"

老者抬头，说道："我是柏拉图

我不叫亚里斯多克勒斯，我是

柏拉图。我有平坦的前额，宽阔的身躯

当我的尊师受难之后，我周游各地

就是为了，追求最终的哲学

如今，我被困在此地，可是我

心甘情愿居于此地，这里比我的学园

更加充满奥妙。我每日反思自己

我，就是柏拉图。"

"你是一位尊师！"翠儿说道

"我是柏拉图！小姐，无论你是谁

无论你多么可爱，都休想让我移情换志

因为，灵魂是永恒连续的实体

它的终极实在，完全与永恒的自然相接

任何现实，都是不真实的、流动的

任何现实都是影子，而灵魂

既能把所有的现实连接，又能把

所有的现实抛弃。因为

所有的影子世界，都有不变的形式

而所有完美的形式，受灵魂驱动

当你发现灵魂和实体的关系，你才能

体会到神存在的意义。我因此

被誉为'阿波罗之子'。"

翠儿听到这些话语，十分乐意

神，终于能被凡人理解

可是这时，那居于第二个厅堂里的

一位先生，微笑着向小姐招手致意

翠儿不想离开第一座厅堂，那老者却说

"小姐，你真可爱！

你一定有学习的上进心

可是，学到的知识怎么样有用

必须要一个社会承接，小姐你

才能够获得平安、幸福

还可以得到更多的福赐。"

这祝福的话语，翠儿深受其感染

不自觉移动脚步，来到门下

发现，第二座厅堂名为"孔子厅"

厅堂正中，端坐着一位和蔼可亲的先生

眉毛深厚，像一片生长茂盛的丛林

手持一片木制戒尺。见小姐进门

老者起身致意，说道："我，就是孔子

人称我'至圣先师'，我最爱

谆谆教人，我曾经周游列国，弟子三千

我感悟人道，我教人成仁

人道，是人类永恒的主题，只有人道

才能确保夜不闭户、路不拾遗、天下为公

可爱的小姐，当你听我的言语

就会明白，有教无类，学而优则仕

所以，我会确保小姐日后发迹。"

"先生，我不想发迹。"

"什么？"孔子举起了戒尺，又放下

说道："做人，必须追求向上、追求发迹

维护一个社会的大局，才能确保自我的利益

如今小姐，你着实可爱

我当认真地，教导你。"

其时，翠儿感到此人说话啰唆

只关心利益，缺乏哲理

还没等孔子把话说完

她已经走到第三座厅堂的门前

这门楣和内厅异常华贵，一尘不染

门匾上，却是用数百粒宝石镶嵌而成的

"佛陀厅"三个晶莹光洁的大字

厅堂里，端坐着一位身着黄金华服的圣人

金丝和锦缎穿插着编织

一只手扶膝，一只手抬起，手掌向前

手掌里有"南无"两个金字

那宝座上装饰着珠玑和翡翠

翠儿双手合十，双眼凝视佛面，屈身上前

那佛祖好像毫不知悉，一动不动

翠儿用一只手，在佛前微微晃动

只见，那大佛唇翼慢慢翕动

说道："说等于不说，不说等于全说

我乃三界的导师，四生的慈父

人称我觉悟者

我的佛缘与众生的佛缘同缘

众生皆具佛性，我

为什么是众生的导师？乃因为

我是众生的众生，我遍历

三千大千世界，众多三千大千世界

与我的手掌同为一个世界

我未说的，全在不说之中

宇宙永恒吗？宇宙不永恒吗

身为一物，心为一物，身心同一吗

说等于不说，不说等于全说

燃灯佛和弥勒佛等于我的不说。"

"佛祖，我有心求佛，只为一个缘分。"

"小姐如有相求，必求我的菩提树

我说等于不说！如今，这厅堂

就是我的菩提树，我就是厅堂。"

翠儿一头雾水，想，还不如

去到那真正的菩提树下

转而，他俩来到了第四座厅堂

只见，门廊不是门廊，而是

用两个大大的十字架拼合而成

木框下面，用铁丝悬挂着

"耶稣厅"三个大字。每一阵风

都可以将那三个大字晃动

好像是受难者哀求着生命

只见一位圣人，像一匹马一样

稳稳地站在厅堂正中，双眼

直视前方，身披一条长长的红色纱巾

翠儿问道："你是耶稣吗？"

那圣人答道："我是耶稣！出生于伯利恒

我是人子，是神的独生子

当我被钉在十字架上，我当一无牵挂

才能复活。因为他们，必有求于我

他们必求于我，我必复活

而我，决不到他们中间去

我只为他们营造一个天国

到了最后审判的时刻

我将宣布，善，是最后的胜利。"

"你就是上帝！"翠儿双手合十

"我是人子，我是神的独生子

天上地下一切的权柄在于我。然而

我不是上帝，我绝不是上帝

因为，当人们求神万事不应的时候

就去辱骂上帝，甚至判他的死刑

小姐，你我之间有一个'义'字

这个'义'字，在天上称为义

在人间就是义气

因为这样，你必饮我的血

为了在天上的那个'义'字

我是耶稣，我不是上帝！"

此刻，翠儿有欲哭的感觉

转身向唐璜说道："先生

这位耶稣，最讲义气

也是一位有着自知之明的圣贤。"

"是啊，小姐！他们具有相同的处境

为什么只有耶稣才有自知之明

我想，这不是做人的问题

而是一个人做人的过程

每个人，都不自觉地去做人

可是，他们与要去成为的那个人

却天差地别，各不相同。"

"高见！唐璜博士

猴子可以进化成人，狗儿却不能！"

他俩惬意地闲聊，不知不觉地

已经踏进了第三处山庄的范围

这处庄园与前面的不同

门楼内外，花草繁盛

一条小溪从山上飞流而下

溪流淙淙，门楼上方

用天青石雕刻的"美人山庄"

几个大字，娟秀而有魅力

这里门楼既有大门，也有柱廊

进门后，院落里也陈设四座厅堂

第一座名为"海伦厅"

几个字采用玫瑰色的丝线织成

第二座名为"褒姒厅"

几个字采用极细微的黄金丝线绣成

第三座名为"夏娃厅"

几个字采用常春藤的青色枝蔓编成

第四座名为"露西厅"

几个字采用羊肋和鱼骨组合而成

这几位美女，并非在厅堂里正襟危坐

她们有时在门口徘徊

有时去抚弄花草

有时，她们互相观赏对方

总想把对方的描眉和彩妆学到

每到傍晚时分，当迷雾把穹山笼罩

她们却去到溪流里嬉戏

故意地，互相卖弄风骚

其时，当翠儿来到海伦厅门前

那美人走了几个碎步，将一袭纱丽

披在肩上，手扶门廊向外眺望

当她眺望，有一只长尾蓝鹊朝她飞来

轻轻落在美人的肩头

美人儿眉清目秀，婀娜多姿

张开了艳丽的玉口

说道："小妹妹，你将看到

人间最美的人儿！我，就是海伦

我是斯巴达的公主，有十万求婚者

从年少到成年，一直把我追求

因为我引发的特洛伊战争

持续十年战火不停。我一直

用眼睛观望双方的战士。我

全爱着他们，当他们因我而捐躯赴死

我更爱他们，天下的英雄

没有任何英雄的刀剑可以将我杀死。"

"你真美，公主！"翠儿叹道

其时，第二座厅堂里的美人

用媚眼把翠儿招引

又将一朵郁金香抛到门外

翠儿好奇，向那朵花儿走去

当她走到褒姒厅门前

那美人拿一只细长的瓷瓶，欲送给少女

此刻，唐璜一把抓住瓷瓶

又放回门内，并轻声告诉翠儿

这种物品无论多美，决不能收下

翠儿虽然不解，但她却有收下的意思

因为那瓷瓶极其细腻

古老的花纹具有诱人的魔力

当物件被放回原处，那美人

毫不生气，旁若无物

当美人儿抬起纤手

有一只长尾极乐鸟翩翩飞来

轻轻地停在美人的手臂上

美人儿袅袅婷婷，软弱无力

杨柳般的细腰，有如朝雾

从那玉石一般的肚脐里飘散出迷人的气息

樱唇启动，有如细雨

说道："帝王的万千宠爱，不如

我微微一笑的价值

我是褒姒，我是帝国的皇后

我从夏帝的宝匣中诞生

在天龙的唾液里滋育

在人间，我从来没有快乐

因为，我美得惊天动地，只有

撕裂锦帛的声音，才能称合我的心意

那嘶嘶的声音，有如青龙的召唤

什么帝国！什么天下

都不能换去我的绝美。"

"哦，你的美令人叹息！"翠儿说道

"只要你跟着我，小姐姐

也可以把你锻炼，成为

一代妖艳绝伦的天后。"

这种妖媚，没有人可以抵抗

翠儿听到此言，即刻向前走去

在第三座厅堂前，只见

厅堂里站着一位皮肤白皙，双目有神的

美女，她有粗壮的腰肢

和一双坚韧的手臂

她，没有描眉，却戴着一顶

用鲜花和蔓草编织的荆冠

看见翠儿走来，她热情地

迈步上前，说道："我是夏娃

我是人祖的妻室，我是人类之母

那时候，我俩在伊甸园里生活

天真烂漫，无忧无虑，可是

偏偏在丛林里生长着一棵智慧树

那树上的果实浑圆，特别诱人

那棵树，好像是上帝的真身

上帝，比一切存在物都更迷人

因为我俩，均是上帝的造物

我当然最爱上帝

我忍不住吃下上帝的果实

从此，我害怕赤身露体

因为我懂得了羞怯

但是我，不惧怕去爱

在世上我只爱一个人

我永远是他的人，可是

那个负心的男人，千变万化

变成了世上的每一个男人。从此

我心中便同时存在着爱和恨。"

说着，那女人一把抱住唐璜

说道："他是世上的每一个男人

你本来就是他的化身

我对你，既爱又恨！"

唐璜无奈，甩开她的手臂走向门外

夏娃向翠儿说道："小姑娘

我们女人，都被欺骗

也许，你还被蒙在鼓里。"

翠儿不语，低下头

向第四座厅堂走去

这座厅堂与众不同，别具一格

所有的装饰和用具，几乎

都是木器、骨器和石器

没有珠宝、金银，没有丝绸和刺绣

只见，一位消瘦、孱弱的美人

拿一根木棍，欲打造一件可用的工具

她的美，超越了一般女人的气质

是那样纯朴、娇小，婉转得迷人

火辣辣的眼睛，光芒逼人，仿佛

一眼就能发现所有的秘密

可是她不爱说话，也没有心计

当翠儿走近，她并不惊讶

站起身说道："我是露西

我有像音乐一样可爱的名字

而我，是真正的人类祖母

我出生在古老非洲的阿法盆地

那里，有真正的伊甸园

我不会矫揉造作，从不骗人

而她们，时刻以欺骗为荣

她们的感情，我早已看透

我是她们的老祖母

我能理解她们。可是我

我从不理解自己，我是露西

除此之外，你爱怎么说都可以。"

　　"人类的祖母，哦，你是真正的美人！"

　　"我是露西！我不是美人，也并非女人

你爱怎么说都可以，可是

你得记住，说话者是你自己

至于别人怎么说

那又将成为他们的意思。"

　　"哦！好神秘的祖母！"

翠儿说完，向门外走去

到了唐璜身边，说道

　　"唐璜博士，这里真是令人着迷

但是也令人费神。我们走吧

离开这默想的地方，因为

确切的时限催我们离开这里。"

其时，在金秋明媚的阳光里

却飘浮着一团团云絮，它们

是那么轻柔。然而，神笔峰的高处

正在孕育着一阵阵浓烈的云雾

正伺机飞扑而下，欲笼罩穹山和海岛

唐璜博士不语，若有所思

深感那胖美人的拥抱，很有情绪

突然，他将面前钟灵毓秀的少女紧盯

说道："可爱的娇娃，只有你

才更令人惊叹，你宛如琪花瑶草

灵动感人。而那几位美人

却是用上帝的稻草捆扎而成

虽然，她们妖冶无比

却没有自我的灵性。"

"先生真会比喻啊！"

"俏丽的娇娃，我想拥抱你

就在这里，从你身上

我看到了生命的全部意义。"

"不可以，唐璜！绝不可以

从没有男人近身于我，我也

不可能接受。想想伊南娜小姐

她会有怎么样的话，等着你！"

唐璜一阵心愧，自我反悔

他俩沿着山路，向前方走去

那前方不远还有一个用木栅栏圈围的院落

再往前去，就可以走出这诡异的山庄

当他俩走近木栅，快要接近出口的时候

突然，一只凶恶的雄狮，咆哮着

从一棵粗壮的树的枝杈上，飞扑而下

直奔他俩而来。翠儿恐慌不已

双腿发软，欲要瘫倒在地

唐璜一手扶住小姐，说道

"小姐莫怕，这只威风凛凛的雄狮

从来不伤害平常之人，它只是

这座山庄的守门兽，它有自己专供的食物

这山庄里，不同凡响的人物

只要他们中的任何一个

厌倦了山庄，产生了烦恼

他们就自己走来，甘愿成为雄狮的食品

因为当他们的心中滋生了烦恼，那么

这烦恼将像毒药，无药可解

他们，根本就失去了存在的勇气

他们的本质就是：成为那个人物

如果他们厌倦了这种行为

他们就把自己的存在和生命，当成了悲剧。"

"哦，原来是悲剧！就让

雄狮为他们收场吧！"

翠儿小姐心跳不已，快速向山门走去

其时，两扇坚固的石门，慢慢地

为他们打开，发出铿锵的声音

只见，大门外一阵阵云雾弥漫

道路已到了尽头

前方悬崖之下就是大海

汹涌的海浪溅起飞沫，朝崖壁扑来

翠儿正在犹豫之时，却走来了

两只健硕的山羊

唐璜只好说道："翠儿小姐

谁也不会想到，在这里

只能骑着山羊才能离开，这山羊

是穿山的宝物，千百年来，它们

一代代在此地繁衍生息

已经掌握了许多法术和本领。"

说完，唐璜首先骑在羊背上

翠儿无可奈何，只得照做

因为那高高的悬崖令人恐慌

立刻，两只山羊找到无人知晓的小径

一阵奔跑跳跃，只有片刻工夫

它们好像抄了大山的捷径

像一阵旋风，在山上转来转去

很快就来到了渡船停靠的庭院

而且，山羊停在了那三道玻璃大门之外

当他们跃身跳下羊背

那山羊，飞快地朝山崖奔去

寻找一些凸起的石块和可以站脚的缝隙

转眼消失在山上的丛林里

那独特的法术令人称奇

第六篇
◻———学者之殇

下午四点钟。浓烈的迷雾

从神笔峰之上，一片片翻滚而下

首先将穹山上的丛林覆盖，而后

一团团扑涌而下，直到海边

返航的渡船正在期待他们

船长已将汽笛鸣响了三次

唐璜明白，必须在穹山上遗弃那根橄榄枝

不能将树枝带到船上

更不可将树枝带回雾岛

那树枝虽小，却是进入山庄必备的

像一面可以驱邪的明镜

或者，像一剂可以安神的汤药

他随即，在翠儿小姐身边站立

轻轻取出，佩戴在发丝中的树枝

这时，珊珊姑娘从旁边休息的亭台里

起身向他们走来。然而

当树枝刚刚被遗弃在地

翠儿小姐突然昏厥，失魂落魄一般

好像被惊吓的小孩，瘫倒在地

珊珊眼明手快，一个箭步冲上来

将小姐扶起，缓步走到亭台的座位上

她俩一起坐下，珊珊使用手掌

在小姐背部连续敲击

直到翠儿小姐恢复神志为止

珊珊急切地问道："翠儿小姐

你为什么昏厥？感觉哪里不好？"

"啊！我突然双眼发黑，仿佛

被人把灵魂摘走。在我心中

有许多魅影乱舞，宛似地狱的世界。"

珊珊猜想问题严重，以责难的口气

向着唐璜说话："唐璜先生

你说吧，有什么不妥的地方必须说清

你带小姐去到那幽秘的山中

在这大半天里，发生了怎样的事情

那里，有什么样的情景

给人带来患难的感觉！"

"哦，珊珊妹妹，翠儿小姐她

也许在山中被冷风冲击

也许看到许多新奇的事物

心灵一时无法接受

她的心态必须转变过来

需要一个缓和的过程

我们回头听听音乐，用轻松愉快的

心情，将不安的记忆冲洗。"

"好吧！对这事你有完全的责任

你必须负责！"

其时，翠儿小姐缓过神来

朝着唐璜说道："那里山庄

是一种怪异的人间，是什么所在

仿佛是活着的地狱

用生命演绎的另一种自然关系

又逼真又吊诡。"

"是怎么样的山庄，小姐？

如果我陪你同去

你一定不会遭受这种苦难。"

在珊珊心中，什么事情都是

越新奇越好玩，越刺激越好玩

像珊珊这样久经世故的女孩

正贪恋那艳丽的色彩和刺激的音乐

而同样的事物，翠儿就难以接受

此时唐璜满面愧色

向她俩说道："两位美女，今天

我万分惭愧，珊珊没能进入穿山

翠儿又在山上受到刺激

真对不起，都是我的责任

我必须补偿你们，走吧

当我们回到雾岛，我请两位

去听音乐，或者到舞厅坐坐

那里音乐响亮，节奏明快

可以冲去不好的记忆，也可以

带来美妙的感觉，那些

时髦的俊男靓女，总会

玩得花样翻新。那场景

也是雾岛最能诱人的风情。"

"好啊唐璜，说到做到！"

珊珊第一个表示赞同，然后向着翠儿

说道："小姐，我们就去

机会难得，既然出来了就玩个痛快

你常年在府邸生活，也会感到索然无味。"

当他们登上渡船，刚离开穹山的区域

即收到伊南娜小姐的信息

此次行踪已经暴露

其实，穹山附近的通信信号

已经被政府部门封闭

却改用特殊的频道

信息显示，唐璜博士不应该

带小姐去穹山玩耍

那里有许多未知的事物

她无心谴责小姐，而仅仅

以提醒的口气，让她及早赶回府邸

我也，同样发出几条信息

表示关心，或表达劝慰

我没有谴责的权利

我或者，在黄昏时分前往府邸

在大厅等候她们，到花园走走

发现一些什么问题

过问一些什么事儿

就会发现这偌大的府邸

必需一位统一的管理者

这位置老爷在世时属于伊南娜

现在她忙于外部事务

府邸显得混乱，各种

设施、卫生、安全等等都不到位

这事儿，我必须向伊南娜建议

其时，渡船靠岸东山岬

刚一靠岸，唐璜驱车带领她们

直奔金碧辉煌大舞厅

那是雾岛最豪华、最热闹的夜总会

翠儿小姐本想不去。珊珊说

"翠儿小姐，我们去吧

那里有世界上最时尚的音乐

也可以享受别致的夜景

世界各地的旅客，把那里

当成雾岛的首选之地。"

唐璜却说："翠儿小姐

你必须去！你应该追求独立

在人群中你可以体验生活

在社会上可以激发独立的思维

因为小姐你，才是哈希码老板的合法继承人

西兰府邸是你的府邸

老板的事业是你的未来

然而他们，许多人

却寻找各种借口，总想

将你的生活局限于西兰府邸

或者鼓舞你，整天在花园里玩玩

这样，不是大小姐的作为

我想他们，对于小姐的未来

别有用心。"

这么具有挑衅的话语，在翠儿看来

却是一种友情式的劝告

当然，珊珊对这种话题更感兴趣

一席话说到了珊珊的心里，她

赶紧补充说道："是啊，小姐

以后我经常陪陪你，只要你

一个招呼，我立马就到

也使小姐有一个陪同说话帮忙做事的人。"

翠儿小姐，随即将自己的一根手链

赠予珊珊，说道："珊珊，收下手链吧

这串蒂芙尼手链价值不菲，作为礼物

对你没有进入穹山，在外面等待，表示歉意。"

珊珊仿佛得到了皇帝的赐福

喜出望外，这也是

她做女人获得的最好礼物

其时，金碧辉煌彰显出独特的魅力

有些像古代诗人笔下的景象

曾经有位女巫唱道

"我是厄利希多，阴郁的女巫

和往常一样，来赴今夜的恐怖宴会

我仿佛看到满山谷的烟雾翻白浪

是忧愁恐怖之夜的特殊景象……"

渴求午夜疯狂的人们，他们不是飞翔

而是驱车前往。在白色的沙滩旁

在一座山岗的山顶上，那里

向天空和大海放射出万道霞光

一团团迷雾将四散的光彩追逐

音乐的力量坚韧有力，一阵鼓点声

撕开一道风情万种的迷帐

那里有海景天色

那里有浓雾和浪涌

那里汇聚了世界各地的风情

无论是装潢、音乐、舞者

还是天才的创意，都叫人癫狂

这就是金碧辉煌

它将撕碎人的心灵，再组合

把每一个舞者变成乞丐

向一个假想的上帝祈求一点点哀怜

金碧辉煌，耸立在山岗之上

山顶的平台就是它的大厅，上面

高高地覆盖着一顶金色的拱顶帐篷

周围设有数十个音乐厅堂

弧线形排列，组成一个圆形的巨大舞厅

这座光彩四溢的大圆

为灵感塑造一个极度夸张的苍穹

仿佛，一个旋转不停的地球

相对着另一个奔腾不止的大地

在这舞台之上，通过人

将上演一系列的风情；通过心灵

将上演一系列的奥秘；通过音乐

将上演一系列的律动

一位新来者，他乘坐轻轨而来

用双眼紧紧盯住那金光闪闪的穹顶

在云雾缭绕的海滨

如同熊熊燃烧的篝火

一种忘我的精神注入他的全身

在这里，他将成为拜火教徒

每一个来者，都只是一支燃烧的火把

火把将投身于熊熊的烈火，在这里

磨炼他的精神，直到奄奄一息

只要他有爱，这里就是心灵的舞台

只要他有信念，这里也可以成为

表现的天堂；只要他有现金

他总可以把自己燃烧成更大的火炬

然后，几位精灵似的舞女进场

她们在后台做化妆准备，她们

先用美酒烧烧身，再用

土耳其颜料在皮肤上涂抹

只有一位圣女，采用非洲的白色颜料

在脸上涂抹，用鲜红的颜料

涂满胸部和肩膀，再用

青色的颜料染满发丝

这位身着草裙的美女，也许

此地只有她一位圣女，可是

她却用一颗圣洁的心

欲要网罗全场的风情

然后，有一辆装饰着荧光的摩托

在一只巨大的水晶玻璃球内

上下翻腾，以极快的速度

飞速环绕了数圈。舞台以这种热身方式

期待着宾客的到来

今天也许有西班牙舞蹈家献艺

明天也许有毛利族舞者表演

这里每天都有花样翻新的节目

金碧辉煌，要打造一个欢乐和美的舞台

同时，它也渲染浓郁的妖艳风情

它的口号是：大海做证

那么，红男绿女们，也可以

在这里追求那任意挥洒的爱情

因为这里有一种预设的誓词：大海做证

它提前为每一位宾客创造一个爱的前提

使得那些无限空虚的心灵

一开始就得到满足

金碧辉煌，大海做证

光芒映照下的，波光粼粼的海面
许多鱼儿趁机游来，海面上
有一位健壮的渔民
在那里张网以待。对于那些
夜晚因疯癫而去蹈海，或者那些
因泛着波光的海面而误入大海的
可怜的生命，他同样张网以待
每条鱼儿价值百元
每条生命，价值十万
渔民躺在舟楫上，静静期待
这种情景不用假设，刚好
为他提供了一个发财的机会
金碧辉煌，为舞者和歌者
提供了一个可以夸张的隐喻
人们在音乐中接受洗礼
此刻，唐璜他们刚好来到了
这个可以夸张的隐喻的场所
有礼仪小姐，将他们带到
一间音乐厅里，内部具有
十分夸张的设计风格，宛似一种隐喻
而他们，对于自我感官的认识
又是一种隐喻。只要

音乐响起，什么都可以放弃

只要音乐响起，我和伊南娜
就已经知晓了他们的行程和消息
可怜的伊南娜小姐
也许是你的信任出了差错
这位唐璜，可是那位
拜伦笔下的花花公子？他竟然
以这样的心情拐带少女
什么样的感情，什么样的话语
都无济于事。伊南娜小姐
决定教训他一次，必须叫他
痛改前非，或者
要他更加拼命地卖弄话语
为自己找到一个合理的借口

只要音乐一响，顿时
大海连接天空，天空连接海岛
海岛连接着这座"金碧辉煌"
每一处都相互响应。首先
震撼人心的音乐从大厅中央响起
一列造型夸张的美人鱼
在大厅中央的舞台上翩翩起舞
舞台缓缓升起，在空中绕一个大圈
从周围数十个音乐厅门前飘过
美人鱼在移动舞台上变换不同的造型

她们用歌声呼唤着每一个宾客的名字

"啊啊！哦哦！哆哆！啦啦！咪咪！"

每个人都听到了

那正是他们自己的名字

他们一阵狂喜，随后

美人鱼向他们抛撒彩带和彩球

她们用各种造型奇特的舞姿

编造一个个耐人寻味的故事

那些故事却是

宾客们关于他们心爱的情侣的故事

情侣们曾经卿卿我我，风流而忘形

这舞姿将那些不可忘却的情景

一遍遍再现于他们的面前

此时，许多宾客激情万分

他们深深陷入了那故事的情网里

他们，有的嘶声高唱，有的大口狂饮

太神奇了，舞姿和音乐

达到了统一。精神和感官也达到统一

这舞台，已经在人们心中

制造了一首热烈的狂想曲

舞台上营造的氛围也许过于单调

今晚，能够给雾岛制造更大气氛的

却是小姐翠儿

翠儿小姐前往舞厅的消息

不胫而走，在大街上，在那些

喜爱猎奇的人的口中互相传扬

爱玩的年轻人，爱闹的年轻人

喜爱跟风的人，几乎倾城而动

翠儿小姐是什么人？自从

翠儿进入西兰府邸，一直

低调、隐秘。这位哈希码老爷的千金

又是总督大人关心的人。翠儿她

又是在哈希码临终时刻出现的美少女

早已是雾岛最大的秘密

秘密没有人说的时候就不是秘密

一旦有人讨论，就是天大的秘密

今晚，天大的秘密

就在金碧辉煌的大厅里

伴随着华美的音乐

人们更愿意讨论、猎奇

此刻，陆陆续续的人，向着

金碧辉煌所在的山岗上拥挤

许多人相拥在沙滩上，因为

大厅和音乐厅里已经没有位置

或许今晚有著名的舞者前来献艺

外地的游客都这样认为

许多旅客也向这边拥挤

警察厅指派更多的巡逻队

拉响警笛，在沙滩上来来去去

那艘渔民的小舟也提高警惕

时刻看着海面，寻找发财的机会

人们讨论翠儿，不如看看夜景

因为从来没有人认识翠儿

也没有她的照片，甚至是

比较真实的传闻都没有

就让秘密成为秘密吧

有秘密总比平淡的生活好

有天大的秘密总比没有秘密好

有人喊叫，有人吹口哨

一阵纷乱之后，金碧辉煌

和从那儿传播而来的音乐

成为人们追逐的焦点

其时，当美人鱼的舞蹈已毕

大厅里爆发出另一种旋律

这种音乐急促、有力

用轰鸣的振动制造它的音律

那是震耳欲聋的非洲大鼓

夹杂着急促的非洲手鼓

还有一些口笛和丝弦给它伴奏

在这万分震撼的音乐中

发出一阵原始人的野蛮的大吼

只有吼声，不见人影

突然，所有的声音暂停

一阵令人疑惑的静穆之后

大厅中央的舞台上，出现

一位狂野的美人，她

赤脚，身穿草裙，在她身上

尤其在她脸上和发中的装扮色调粗犷

明艳，像凡·高笔下的人物

当她高举双手，抖动

狂烈的音乐又起，夹杂着

原始男人野蛮的吼声，仿佛

把整个厅堂抛向空中

外围的人流也停止喧嚷

大家仿佛，期待着某个结果出现

那狂野的舞女在舞台上跳舞

只要她手臂一动

伴奏的音乐就是一阵铃声

只要她的手指颤动

伴奏的音乐是欢快的手鼓

只要她的头发甩动

伴奏的音乐是悠扬的风琴

只要她的腰肢扭动

强烈的非洲大鼓轰隆隆响起

她那粗壮的双腿，奋力摇摆

伴奏的音乐是刺耳的短笛

在她身上，每一个部位代表一种乐器

当她舞动，全身上下散发魔力

这种充满光芒和灵性之舞，使得

舞蹈与音乐达到了超然的统一

一曲终止，所有的音乐骤停

大厅内外寂静无比。原来

人们期待的就是这静穆

而在这静穆之中，高高的苍穹荡漾着回声

其时，舞池的气氛达到了高潮

唐璜的激情也达到高潮，因为

他清楚，今晚人流狂潮所追逐的

焦点，就是他的身边

身边的娇娃有如圣女那样美妙

而翠儿，却从没有想到

也感受不到，她尚没有这种意识

坐在音乐厅的角落里欣赏大厅里的表演

这正是午夜时分，是人们自由发挥的时刻

大厅里，奏响一种热情的大众化音乐

旋律悠扬，时而急促，使得

每个人都可以跳起他自己的舞蹈

于是，周围各个音乐吧里的人

纷纷向大厅里走动，他们

有人跳爵士舞，有人跳踢踏舞

小伙子最爱的是鬼步舞

一会儿高跳，一会儿在地面翻滚

各种造型十分随意

鬼步舞很有气质，动感强烈

唐璜起身邀请翠儿

说道："可爱的娇娃，我们去吧

到大厅里跳舞，只要你高兴

跳什么都行，只要到了大厅
身体会不由自主地摆动
跟随音乐的旋律，很快
所有人的动作都会达到统一
在音乐中锻炼你的感官
渴望美、渴望爱，可以瞬间满足。"
"谢谢唐璜！我不会去到舞池里
我喜爱的是欣赏。而这些旋律
又急促又强烈，我感觉
不是女孩子可去的地方，而且
我的眼睛也受不了灯光的刺激
我最爱我的眼睛，也不希望
双眼被迷惑而无法入睡。"
唐璜无奈，只好一个人钻进舞池
随着人流，快速地变换位置
他在求学期间极爱跳舞
虽然在岛上工作忙碌，但今晚
他找回了原来的激情
又加上今晚的狂热，他变得
忘乎所以，双手高高地举起
在人群中飞舞，迈出大大的舞步
使得身体闪动于不同的位置
仿佛要激起他人的注意。然而
确实有人在注意着他，时刻
把他紧盯。那家伙
想不到用什么方法教训唐璜

因为唐璜的舞步漂移太快
终于，他发现了唐璜的手臂
那手臂高高举起，是个不错的机会
那家伙，极速地掏出手枪
朝那手臂扣动了扳机

啪！一声枪响
鲜血从那高举的手臂上流出
染红了唐璜的面庞，又往衣服上流淌
突然的枪声打乱了音乐的旋律
最贴近唐璜的舞者们，首先
发现他满脸血迹。狂乱和骚动
就从这儿开始，向整个大厅蔓延
舞者们推推搡搡，人群变成了恶浪
人们，根本把握不住脚步
有几个人跌倒。而外围的人
他们朝大门奔跑，还有的人
钻进音乐吧里，紧闭房门
这广场一般的大厅，可想而知
人群骚乱将无法控制
保安动用各种力量疏散人群
音乐全部停息，关闭闪光灯具
然而，这个夜晚非同一般
人潮过于拥挤，大厅一片狼藉
那作案的家伙早已逃脱
刺耳的警笛响彻夜空

一刻钟之后，两刻钟之后
当救护车赶到现场
在十几个被踩踏的人之中
只有一个停止了呼吸，因为
子弹穿过他的手臂，失血过多
躺在地上任人踩踏，已经
失去了自我保护的意识

今晚，在金碧辉煌里没有忧伤
有的只是疯狂和刺激
这种更大程度的疯狂
有些人见怪不怪，甚至有些人
真遗憾没有看到中弹的现场
人血曾经是最好的法器和药物
那些，喜爱到执刑现场，搜集
人血的家伙，只有他们
才懂得生命，不过是一种形式
世界上存在许多种类的形式
它们，是否是同一个体系
这不需要诗人的想象力
而需要，科学，就是科学
那种既害人又养人的宝贝
是人类已经掌握的，巨大的
现代工具。它可以
使死亡变得漂亮，没有痛苦
又能使得，生命来得容易
要形有形，要美有美

幻想第二部
人生幻想曲

那乐声是如此动听，竟令人无法把音符辨清，
我眼前出现的那点点光辉也同样如是，
从中传送出一曲优美旋律，沿着十字架飘散，
它令我如醉如痴，却听不出是什么赞美诗。

——《神曲·天堂篇》

第一篇
◻———街头歌者

一位满头是汗的酒夫，在街头

叫卖他自酿的美酒，他夸耀

美酒的滋味，美酒的度数，甚至

美酒的色泽。他一边喝酒一边叫卖

他说："多么好的酒啊，请君品尝

这是春天的美酒，大自然的馈赠。"

谁人会来购买这位醉醺醺酒夫的美酒

那好吧，他就自我品尝，直到烂醉如泥

在街头树荫下躺睡。在他身边

还有一位街头歌手，坐在路边沉思

那是一位鸠形鹄面的盲人歌手

整个冬季，使得他自身肮脏

蓬头垢面，手持一根竹杖

只有春天到来，大地回暖的时刻

他才到一条熟悉的小河里沐浴

把身体、衣物精心洗涤

然后，只有当他身心爽朗之时

他才赶到自己熟悉的大街桥头

亮开嗓子，哼哼歌唱。有时候

他吟唱许多民间小调

在此之前，整个冬季他哑口无言

收一些零币，靠乞求度日

当他嗓音高亢歌唱的时候

也无非是一种乞求的方式

老者，深知其中的道理

他爱身体，爱自己的衣裳，也爱自己

长长的披肩发式。他年少时

就是一个爱唱的歌者，他曾经

向不同的前辈艺人学会多种唱段

深深陷入说书传唱的感情里

因为一场失恋，这感情愈发浓重

成为他心灵的迷魂汤。因为

自那以后，他只爱闭着眼睛演唱

甚至，三天三夜没有把眼睛睁开

最终，是他的心灵关闭了自己的眼睛

眼前，一片迷茫、黑暗。不如说

这正是他所追求的世界

只有在永远漆黑的世界里

他才体验到一种真爱

原来是一个痛彻心扉的情结

今年春天，仿佛延迟了几天

每一年都会延迟，大地故伎重演

再看那老者，长长的发丝一片亮洁

像自己的身影那样，扭扭拽拽

他熟悉的桥头，他心爱的桥头

却正处在西兰府邸大门口的不远处

当他赶到桥头，架好锣鼓的支架

将行囊中的各种乐器在桥栏旁放好

老者坐在一只羊皮脚凳上

举起鼓槌，奋力向大鼓敲击

只有这沉闷、响亮的一声

却刚好引起了翠儿小姐的注意

她心中一震，思忖着这是什么声音

又响亮，又生动，又沉闷

因为她刚刚走出门口，想去花园瞅瞅

寻思着应该是某种花儿开放的时节

当第二声鼓点响起，而且是

咚咚咚的一连串鼓音

这发人深省的鼓声比什么音乐都感人

仿佛有人在叫唤自己的名字

又像是被遗忘的事情，突然想起

这位大小姐已经十八岁

是鼓声勾起了她思乡的情绪

还是因为生活有梦，却不能自知

谁知道呢？不可猜测的事儿

就让它搁在心里。此刻

街上的鼓声断断续续

那大鼓讲述心中的故事

比自己的思想更为明晰

当她稍微地犹豫，之后
迈步向海滨花园走去

花园里，明净的海风尽情吹拂
园丁们正在培育来自南美的几个品种
唐璜的讲坛已被废弃，被拆除
原址上竖立着两块橄榄木木板
上面雕刻的不是"南无阿弥陀佛"
两块板材上分别雕刻着
"南无""阿弥陀佛"
因为伊南娜有时候也信奉法术
自小姐从穹山归来，又发生了
令人不解和痛苦的事件
伊南娜请来了锡克教大师
认真分析经过，寻求对策
又希望小姐能像锡克教徒那样
潜心学习，掌握更多的知识
一连三日，大师所做出的决定
十分符合现实意义，因为
无论用多少种理解方法，它都成立
"南无"并非"阿弥陀佛"的专用词
原来是佛祖的两个愿心
隐藏着更大的暗示和秘密
伊南娜更喜爱佛祖，因为
朝拜佛祖是老爷临终的嘱托
为他赎罪。可是，人们都想不到

哈希码老爷何罪之有。他老人家

开创了这么大的基业，创建了

这么好的生活家园，罪孽从何谈起

每一个活着的人都不曾有老爷的经历

那就遵听嘱咐，计划朝拜佛祖好了

其时，珊珊在花园里忙碌

她既热情又爱管闲事

现在，她在府邸主管着伊南娜曾经主管的事务

珊珊爱言语，也喜欢忘记

她看到南美洲的奇花异草

当天，就从网上订购。她看见

非洲女人的羊皮裙，也想打听消息

还想琢磨一下鲨鱼的皮肤

那些鲨鱼游泳速度快，线条完美

如果有那种衣服，就能够

把女人婉约的身姿凸显

谁让她的老爹是一位渔夫

现在，只要那位老爹捕到海鲜

有多少，都送到府邸，她会解释说

刚刚出网的海鲜更美味

她吩咐厨师多多烹制海鲜

尽量减少那些汉堡、火腿、沙拉、寿司

海鲜多好啊，营养又美容

珊珊的老爹，跟着女儿享福

这辈子他也没有想到

"怎么样，珊珊？"翠儿小姐问道

"那些南美的花草有什么特殊的地方吗？"

"师傅们正在精心培育，到了夏天

就可以揭晓秘密。"

"哦，这园林也是可期待的花园

园里有千年的古木，也有世界各地的花草

就像雾岛，接待世界各地的游客

谁要是走到这个花园里

都希望把它建得更美

可是，我们长期在这熟悉的园中

也会感到平淡无奇。"

"小姐，你的话儿极是

我也不能随便带你走到别处

有些人不怀好意，他们总爱

盯住俊俏的美人儿。小姐我不如为你

叫一位小姑娘过来，在你身边听你使唤

那小姑娘是我的邻居

聪明伶俐，平时胆小怕事

以你的身份，身边必须有个随从。"

"好吧珊珊，我也有事情需要料理

有时候，又不知道是什么事情

有个小姑娘在身边是个帮手。"

雾岛的白天多么仓促

中午过后不久，纷纷扰扰的迷雾

在空中飘浮，不请自来

这海岛最热情的却是迷雾

长长的夜晚，最惆怅的也是迷雾

自从穹山回来，翠儿小姐再也不爱哲学

那学问意义深远，好像一个深渊

想想就会令人无法接受

还是找一些美妙的诗歌读读

优美的诗句背诵几遍更好

入睡之前再回想那些诗行

比喻的方法，象征的意义

在脑海里也像一座花园

莎士比亚诗歌，用情丰富

唐诗宋词，过于唯美

还是现代诗切合实际

句句真实，又不乏风趣

"如果她突然，此地，此刻，站在我面前

我需要把她当亲人一样地欢迎

即使对我而言她既陌生又遥远？"

这巧妙的诗句简直令人着迷

诗中的"她"是一个刚刚分别的少女

还是一个即将来到的人儿

当翠儿思索那个"她"，无异于思索自己

自己身上所发生的，所感想的

还有那个记忆中的自己

越来越有情趣，用一首诗的意象

向自己来一场告别仪式吧

她突然想到自己，已经十八岁

不能再想那未来，深不可测的一个人

或者一觉醒来，即将与"她"相遇

那个"她"，丰满、多情，又爱唠唠叨叨

也许"她"就像伊南娜那样

但绝不是自己。好像是一场

解不开的思虑。也仅仅是思虑而已

当翠儿小姐，刚刚合起书本

突然有个人站在自己面前，那个人

原来是翠翠。这心思不是秘密

至少对于自己，并没必要保留秘密

那个孤独的，命运多舛的翠翠

虽然是一个天生丽质的少女，可是

她在自我心中一点也不美丽

总是受人奚落，遭受挫折

那一天，她去山上为母亲采药

可是，那时节野百合刚刚开放，十分稀少

采不到怎么可以空手而归

那母亲犯病，渴望着草药

天黑下来，也不敢空手而归

谁希望病重的人看不到希望

疲乏无力，就在路边亭下歇息

那里有一堆干草，直到有人把她吵醒

…………

如此分明的记忆都是秘密

生活爱把自己嘲笑

人和他的影子也是一对患难的亲人

书柜里还有几本未读的诗集

每一位诗人，总爱用不同的话语

去描述同一件事儿。当读者被迷惑

诗人同样被迷惑，难道

翠翠和翠儿真的是迥异的两个女子

以不解的心情取出一部诗集

打开书页，寻找有趣的设计

和诗歌篇名，在其中发现

《新来者的妻子》《单身汉之夜》等等

都尽情用各种手法描写翠儿小姐自己

千篇一律的诗章也都那样值得珍惜

"我看见""我永远""我不是""我认识"……

诗章里居然出现许多的另一个"我"自己

那个人更加自私，简直讨厌

一句话说了三遍，向另一个人说了五遍

每首诗里指出一个人物，还是

许多篇章里同指向一个人儿

那个人是谁？真的值得三思

当翠儿小姐刚刚合上书本

一声沉闷、响亮的鼓声响起

她心中一怔，思忖着这是什么声音
又简洁，又生动，又沉闷
这正是上午听到的那鼓声
完全相同，简直出自同一人之手
哦，太有诱惑力，太可亲了
在入夜时刻从外面街上传来
而且，那鼓声连续着，产生了
明快的节奏，还有其他的乐器伴奏
简单的音乐很是独特，有气质
除了偶尔传来几声，没有其他声音
大街的喧嚣有时把它掩盖
这简单的音乐，却很顽强
连续演奏着，没有停息
这简单的音乐，连续不断
在睡梦中能唤起人的记忆
在午夜里也可以把人吵醒
但它微弱，并不令人烦恼

一连几日，这坚强的音乐断断续续
从同一个地方飘来
在喧嚷的中午，在静谧的夜晚
那声音十分顽强，格调新颖
珊珊带来了那个女孩，她叫莉莉
娇小可爱，十六岁，说话从不看人
刚来头一天，在书房里
她不时拿眼睛观看一样东西

室内怎么有蝴蝶，来回飞舞

她也不敢把这话告诉别人

希望赢得主人的好印象。她爱站在

小姐身边，默默等待时间

"莉莉，你是从外面刚进来的

你听到街上哪里有大鼓的声音

这几天一直响个不停？"

"是啊小姐！在大门外

大街西面，小桥那边坐着一位盲人

他身边有一堆乐器，一只好大的羊皮鼓

很是响亮。那位盲者身边

有一只瓷碗，盛放路人给他的施舍。"

"哦，原来是这样。莉莉

你有空给他放一些零钱

我听见那鼓声，也感到凄切。"

"放心小姐，只要你吩咐我就去做。"

第二天上午，阳光刚刚驱散云雾

小姑娘莉莉敏捷地冲进翠儿小姐的书房

"我看到了，小姐！"

莉莉说话一脸激动的表情

这也是她领受的第一项任务，很认真

"他是一位飘逸的盲人，那神态不凡

那只大鼓周边缀着九只银环

还有丝弦、铜锣、长笛和口琴

在桥头他独自一人，长时间不动

好像一尊神像。一旦他击鼓咏唱
就连续不断，没有停止的愿望。"

"哦，好像很有魅力，或者他是一位
浪漫的流浪歌手。我们也不能
走到他面前聆听，也不可无缘无故地
把大把的零币赠送给他。不如
在傍晚时分把他邀到府邸
在花园或者在餐厅门口
我们就可以认真倾听。"

"好啊小姐，只要你吩咐我就去做。"

青春是认真的，时间是残酷的
每分每秒都把有心的人儿逼迫
街上人流熙熙攘攘，那个酒夫
今天他又把自己灌醉，他有太多的借口
只要长时间没有人买酒
他便趁机呷上两口
只要有人不怀好意看他
他必然再喝两口
只要路人都不去看他，他心中产生愤懑
这是饮酒的最好借口
他便大口吞咽，直到醉倒
此刻，新来府邸的小姑娘莉莉
为什么喜欢去街上溜达？中午去到
小桥头，热心给一位盲者送去点心
我要去看看，小姑娘是什么意思

到了傍晚时分，抽空

当我走到桥头，原来是一位盲人歌手

莉莉也在那里，欲邀歌手到府中弹唱

"这是小姐的心意！"她说

哦，原来翠儿小姐想听大鼓书

这主意真有趣，那好啊

看这位歌手非同一般，必定有许多优美的唱段

我表示赞同，帮助盲者收拾行囊

盲者眼睛半睁，也许根本就睁不开眼睛

有人邀请，盲者心中高兴

这邀请不是第一次，也许是最后一次

老人心里记不清，酬劳有多有少

为了歌唱，老人失去的无法挽回

失去的太多，失去了青春、感情

失去了家庭、爱情

失去了做人的机会，也失去光明

他现在，只能心系于大鼓

把记忆和歌唱作为生命

艺术就是他的所有

既可爱又可叹，真是一粒顽强的种子

花园里迷雾渐浓，暖暖的

海风把阳光挽留，又把迷雾吹送

今晚，将有一粒顽强的生命种子

在歌唱中演绎他轻狂骄傲的生命

盲人歌手被领到亭台之中

那歌手架起大鼓，在羊皮脚凳上坐下

雄心壮志的模样，俨然是一位

端坐于虎皮宝座上的大王

有力的手抓住鼓槌向大鼓挥去

先击打出一阵雄浑的韵律

停止击鼓，吹起了悠扬悦耳的葫芦箫

开场的演奏之后，他摇响铜铃

站起身，手向上用力一挥

说道："尊敬的小姐、先生们

诚谢聆听我阿黑的民歌

我阿黑，在山里出生，在水中长大

老虎和毒蛇曾与我为伴

山歌和传说把我滋育

三千年里的故事我会说

三千年来的歌儿我会唱

先唱一曲《阿诗玛》

那秀美的姑娘美名扬。"

再敲击出一阵和谐的鼓韵

大鼓声有力、响亮，碎鼓声急切、激烈

一串洪亮的铜锣响起之后

歌手拉出长长的唱腔

"在撒尼阿着底，美丽的地方

天空高远，大地明亮

有好田好水养育一方

有好山好树塑造着善良

勤恳的人们爱他的家乡

善良的人们爱自己的生活

…………

天空闪出一道霹雳

大地开放了一朵鲜花

可爱的阿诗玛降生于善良的人家

妈的女儿啊，爹的女儿啊

在父母身边，像鲜嫩的禾苗她快乐长大

…………

阿诗玛的歌儿甜美

阿诗玛的舞姿俏丽

阿着底的青年都偷偷地热恋她

阿着底的老人都愿意把她夸

……"

放声歌唱的歌手在歌声中

找回了自己的青春，在他眼前

黑暗的天空变得明亮，无色的世界

变得鲜活。人物、年代、景象

仿佛是自我置身于现场

记忆无人可以替换

心灵无人能够剥夺

生命的世界，没有前、没有后

历史塑造的人物，历史又把他遗忘

此刻，万分激动的歌手

歌声愈加响亮，许多人循声而来

站立在歌手身旁

可爱的花园宛如一座殿堂

这里有牧师，也有钟声、唱诗班

在生命的舞台上，样样不缺

我心旷神怡，但却不知所措

这种歌声我从来没有听过

老迈的歌手使用古老的乐器

一举一动，好像是施展魔法的法师

对于我来说让人困惑，对于翠儿小姐

这歌唱无异于迷人的大戏

她如此入神，舍不得离去

哦，光看看她的气质就令人着迷

这个迷情的夜晚，真舍不得离开

翠儿小姐真的是一位美人

一点不错。那位唐璜喊她娇娃

那个令人厌倦的名称，也许

同样要发自我的内心

发现美本身，就是一种美

我看到那双眼流淌着泉水的美人

她如此专注于一件事情。好吧

伊南娜何时回来，可以猜猜

当伊南娜回来我就离开

当这支歌唱完我就离开

这支歌也许可以唱整天整夜

那歌手唱词流利，没有终场的迹象

心儿不舍得离开，歌声把人挽留

翠儿小姐才是这路灯下面最美的情节

就这样，盲人歌手的演唱直到深夜

伊南娜也早已回来，站在远处

倾听，舍不得打搅他们

老歌手的嗓音浑厚，具有磁性的魅力

故事情节婉转动人。就是

那位古代的荷马，因为演绎神奇的故事

也甘愿舍弃一双眼睛

这位老者有唱不完的剧目

也有各种各样造型奇特的乐器

他把单人的表演方式发挥得淋漓尽致

他那手势、口技，还有长长的尾音

双手可以快速更换各种乐器

高音的、低音的，缓慢的、极快的

他愿使出看家的本领。也许

他早已听说西兰府邸

今日荣幸领受小姐的邀请

感激之情溢于言表

就这样，第二天小姐依然恋恋不舍

把歌手邀至大厅里就座

关闭大厅里明亮的顶灯

只开启周围一圈微弱的小灯

营造一种令人联想的氛围

歌手心中喜悦，感激之情溢于言表

大鼓在厅堂里回音轰鸣

他便减弱手劲，鼓声变得清脆

也同样压低歌声，尽量拖长尾音

让表演表现出另一种风情

今晚他演绎的是：史前大洪水

那是每一个民族的远古记忆

人类的罪行使得上帝发怒

他引来千米高的洪峰

以雷霆万钧之势，咆哮着

冲向大地，吞没了所有的生灵

大家拼命逃跑，向山上跑去

然而，山顶也被淹没，雷声轰鸣

只有善良之人，最终得救

歌手用大鼓模仿雷声

上帝不断地降下巨雷

人类的哀号用二胡代替

长吁短叹，又是一串铃声

整个大地恶浪翻滚

最引人入胜的是那只方舟

还有那唯唯诺诺的兄妹恋情

就这样，盲人歌手的演唱直到深夜

然后，老人收拾好乐器

他很倔强，坚持到花园里休息

府邸里的丝被，哪怕是宾馆里的大床

他都一一拒绝。这老人有他的信念

他已经忍受过多的风雨

正是那些风风雨雨，锻造了

他的歌喉，和他的毅力

他不可失去信念就是不愿失去自己

当一个人，信念成为自我的一部分

这双重的生命才更有意义

可是，老人从来不思索灵魂

也从来不在意死亡降临的时刻

所谓的痛苦、忧伤、绝望、愤恨

统统地，到时候再说

就这样，第二天小姐依然恋恋不舍

一位大小姐变成了戏迷

伊南娜特别高兴，有时候

回来听听，真有情趣

春天的府邸隐藏着一道哑谜

今晚，盲人歌手将用舒缓的音乐

悲戚的腔调，演绎：黛玉葬花

那可怜的林姑娘惜花如命

把每一朵花儿都比作自我的生命

花谢花飞花满天，红消香断有谁怜

她伸手把凋花来接

每一朵残花都用尘土掩埋

分明是流水的知音，惜花惜人

今天你逝去我来收殓

却不便透露我何时也归于黄泉

盲人歌手为了演奏此曲，他使用的是

手鼓和渔鼓，把它们配合使用

轮番替换。当林姑娘凝视花儿时

他轻击渔鼓，当眼光接触落花

鼓声清脆、显著。当林姑娘手捧残花

他拍打手鼓，一阵乱弹十分急促

他弹得《葬花吟》声声有如叹息

把音调拉得长长

句句韵律有如流水

音色和音律合为一体

在每一章节之间，他暂停下来

吹一曲长笛，把情调

尽情地拉升，感人至深

此刻，莉莉和翠儿小姐

都流下了香甜的眼泪

只有珊珊感到好玩，给她俩

递送纸巾，拭去泪水

就这样，击鼓歌唱还不到深夜

珊珊起身，请求歌手暂停

那歌手深知姑娘们的用意

他站起来，一句话不说

朝着花园里一座凉亭走去

他在这里歇息。鼻孔可以告诉他

这是花园，花朵可以告诉他

人生也只是瞬间

就这样，第二天小姐依然恋恋不舍

大小姐听戏已经着迷

对于盲人歌手她心生怜惜

吩咐珊珊，从网上搜索一只导盲犬

要最好的犬种，尽量熟悉雾岛的路况

第二天中午，当导盲犬来到府邸

这灵敏的狗儿，在每一处地方

乱嗅，当它进入花园

它一阵疯跑，当它跑到凉亭边上

停下来，慢慢靠近老人

它知道，这就是自己的主人

呜呜叫着，低头向老人试探

就这样，当迷雾再次涌满雾岛的空间

老人起身，跟随狗儿，一手持着竹杖

向大厅走去。他舍不得竹杖

早已把此物当成生活的一部分

今晚，盲人歌手将用高亢的声音

演唱一曲《天上的玫瑰》

只见他，先摇响铜铃

大厅里回荡着余音绕梁的铃声

然后又摇响一阵，接着再摇响一阵

一串串促人心动的铃声之后

他飞快地拉响小提琴

在高音区不停地拉动

他歌唱圣女在那最高阶的天穹

召唤诗人但丁朝那里飞升

他歌唱，爱有如盛开的花瓣

在他们的面庞上燃烧着熊熊的火焰

因为神光能穿透宇宙

因着宇宙所能承受光芒的程度

这便使神光没有任何障碍可以拦阻

无穷多的精灵向着光芒的自在天

环绕飞行，宛如神圣的战士队伍

它们相互联结，展示洁白玫瑰的队形

那朵永不凋谢的玫瑰

一点点绽放开来，扩大范围

朝着那永葆春色的太阳，散发赞颂的芳香

在这玫瑰的黄色花蕊里，诗人

虽然默不作声，却有满腔的话语

无穷无尽的爱的心灵，猛然间

发出的话语转眼变成火焰的气息

所有的存在，都围绕着一个

旋转的天体，自己成为神圣的一部分

…………

伴随着盲人歌手歌喉的，一直是

悲切而狂热的小提琴

当旋律在高音区流淌不息

歌手的嗓音也提高音量

就这样，盲人歌手的演唱直到深夜

直到他声音嘶哑，他羞愧难当

突然间，他把一切动作停下

他快速收拾行囊，再也不唱了

转身离开大厅，不是走向花园

而是向大街上走去。这位老者

他从来不曾失声，没有一次嘶哑

如今，他最大的骄傲落空

一个坚强而又倔强的歌手

一个从来不思索自我生命的老人

他将无视生命，也许

他再也不唱了，他愿意

在自我的品性中找到自我的归宿

其时，翠儿小姐吩咐莉莉去追歌手

并拿出一把钞票，又叫住珊珊

能否送他一些值钱的东西

比如金饰、玉器，或者珍珠

也能为盲人营造一个良好的生活环境

大小姐产生了极大的怜悯

这歌手也真是难得

只为艺术献身，其他的竟毫不顾虑

大街上，浓雾涌满夜空

盲人歌手一直往前走，没有方向

那桥头也不是他的家乡

流浪也不是他的理想

这些迷雾无论多么浓重

只迷惑那些有眼睛的人

而这歌手，在光明的世界里

他早已放弃了自己的眼睛

这些迷雾，使得一切可见的事物

变得模糊，看见的也是看不见的
这些迷人的迷雾，和迷惑人心的迷雾
使光明变成多余。同样地
盲人歌手的光明也是多余的景物
这倔强的人不需要看，也不需要想
最为可亲的，对于他来说
就是追求一个天真的归宿

第二篇
▢————爱者花园

南国的春天，花香更浓

花枝更艳，每一朵蓓蕾

以急不可待的姿势，炫耀一场

它们，拿春天的光线色泽作为颜料

任性地在身上涂抹，洁白的、粉红的

淡蓝的，每一种颜料只要你想得到

光线总会呈现出来。春色的调配方式

使得柔和更柔，细腻更细，艳丽更艳

那些，可作为口红；那些，可用于黛眉

那些，又可用作香粉

巧妙而且浓郁

十八岁的美人儿，常去花园里踱步

在花朵旁边，她没有用眼睛

而是采取心灵的感悟方式。于是

每一朵花儿都抒写出它自己的《葬花吟》

从那棵梨树上缤纷飘落的

都是热情洋溢的词汇，它们

抒写的句子，却尽是爱怜和忧伤
而自她双目中流泻的光影
有如淙淙流淌的泉水
不自觉地，已经将眼前的花事冷落

具有如此感悟方式的那个人，就是我
我发现，从那双眼睛里流泻的光影
在阳光中却一味地彰显自己的姿色和个性
在花园中，她一如既往地争奇斗艳

当我也留恋于花园中的花事烂漫
在梨树下面，与翠儿小姐不期而遇
我却一遍遍地观赏着，她那
观赏花朵的有意观赏的方式
心灵、眼睛和花朵之间，已经
描绘出了自然景色的三种意义
我情不自禁地说："公主你看
这些花朵，都是鲜艳灵动的花卉
仿佛，令人从遗忘中慢慢回忆起
所有这些在已知的花萼之间
和在花开花落的缤纷落英里
将升起音乐般的、美妙的情思
这些凋残的花朵，已经不属于
任何花枝本身。"
当我说出这种话语，我真的
要为自己而叹息，难道我

也要成为那位唐璜？他总爱

以自我的方式大胆表达、大胆欣赏

在哲理空间里他无所畏惧

可是我，如果不用这种说话方式

怎么样才能把含糊的意思表达清晰

或者，把清晰的语言表达得很含糊

只见，翠儿小姐转身问道

"它们属于谁？"

"属于观看它们的眼睛！"

"呵！你也挺有意思

我的眼睛，只是看到我看到的东西

而你，却把花朵和我看到的

都看在你的眼里，你好多心！"

小姐说完，转身朝莉莉走去

哦，她那扭身举步的方式

比落英在空中更美，我难道

真的要成为那个忘乎所以的唐璜

那位花花公子，可是一位知识界的精英

是世界上知名的科学大师

我的感情将在时间中沦陷

如今的我，也已经年过三旬

我从来没有真正地爱过，因为从前

我十分自负。可是今天，或者明天

我却情不自禁地卷入一场空虚的情缘

爱就爱吧。时间将为我开启

一种爱的过程，把自己变得认真

从此，我真的多心起来

每时每刻，我会因此

用另一种心态把握自己

这事可以，好的，对了；那事不行，不可如此……

不必说，自我的行为已经开始犹犹豫豫

在那边，翠儿小姐和莉莉

两个人品质相仿，既多情又善感

她俩手牵手在含笑花树下散步

含笑花刚刚吐露花骨朵

琼花的蓓蕾也若隐若现

只有水仙，在一棵榕树旁盛情款待她们

她俩就向着水仙走去。一只蝴蝶

在花朵旁莺歌燕语，不舍得离去

忽然，莉莉姑娘眼明嘴快

说道："小姐，看那蝶儿围绕水仙恋恋不舍

你的蝶儿比它更美，我有时能看见

有只凤蝶在你头上萦绕不去

也许是你发中的香味引来了蝴蝶

可是，它有时候居然在夜间出现。"

"哪有的事儿！莉莉

你不要说得这样认真，我从来没看见蝴蝶。"

哦，还是莉莉聪明又善于感应

终于说出了小姐的秘密

这句话不光是贴切的比喻

翠儿小姐的"蝴蝶"我也曾经发现

宛如一晃而过的事情，没有多少人注意

今天又被莉莉发现，而且

又有生活的乐趣。多美啊

翠儿小姐是绝世美人，当之无愧

"小姐，你看在沙滩上

有位画家在那里写生。"

莉莉说道："我们何不请他

现场描绘一幅画作。"

"莉莉，你请画家到花园来吧！"

当画家拿着画板来到园中

在几棵海棠旁边支好画架

莉莉说道："画家，你看那一树梨花

正是落英缤纷的时节，也是

梨花雨飘落的时刻，有如动画

异常美丽，请你在这里描画一幅。"

"小妹，每朵落花岂非一座情缘香冢

我们的梨花脱下片片苦痛

我不可以描画这样的情景

我也有为之一恸的心灵

我就画一只蝴蝶吧，它在花朵之间

上演一幕迷人的动画。"

也许，这位画师最爱蝴蝶

很快，将一幅作品交到莉莉手中
那蝶儿挥动翅膀正在把花丛寻觅
翠儿小姐见此情景，也过来看画
然后说道："画家先生，你画出一只
鲜活的蝴蝶，却不能给它一个活的灵魂
待到末日审判来临，在上帝面前
你将怎样为自己辩护？"

"啊，什么是末日审判？"莉莉问道
画家却说："小姐的话儿极其深刻，可是
那时候的末日审判，是由人的神主导
还是由万物的神来主导
在人的神面前，我必有话说
在万物的神面前，我只能说
用自我的灵魂去补偿蝴蝶
谁让它，在我眼前，在我心中
总是将我的感情缠绕。"

当他们，正在进行一场热情的闲聊
珊珊她，手拿一只彩绘纸鸢跑进花园
叫喊："小姐，今天海风徐徐
风和日丽，正是放飞风筝的好日子
在街上，好多的人都买
我选的这只大鸟最有特色。"
说完，她让莉莉用双手高举纸鸢
自己拉着丝线奔跑着
那风筝便飘在空中，顺着海风的方向

一直向上，飞过高高的树顶

这风筝仿佛是快乐的源泉

姑娘们快步追赶

那位画师，在她们离去的背影上

将她们描绘。可是

那只大鸟越飞越高，已经超出画师的视野

在高高的空中，被海风任意裹挟

风儿变得凌乱，风筝也难以控制

这位珊珊小姐，不愧为大海的女儿

她生于海边，长在海边

大海任性，她同样学会了任性

而且热烈。海边的姑娘在府邸里

也会成为一位小姐，她个性热情、泼辣

颇有伊南娜小姐的风格

在这偌大的府邸里，具有

行为主义风格的人物不可或缺

这里府邸、花园、古宅等风物

已经成为女性的世界

伊南娜、翠儿、珊珊、莉莉

她们说什么都可以

平时，府邸里一片寂静

伊南娜尽量把一些必要的饭局

放在外面举办，而她只希望

府邸里安静，无人打搅

给翠儿小姐营造一个深闺和一种神秘

这种神秘感是必要的

自从哈希码老爷去世

他一手打造的一个轰轰烈烈的产业帝国

没有人可以取代他那颐指气使的风格

只有确保府邸的神秘感

和烘托出翠儿小姐的庄重气质

才能让这个帝国安如磐石

这种睿智的策略真正地非同小可

伊南娜不愧为老爷的当家人

跟随老爷子十年有余，现在

她的举止大度、严肃，有点瘆人

今天，快乐的姑娘们

在花园里陶醉

她们用脚步开启了时光的机器

这机器轰鸣着，奔腾在她们

感情的世界里。这部机器复杂、庞大

有如在上帝面前燃烧的火炬

那位上帝怜悯她们，爱她们

就像她们怜悯花朵，爱花朵那样

世界的有限性不能表达万物的无限性

可是她们，年纪轻轻，一身孱弱

晕红的面颊上显示了疲乏的感觉

"哦，好疲乏哦

我们在花园里歇息吧！"

可是，当午后的花园里飘来了

一团团的雾气，被海风吹送而来

那丝绸般的云雾首先在树枝上逗留

一会儿，朝着大街上空飘去

一会儿又是一团云雾，被海风吹送而来

絮状的云雾却在她们的发丝上逗留

一会儿，朝着房屋里飘去

一会儿又是一团云雾

围绕着她们飞舞

一会儿，消失在她们的脚下

此刻，翠儿小姐深感疲惫

把风筝线紧系在路灯杆上

任由它在空中上下翻飞

她步入客厅，躺在柔软的沙发上休息

她的面颊有如红絮

她的唇边还挂着微笑

不知不觉地，她深深地入睡

这么疲惫的感觉，也许不是第一次

而这么香甜的睡梦，却仅仅是这一次

在甜睡中什么都可以忘记，甚至

连梦境都没有。心灵和身体

感情和记忆，悄悄地合为一体

均匀的呼吸有如美梦

柔和的睡姿有如水中的睡莲

那么和谐、惬意

莉莉姑娘走近翠儿身边

将一杯水放在茶几上，等她醒来

可是，那甜美睡眠实在迷人

这情景尚没有激起莉莉的睡意

无意中却增添了莉莉的爱恋

这多情而又敏感的小姑娘

拿一双眼睛紧盯着小姐的脸蛋

那红晕有如淡淡的彩妆

那鲜艳的樱唇有如熹微的红霞

那发式，浓密亮洁宛如花丛

那呼吸，宛如夏日吹拂不息的海风

这姑娘深深陷入了痴迷式的多情

想抚摸她的面颊，想捋捋她的发丝

想温柔地把她唤醒，想……

真是一位小姑娘，好贪玩好痴心

好好向小姐学习，自己也会变得

那样迷人，那样秀美，那样风情

莉莉姑娘，下意识地

想了好多好多，只在一瞬间

各种美感和妩媚都涌满她的心灵

不是歆羡，不是嫉妒，也并非多情

而是什么，她自己也说不清

过了一会儿，她却将自己的双唇

缓缓地向小姐的脸颊靠拢，不知不觉地

已经吻上了，那有着无限香芬的姿容

哦，只有一下，就够了

虚荣心得到了满足

哦，只有一下，就好了
莉莉姑娘将受到巨大的惩罚。因为
伊南娜刚好下班回来
却把这件事，撞个正着

伊南娜小姐，一句话不说
一把将莉莉拽到门外
可想而知，伊南娜瘆人的态度
直把小姑娘吓得双腿发软
瘫坐地上，不知可否
"为什么去吻小姐，你这丫头！"
伊南娜审问她，态度严肃
"我，不知道，我！"
莉莉无法解释，永远也解释不了
仿佛，对自己的行为已经没有记忆
也并非发自内心的举动
也并非某种善意或恶行
也并非习惯或者耍弄
伊南娜也不想把小姐惊醒
顺手将莉莉推进一间小屋
关上房门，去到后面的餐厅

可怜的莉莉小姑娘，已经
不小了，心灵正是多虑、多动的年华
思想尚未成熟，感情还不牢靠
可是她，也就是在这个年代

思想正在成熟，感情亟须稳定

这下好了，还不如挨打受骂

委屈之后心里清楚

这下可好，无缘无故的发自内心的举止

没有任何话语可以解释

痛苦哦，委屈哦，灾难哦

心灵向自己无法交代

感情向嘴唇无法解释

这下好了，莉莉的心灵发生了微弱的变化

她的心灵告诉她说，无法

解释的举止就让它自然去做

做得越认真越好，看看

自己到底想要干什么

这下可好，颤颤巍巍的莉莉姑娘

从此以后，就对翠儿小姐另眼相看

拿一双眼睛专瞄小姐的姿色

拿一颗心专门关注小姐的行动

只要小姐行为有些异常，或者

行为中有什么无法解释的事情

莉莉姑娘就会心动，甚至惊恐

她变得越来越勤快

把小姐的衣服整理好，书架理顺

生活用具，梳妆的用品摆放整齐

不许它们有任何的异常

另外，她还有某种不安的感觉

常常想拥抱小姐，就像

对待毛绒熊猫那样。这种感觉

一忽儿出现，一忽儿消失

直搅得她常常半夜醒来

她深深感到，可爱的小姐

她一切都美，都可爱

她的笑容迷人，她生气时更加迷人

她的秀发，她的香水，她的手指

所有与小姐相联系的事物都很神奇

就这样，莉莉常常将小姐的东西

偷偷地，拿回她自己的家里

在某一天，小姐的手帕不见了

第二天，小姐的皮鞋消失了

各个房间都找不到，哦

这些小小的物品，也没有多少人在意

反正，小姐的个人物品曾经塞满几个橱柜

可是，当翠儿小姐刚刚还用的东西

第二天又找不见，她心中纳闷

想想是怎么回事，就问莉莉

"莉莉，这房间可有别人进来？"

"没有啊，小姐。"莉莉低头沉思

就这样，翠儿小姐经过和珊珊商量

终于，在莉莉家的小屋里，搜到了

两大包每天失去的那些东西

什么手帕、丝巾、内裤、粉盒、零食……

哦！十分丢脸的事情

在小姐身边居然发生，这件事

绝不能告诉伊南娜，否则

莉莉姑娘心灵脆弱，生命堪虞

为此，莉莉在家里哭了两天

茶饭不思，在床上辗转反侧

莉莉是珊珊的邻居，从小

看着小姑娘长大，小时候

莉莉害羞，可以说胆小怕事

这种事她决不相信。可是

事实不可辩驳，而且，这些物品

都是小小的物件，没有多少价值

仅仅是莉莉姑娘的心理问题

无奈，珊珊只好央求我去看望莉莉

真担心小姑娘有什么意外

当我踏进莉莉家的门槛

小姑娘终于忍住哭声

向我道出了所有的问题所在

谁知道她说的是什么，反正

我可以理解。我用想象的方式

去理解少女的心态。不是

我想得太多，而是我也情不自禁地

受到同样的蛊惑。当然

我绝不会小偷小摸，我只想

好好理顺自己的心绪，看看我
怎么样向自己做个交代

从此，我用心去接近翠儿小姐
说说话，或者在一起用餐
拿眼睛在身后审视她，看看她
到底有多可爱。不是用
审美的姿态，而是用自我盘问的方式
当她早起梳妆的时候，我
拿一瓶檀香油放在她的梳妆台上
当她走进书房的时候，我
送一本诗集放在她的书桌上
当她在花园里踱步，我
站在一棵古榕树下，虔诚地
打量她的一举一动。我的眼睛
像我的心灵之窗，从那狭窄的缝隙里
我才发现自己，原来在偷香窃玉
一种不舍的感觉，像是呼吸着的空气
小姐真是绝世美人
一举一动都散发香气
青翠的眉睫之下，那灵动的双眼
流淌着清澈的泉水
面庞上泛着红光，秀发里
波荡着一阵阵地涌向沙滩的海浪
大自然的万种风情
人世间的曼妙精灵

哦，只可惜我，这位坦塔罗斯
必须斯文、庄重，不能有任何过失
我可不想有那位唐璜的遭遇

总可以开开玩笑吧！有一天
我故意走到小姐面前
手捧一片花瓣，说道
"小姐请猜，这是什么花瓣？"
"这是刚刚开放的蔷薇
它的味儿清香，又很浓郁。"
"哦，是的，小姐
你像月亮的孪生姊妹那样可爱
如果你不拒绝，我今生一定娶你
你感觉，这句话里有多少真理？"
"呵，呵！你满口都是真理！"
小姐说完，转身离去
她也没有动容，她也没有生气
她也没有走远，她也没有回避
仍然迈开悠然、浪漫的步子
一款香奈儿长裙紧紧伴随着修长的玉腿
每一步都是舞者的情姿
那么自由、飘逸

这下可好！一句玩笑的话语
第二天，传到了伊南娜耳朵里
这女人十分风趣，这天正是周末

她故意挽留我共进晚餐

让厨师做几样我的最爱

先说几句流行的玩笑话

好像是讲一个故事，把话题打开

再找出一瓶珍藏了三十年的人头马

"我不想饮酒，伊南娜小姐！"我说

伊南娜说道："不是我劝你

老大不小了，应该喝两盅

对于一个男子汉，酒可是个好东西

不喝酒的男人，怎么可以谈论大事？"

"好吧，好吧！我尽力奉陪。"

现在，伊南娜说话花言巧语

谈到公司的事情，谈到府邸

又谈谈哈希码老爷的光辉业绩

她尽量拉长时间，用酒

慢慢地把时间冲淡

直到，翠儿小姐离开桌面

当别人都懒洋洋地，打着餐后的呵欠

或者，当厨师们跑到外面抽烟

此刻，伊南娜小姐突然严肃起来

说道："律师先生，你最好

别打小姐的主意！"

仅仅一句话，她已经把话都说完

站起身，朝外面走去

那脚步里，有着坚定的意志

这句话，十分让人郁闷

太突然，也很不客气

我下意识地想道：有你的好看

这位坚强、孤僻的老处女

居然干涉个人的隐私

她是何居心？有什么打算

老爷子留下庞大的产业

翠儿小姐，又是这么单纯

难道她心存不可告人的秘密

然而我，可是董事会的大牌律师

什么重要的业务和决策都必然有我参与

股票的发行，股东的流动，对外关系

没有什么事务可以逃脱我的眼睛

对这个女人，今后我必须留心

当我走出府邸的大门

走在涌满迷雾的大街上

心中突然产生了非同一般的感想

翠儿小姐，可不是一般的女子

她，掌管着整个府邸的未来

怪不得伊南娜这么敏感

此刻的我，一阵激动

难道我，真有心追求小姐

有一个产业帝国，也可以决定小姐的未来

我也可以经过努力

将这种令人不安的情绪打破

第二天清晨

围绕这个产业帝国的重要人物

都接到一个通知，到西兰府邸集合

十点钟前后，各位老总在大厅里就座

这可是，自哈希码老板逝世之后

集团内部在府邸里召开的第一次集会

俨然和老板在世时一样

大厅里十分热闹，吊灯全部打开

这不是公司里的会议室

而是在府邸，人们尽可以随心所欲

他们，随便讨论雾岛的话题

关于集团内部的各种业务

他们一概不谈，只等着伊南娜的首先发言

其时，伊南娜陪小姐来到大厅

她向人们宣布的不是什么重大决定

而是要完成老板的遗愿

去到那蓝毗尼，敬拜佛祖

这是老爷在世时的最后一个心愿

也是对集团发展的美好祈愿

在座的，每个人都笑逐颜开

他们想不到，两位小姐还有这样的衷心

简直令人肃然起敬，值得赞叹

他们纷纷表示，愿意为佛事捐赠

也愿意为此事尽心出力

安排一个平安、愉快的行程

第三篇
■———百花谷

时间，如何把它的根须藏在这个花瓶里面

又如何把它的枝叶显露在其他花瓶里边

一个神性的世界，比真理

更能把至真至圣的意义彰显

空洞的真理常常被人以说教的形式

施加于他人。只有神性

向每一个有灵有性的人敞开

这正是佛祖至圣的教导

在数十个世纪里，人秉承他的恩惠

把世界建造得，超乎想象地和谐

神性自然是宽广的，佛性自然是仁慈的

在那里，哈希码老爷的灵魂将得到宽慰

他老人家，虽然成为世界的恩人

可是他，作恶多端，没有得到生前的报应

他没有感到侥幸，而是感到罪责深重

从此，他的愿望将把他的灵魂装入时间的花瓶

期待救赎的时刻。不是升入天堂

不是去那西方极乐世界，而是蓝毗尼

那是现世的圣地，时间的天堂

人自己无法不存在
在社会、在心灵、在感情、在法、在家园
处处都能把一个人的人性表现
人认真，人殚精竭虑
只因为存在于某个形式
更和谐，更完美，其中更有自己
为了达到生活的品性和未来的意义
老爷的遗愿，必然要去实现
为此，伊南娜诚邀一位大金寺的高僧
前来，在花园里老爷的海滨墓园
先做为期三日的经祝
再请求指点去蓝毗尼的行程安排事宜
高僧身披一袭宽大的袈裟
上面织绣着一行行金刚般若经
他，在花园里安然打坐
宛如一座妙趣横生的山岗
高高的挺拔向上的头颅有金光环绕
当有云雾飘过，那儿如同天庭
高僧在那儿入禅坐定
沉入无相、无色、无味、无我的大觉之境
直至傍晚，高僧发话，说道
　“不可以身相得见如来……
凡所有相，皆是虚妄……
若见诸相非相，即见如来

....

汝等，今竭心求佛

必与佛心有缘，汝等

不可企望那遥远的西方极乐世界

而去佛国，现世的佛园与西方极乐世界

同在一条道上，此道光明正大

并非高不可攀。"

"敢问师父，"伊南娜说道

"应该准备一个什么样的行程，更为合适？"

高僧用一个比喻，回答问题

说道："当年那玄奘去极乐世界

求取真经，他有众多高徒，为什么

不在一日之内达至须弥山，而是

历尽坎坷？这其中

真经和假经，真心和假意

必在脚下道路上产生

今去佛国，必在道路上通行

不可乘航船、飞机，一夜达至。"

说完，高僧即刻起身

欲匆匆赶到别处，他的法事繁忙

求告者不乏他人。当即

伊南娜酬付大把钞票作为三日的佛资

我亲眼所见，这怪僧也只是金钱的宠儿

无量无穷的佛法，也仅是珠光宝气的堆砌

为什么求佛不可一日到达

而去遭受道路的颠簸，这趟行程必须三个月

我第一次为翠儿小姐心疼

她是妹妹，或者是爱人都可以，可是

她是一位完美的玉女，此行必将受苦

哦！就让那位高僧先去极乐世界吧

为此，我在网上搜索，求购

一只产自佛国尼泊尔的金瓶

作为祈求平安的礼物，在起程的那一天

亲手向小姐奉送

苦难的行程即将开始

这是一个接受考验和自我考验的行程

为此塑造一个光荣的人生

而那些高不可攀的大神

和那高坐于云端的佛身

在前方，苦等她们

当有一个意愿在现实的世界上达成

并且通过人性的实体心灵

佛性就已经被感动，他通过

神性意识的波动，开启了佛性的眼睛

看到她们，这些娇艳的女儿身

她们将通过祈求的仪式，在生命的道路上

完成，关于自我的金身的塑造

她们，心头满怀骄傲

她们，心中又装满苦闷

仿佛是待嫁的新娘

悲喜交加，忧忧虑虑的无所适从
莉莉这几日哭哭啼啼，心怀
莫名其妙的恐惧，十分焦虑
伊南娜说道："没你的事儿
莉莉，你尽管留在府邸
胆小怕事的姑娘，没有出息
在佛国里你一定嫁不出去。"

也许，佛国欢迎高贵的新娘
她必定虔诚、大度而且慈祥
那闪闪烁烁的金光才可以佩戴于她的身上
她才可以领受珠光宝气的无限风情
可是在此之前，一切的苦难她首先接受
有如光和影所编织的一块画布
她在那里歌咏、跳舞、栖息

苦难的行程已经开始
她们背负沉重的行囊，不是在自我的肩头
而是有三辆骡车，三辆轿车，一辆货车
另有五名府邸里的忠诚保安随行
当她们乘渡轮越过海峡
登上了苦难深重的大陆，寻找大道
一路西行。此行中最大的困难
就是翻越世界屋脊喜马拉雅山
这座山，是一切痛苦的所在
也将是一切光荣的所在

脚步在道路上锻造的历程
也锻造涌满心灵的光荣

一朵干掉的紫罗兰，在路旁无人问津
一丛盛开的蔷薇，在路旁也无人问津
这个世界，到处都是风尘
所谓的人，在这里他们领受一世的风尘
每个人，都显得孤苦伶仃
高居于云端的大佛，对此不闻不问
大慈大悲的菩萨，向他们伸出援手
通过一只象征性的宝瓶，一滴一滴
向他们灌输汁液，哦
怎能满足他们，愈加渴望的心灵
于是，他们通过竖立巨大高高的烟囱
向苍穹索取他们的必需，烟囱下面
他们制造了各种机器，齐声共振
将大地捣鼓得一阵轰鸣
有如骆驼，在沙漠里奋力苦行

一位农妇牵着她孩子的手臂
从大道上，向着一条小路走去
也许前方就是她的家园，那里
有几只狗儿向她摇尾，还有一只狗儿
趴在一棵树下，准备向她袭击
这世界又是有爱又是无情
一座翠绿的山岗上，几座漂亮的别墅

无数道蓝光向那里飞移

那些明亮的屋顶，接受太阳的光芒

将它们转化成能量，然后

有悦耳的音乐从那里响起

仿佛是和声齐鸣的赞美诗

它要赞美的是上帝？也许

也许只是万众向往的太阳

它们的无数眼睛虽然没有

牢牢盯住太阳，但却是用心盯瞧

分析太阳的光谱，能利用就利用

能捕获就捕获，多多获得最好

终于，一只巨大的黑鸟从山上飞走

它慢慢地懂得，那些万分逼真的眼睛

绝对没有神性。眼睛

不会向着神性张开，它们

看见了太现实的东西，分分秒秒不离

于是，对于追求佛缘的圣女们

这境况不利，只有驾驶车辆

加大油门，向着西方的世界前行

一路之上，无论怎么样逃避

甩不开的，永远都是风尘

风尘在大地上的每一个角落存在

又向高高的天空飘移

从此可知，**雾岛的迷雾是浪漫的、执着的**

它们可以以任性的方式将阳光遮蔽

而这些风尘是可恶的、恶毒的

它们涌满天空，却不能阻挡阳光

而是尽可能地，给人间制造磨难

在这里，痛苦的风儿向风儿低诉

肮脏的风儿总是唠叨不停

还有风儿将其他的风儿欺骗

在它背后乱捅刀子

山上那些无辜死去的树，就是见证

而在街头的那些旅馆旁边

天刚黑，妓女就向那里聚集

一个个打扮入时的女人，向路人讲述

她的悲苦，那些悲哀永远也讲不完

因为制造悲哀的，就是贪婪

她用手势把话语编造

她用红唇发送私情

她用手机拉拢一些常客

那条大街曾经涌满衣衫褴褛的香客

可是，那曾经金光闪闪的寺院已经被废弃

墙壁上的颜料一片片脱落

有些暴发户，欲在原址上重建

可是，这个设想最终落空。因为

在大街的另一头，建起了一座

金碧辉煌的宝殿，所有的神佛

那里都有供奉，有几位新和尚在门口收钱

整座殿堂没有一本真经，因为

所有的佛经他们都不懂

一心向佛之人，必追寻佛最爱之处

那里寂寞、空旷，有精灵在空中飞翔

正当她们争执不休，车队已经

行至一座雄壮奇特的山脚之下

当太阳的余晖洒尽最后一束光线

从那山顶上却飘来最初的一束光线

虽然光线微弱、暗淡，但却能

让人发现山顶上有一座古旧的寺院

她们兴奋异常，将车开到山上

发现，这座寺院出奇地古老

历经几百年的风风雨雨它却屹立不倒

几间殿堂前有高大的古木

殿堂内还有一排废弃的燕窝

石板路上长满野草。寺院里只有

一位老僧在门口迎客

那老僧也很奇怪，衣衫破烂却从不补缀

他以最大的虔诚之心，在门口恭候来客

这座古老的寺院，深藏山中

为什么没有香客？不是人们忙于挣钱

无心爬山，而是，这寺院两百年来

只供奉一座佛胎，两百年来从不更改

从不增添新神乱偶

更不迎合世人所好

世人也不愿意前来礼拜。于是

它在时间中慢慢损毁、破败

然而，那尊佛身仍然健在

老僧将众人迎进院落，燃烛、焚香

然后，万分诚恳地说道

"贵香客，我终于恭候到你们

必然，明天我就会圆寂。"

"为什么？"保安队长虎子哥不解地问

"老师父身体健康，可以长命百岁。"

老僧站直身体，嗫嗫说道

"老僧命中注定，必在生命殚尽之前

迎候到最后一批尊客

此前灵验早有显示。老僧的生命

有如灯光，明亮的时候尽然明亮

熄灭的时候只要瞬间。"

"哦！哦！"众人齐声叹道

此刻，老僧欣喜不已

为众人置备铺位，虎子哥心生怜惜

很快命令几位队友

将车上自备的帐篷、竹席、被褥取出

在院落里搭起四顶旅游帐篷

像蒙古包一样，杧果阿姨给他们帮忙

然后，伊南娜带领众人

前去大殿里，焚香拜佛

以完成心愿，也实现老僧的愿望

第二日，天刚刚破晓

那老僧即刻起身离座

将一片绣织精美的古老地毯

铺在山门外面，他在上面打坐

双手缓缓垂下，直到进入禅定状态

他，期待着圆寂时刻的到来

就像苏格拉底受难时那样

轻松开放，欲体验

死亡之钟在自我的生命中敲响

伊南娜第一个发现这异常的现象

随即，唤醒队友们，收拾行囊

伊南娜上前叩问老者

说道："大师，你为什么这样？"

那高僧一动不动，讲道

"你们是宝寺的最后一批香客

这古寺也像我生命一样，行将凋亡

贫僧自知时辰将至，贫僧

自觉去追随佛祖，毋耽时光！"

伊南娜将一只金佛送到高僧面前

即刻，领道队友一行下山

不打扰大师的临终受难

也为团队营造神圣的气氛

他们，匆匆向山下大道行进

他们终于领教了什么是善男信女

每个人都感到自己孤苦伶仃、无依无靠

眼光变得雪亮，直视前方

前方道路越来越艰难，超乎预想

一座座荒凉的高山，道路坎坷

艰难的行程才刚刚开始

有时候溪流泛滥，道路阻断

有时候浓雾弥漫整片山谷

有时候向导耍赖，有时候信号中断

好在伊南娜提前打通各种关系

必要的时候，会有直升机前来拯救

可是，当向导也迷失方向，直升机也会迷茫

一颗坚定的心正在考验她们

脆弱而完美的信徒，一点点放弃虚荣心理

终于，一行人来到一座古城

伟岸群山中的一片盆地

富庶的山民将古镇建造得如此完美

一排排错落有致的古老建筑

窄小的街道如同迷宫，弯弯曲曲

从山上引来一股泉水，从每一家门口淌过

游客们络绎不绝，却不见一位香客

这是著名的世界文化遗产，令人惊叹

这也是西行的唯一通道，前方更加艰险

伊南娜吩咐在此地休整三日

对于前方的不测，做好必要的准备

其时，一行人笑逐颜开

去城里最高处承租客房

去商铺挑选奇妙的宝贝

在茶铺里聆听音乐

直到深夜，这里的街灯也不入睡

艰难的行程才刚刚开始

千年的古城有如完美的花朵

一路上为她们洒下芬芳

她们沿着河流行走

她们跟着成群的牛羊行走

她们也沿着古老的茶马古道行走

一座大山挡住另一座大山

永恒的群山尽头才是须弥山

可是，摆在面前的是"世界屋脊"

喜马拉雅山向一行人展开了笑颜

那笑容永远灿烂，不含任何瑕疵

不是归宿，却是绝美的召唤

心灵如果与之有任何感应，那么

它将展开亘古的浪漫

一种毁灭一切的风情

一种创造一切的力量源泉

离开古城的第三天

前方又是一座雄伟的大山

那却是道路的尽头，再也没有

任何指路的标杆，有一群牛羊

在远处山坡上无所畏惧地游玩

向导也不知所措，也许

必须更换向导，因为

前方是别样的天地，是难有人去的地方

向导在哪里？他已经逃跑

前方道路的向导在哪里

在此地，无人知晓

正当一行人一筹莫展的时刻

她们猛然间回头，却发现身后

是一片令人啧啧称奇的世外桃源

有各种奇异的花朵，以奔放的姿态盛开

各种妙趣横生的蝴蝶，展示着

惟妙惟肖的舞蹈，它们用翅膀

互相激发甜蜜的情话

各种树木雄赳赳地把持着脚下的土地

互相指责对方的不是，甚至

采用飞矛和暗箭互射

有数条飞泉，从不同的山巅

喷涌而出，飞流直下

给山谷送来一团团雾霭

这里正是传说中的百花谷

现在，正是盛夏时节

百花盛开，一片生机盎然。宛似

上帝遗留人间的古董花园

每个人都惊叹不已。只有翠儿小姐

率先走出车门，置身于花丛中

与一群蝴蝶开心地畅玩

翠儿小姐也不和他人说话

只顾自己，忘乎所以地在草地上漫步

高兴去哪儿就去哪儿

这里有芬芳的空气，有迷人的幻觉

人可以让自己置身度外

一连几个小时，翠儿小姐在山谷里游玩

而前方，根本没有车行的道路

圣徒们，必须徒步前往西方

伊南娜无奈，只得吩咐在此地扎营

安心寻找新的向导，或者原路返回

当太阳降落至大山后面

一片红霞将天空渲染

队长吩咐他们，快速搭建营房

必须赶在天黑之前。可是

太阳落山已久，天空中仍然一片光明

久久地，不见黑夜的踪影

珊珊帮助杜果阿姨生火做饭

队长安排巡逻人员

轮流站岗，整夜巡逻

以防野兽、毒蛇或者盗贼的侵犯

当他们安排好了要做的事项

又在营房的灯柱上安装探照灯

不停地向四方旋转照明

当暗夜降临，各种美妙的天籁之音

从四面响起，伴着飞泉的哗哗流淌

大树也在风中，把浓密的树叶奏响

神奇的自然，在这里天人合一

各种存在，都用音乐表达各自的状态

各种相，都沉寂于它们的原型世界

那法相、人相、我相、众生相

在过程里完成了它们的轮回

终于在此处获得安寂

这人间的天堂，是菩萨诞生之地

他将众相合为一体

又亲切地赐予众生，从此

他将自然打造为佛性的世界

夜晚，在如此安详的佛性世界里

翠儿小姐甜美地入睡

她游玩得太开心、太自在了

现在将所有的记忆忘却

现在，她只隐约记得

花朵在向自己低诉，蝴蝶在向自己表白

它们说些什么，听不见

确实无法听见，而又隐隐约约地听见

有人在草地上说话。不是一个

而是一群，她们，具有完美的身形

又好像是变化着的魅影，在丛林里忽隐忽现

突然，一位仙子飘到自己面前

她用微风般的口音说道

"我们几个，便是传说中的九女神

我们常常在这里游玩，今天

你来到我们中间，我们

当然要带你观看我们的神殿

走吧小姐，就在此地不远。"

几位仙子在前面走走停停

一会儿又飘在空中，那么婉约、自由的神态

翠儿小姐恋恋不舍，一直跟随

走到一座山丘上面，在山顶平地之上

出现一座仙子的神殿，那浑然一体的建筑

如此精巧，柱廊连着柱廊

飞檐连着飞檐，错落有致

空间布局相互穿插，有许多处楔合

殿堂的每一处都在发光

柱廊上荧光闪闪，厅堂里烛光飘逸

房顶上流溢着一道道云霞

有如飞泉，不停地向地面倾泻

真是令人难以看清，又难以忘怀

当翠儿小姐在门前不停地张望

那九个仙女，像水中的浪花一般

簇拥着来到小姐面前

向小姐说道："这里是九女神殿

这里也是佛国的边界

你已进入佛缘之地，你是人间的美女

可是在我们看来，你也是一位仙女

同我们一样。可是我们

虽然是传说中的人物，我们

却自由自在，天地任由我们穿梭

如果你要像我们一样成为仙女

你无须脱胎换骨，也无须忘记一切

你只要像我们一样逍遥自在即可

因为，你身上也有这样的气质。"

当小姐正要开口回答她们

口唇却难以开启

僵硬如同泉水中的石板

可是小姐深感委屈，一心想着回答她们

因为仙子迷人的光彩已经沁入她的心灵

她像挣脱枷锁一样，将口唇开启

她刚一说话，发觉自己正躺在帐篷里入睡

哦，多么亲切的美梦

多么痴心、醉人的幻想

从此，小姐一直思念她们

辗转反侧，直到天明

没有泪水的委屈，缺少语言的思念

在心中翻滚，无一表白

当第一缕阳光洒向帐篷

翠儿小姐，第一个起身走向帐外

只见，四周都是遥迢的山峰

有几座小而迷人的山岗

隐隐约约地被朝雾覆盖

九女神殿在哪里

她的心，无暇顾及，任意思索

她的眼睛，显露出望穿秋水的神态

两种情景，美和美相互连接

此刻，大自然的音乐又重新奏起

各种乐器，各种韵律

在天穹下面展示排场

今天和昨日有什么不同吗

仿佛有极大的区别，可是

在她的眼光里，它们都很别致

当伊南娜她们都起身，走出帐外

翠儿小姐，当即提出一个要求

说道："这里鸟语花香，溪流潺潺

我们已经进入了佛缘之地

自然景物和心灵在这里能够合一

昨夜，有九位仙子向我托梦

说这里正是被世人遗忘的百花谷

她们，绝不是妖冶的精灵

她们是天使，是此地的花仙子

她们启示我，在那边山岗之上

建造一座神殿，或者说建造一座花园别墅

我们可以在此地居住

也可以将此地的花仙子和佛祖供奉。"

伊南娜说道："可爱的千金，你也真是任性

我们前方已经没有道路，这里

有如荒野，虽然山谷里鲜花烂漫，十分怡人

可是，要在这荒凉之地造一座别墅

谈何容易，各种材料难以搬运。"

此话只说得小姐万分着急

一时面红耳赤，可是她

十分执着，痴心不改，当即

摘下胸前佩戴的公主宝钻，交给伊南娜

说道："这颗宝钻本是阿爸的遗赠

虽说它是不祥之宝，但今天，就将它拿去

为佛缘捐献，拿去古城里典当或拍卖

这颗宝钻价值不菲，足够使用

那座古城建筑风格别具一格

可以提供建造别墅的所有材料。"

这样，伊南娜却变得面红耳赤，焦躁不已

自从翠儿进入府邸，她俩还是第一次发生争执

伊南娜一直把翠儿当成温存可爱的千金

其时，珊珊高兴地说道

"好极了！这里美到极致，有如仙境

公主的主意好。伊南娜小姐

请你不要犹豫。"

伊南娜默默不语，虽然满心忧虑

但想来，这是西行的必经之地

建一座精巧别致的神殿，今后会有意义

也许翠儿的美梦已经感动了佛祖

随即，伊南娜接过宝钻，同队长一起

驾驶一辆越野汽车

向古城方向绝尘而去

古城是迷人的，也是很近的

驾驶小车一日便到。可是那三辆骡车

还在赶往百花谷方向的路上

在山路上扭扭摆摆。那座古城

是闻名遐迩的世界文化遗产

城里云集着识货的专家

拍卖宝钻不成问题，另外

若要购买所需的材料，还要

聘请设计神殿的专家。既然如此

殿堂设计方案就由翠儿的梦境提供素材

既像仙子的神殿又像一座花园别墅

当圣徒一行人，从佛祖的故乡回归之时

仰望这座殿堂，为心灵塑造一个美梦

伊南娜小姐，今生第一次被自然界所吸引

在她的眼前，自然变得栩栩如生

不知不觉深受翠儿的感染，在此之前

她只是一个不折不扣的传统市井之民

她心中只有人与人的关系，只有物质和利益

虽然她，有心为老爷还愿

可是她不理解什么是佛缘

关于佛法的传闻，她偶尔听说

今天，她愈加感到佛法的光环

向自己靠近，有如晨曦那样在心中闪光

今天，美妙的时间就交由翠儿和珊珊掌管

两位女子在山谷里尽情赏玩

有一只随行的警犬跟在她们身后

这只训练有素的狼狗，也仿佛回到

阔别已久的故乡，是它们祖宗藏身的地方

四周，每一座高峰近在眼前

山顶上覆盖着皑皑白雪

初夏的阳光将积雪撬动

使之融化成为一滴滴清泉

可是，当她俩迈步向前

那近在眼前的大山却十分遥远

一条细小的山路，无情地向远方伸展

这山路，以多情的手势

邀请她们，迷惑她们

细长的山路，时而隐藏于草丛中

时而开阔，时而有溪水流过路面

这是牛羊的道路，也是牧羊人的道路

这是古老马帮的道路，也是隐修者的道路

今天它将成为圣徒的道路

一颗朝圣的心，要在这里迷途

两位美人儿，在山谷中

越是远足，越是像两位仙女

隐隐约约的身影，飘忽不定的行踪

当她们回头，就能看到洁白的帐篷

当她们向前，遥远的山坡愈加遥远

那里绿草如茵，羊儿成群

不见牧人，只看到一片片的丛林

在这里，她们却有忘我的精神

在游玩的路上，不知不觉已经走远

百花向她们微笑，花朝节

也许刚过，可是花神永远浪漫

在远处向她们招手，激励她们

前面，一条小河拦住了去路

河水清澈，河面很浅

完全可以蹚过去

那条狼狗，一个跃步就到了对岸

两位美女已经忘乎所以，也蹚到对岸

这里的景色别具一格

有两座山丘紧密相连

山丘上怪石嶙峋，风光无限

在两座山丘之间生长着苍劲的大树

古树之下有一座木屋，十分古旧

好像是隐居者的家园，或者是

牧羊人的临时居所。此刻

狗儿警觉起来，向着那里汪汪直叫

美妙的山丘，神秘的小屋

她俩迈步向前，力求有所发现

只见，那里小屋柴门虚掩

在小屋后面，有一片水塘

大片的芦苇将水塘变成沼泽

有数只大鸟在沼泽里嬉戏

它们有高高的腿，长长的脖颈

头上长着鲜红的冠冕

这就是美丽的仙鹤，为什么它们

在这沼泽里栖居不肯离去

她们十分好奇，顺着山坡向上观看

只见，两边山坡上分别种植着

一片梅林和一片杏园，有一位老人

在园中晃晃悠悠的，管理着树木

梅林边种植着几片农作物，开垦了

约有两三亩土地

老人听见狗儿叫喊

扭头看见两位如花似玉的姑娘

她们好奇地向自己张望

老人家也十分好奇，在此地

只有牧羊人偶尔经过这里

他经常把成熟的果子交给牧羊人

此刻，老人尽量抬起头，直起身

向她俩说道："两位姑娘

你们从哪里来？为什么在这里游玩？"

"老人家，我们只是路过这里

向西去，发现前方没有了道路

所以，只能在这山谷里盘桓两日。"

"西行只有大山，道路十分艰险

新修的道路绕过此地，尚不可通行。"

"老人家，你也可以为我们指明道路

在荒无人烟的山谷，我们缺乏向导。"

"西行的道路我也只是听说

我不做向导，在这里我已经生活了五十年

养鹤种梅是我的最爱，如今

我只是梅妻鹤子的老人，将不久于人世

再也不想去外界看看

这条西行之路上行人越来越少

一队队的马帮几乎绝迹，每年

只有隐修者和一位圣徒偶尔经过

到我的小屋坐坐，暂且休整。"

"哦，你是一位梅妻鹤子的老人

怪不得那些仙鹤不肯飞离，它们

原来都是迁徙的鸟类

那么老人家，当你百年之后

那些大鸟，应该怎么生活？"

老人不再回答，只见他吹一声口哨

有几只仙鹤展开翅膀向他奔跑

围绕在老人身边，扇动翅膀

高昂着头，引颈高歌

当老人与仙鹤玩耍了一会儿

他身体变得轻快，仿佛舞蹈刚刚结束

来到她俩身旁，说道

"那水塘里有鱼儿生长

山岗后面还有一片更大的水塘

山坡上开垦了果园

还有几片生长着五谷的田地

当我老去之后，它们就像孩子

懂得照顾自己，还会看护我的小屋。"

"你太自信了老人家，野生的仙鹤都有翅膀

它们迟早会飞到遥远的他乡。"

"飞就飞吧，孩子们有它们自己的理想。"

翠儿小姐立刻找到了说话的机会

说道："老大爷，我们要在这里建一座神殿

好吗？造一座漂亮的殿堂

就像庙宇一样，就在这山坡上

在你的果园边上，你的仙鹤

就永远不会飞走，你也可以

安心生活，偶尔到殿堂里坐坐。"

"好啊小姐！我一眼就看出来你们二位

不同凡响，是金堆玉砌的美人

有如仙女。如果在这里造一座神殿

我愿把果园奉献出去，我的所有

都属于神殿，我的生命也有了皈依。"

两位小姐兴奋不已，拉住老人的手

倾心交谈，直到太阳西沉

当伊南娜风尘仆仆地从古城回来

三辆骡车也同时赶到营地

见到翠儿小姐，说道："我的大小姐

千金，如你所愿，建造殿堂的事宜

都已经办妥。我在古城

联络到一支建筑队，他们

专门建造庙堂和别墅，很有经验

各种材料他们全包，只是价格奇高

为了完成你的心愿，我们也就认了

而且，我在古城重新找到向导
他说，西行的道路车辆无法通行
骡车也无法通行，我们的行李
只能用三匹骡子驮行。而且
我决定留下两名保安
在此地看守我们的车辆
也监督殿堂的建造工程
另外，我在古城购置了几匹良马
它们将成为我们的坐骑
这座大山后面已是喜马拉雅山区
佛祖的故乡，就在喜马拉雅山的另一侧
艰苦的行程才刚刚开始。"

其时，翠儿小姐心中欢喜
这件事情也是她主办的头一件大事
这个决定让她满心欢喜。于是
翠儿小姐领伊南娜去到那老人的小屋
将殿堂的位置设计在半山坡上
前方是小河，旁边有梅林和杏园
还有一群仙鹤在沼泽里嬉戏
还有一位老人在这里长期驻守
周围是一座座奇妙的高峰
当华美的殿堂在此地落成，无疑
这里将成为仙境，是女神最爱的地方

第四篇
■————童女神库玛丽

艰苦的行程才刚刚开始

无边无垠的时间在面前飞逝

这些来自天堂的时间

不分分秒，没有节律，漫无边际

将令人恐惧的大山覆盖于它的手掌之下

偶尔，在山巅之上有积雪崩塌

从山顶一路奔腾，倾泻

进入大地胸膛的河流，完成了一个过程

在其中，时间得以体现

仿佛是一次大地的心跳

在其中，心灵实现了对于自我的体现

高峰，连绵不绝的群山

永远是完美的处子，它从来没有

获得关于自我的体验。它们

傲慢，它们无情，它们

缺乏应有的怜悯意识

然而它们，却把自我置身于大千世界

只能存在于三千大千世界，它们

才能安身立命，成为宇宙的英雄

现在，一行圣徒正是怀揣着这样的意志

脚踏着具有佛缘的土地，向西而行

向着人间的荒凉之地，这些土地

曾经被佛法的光环所开垦

如今，一行圣徒怀揣坚强的信念

用佛性的意志再次前来开垦

这被人忘却的荒芜的田园

也仅仅是人类意志的象征

不是借用佛法的力量

而是借用佛性的光芒

此刻，她们再来扮演古老的马帮

走在被人遗忘的道路上

然而，在附近不远处有一条大道

正在修建，或者说正在修复

那是一条不断修复的道路

多少年来，建成的道路被损毁

损毁的道路又重建

人与自然进行着艰苦卓绝的斗争

人定胜天的意志被取笑

天要毁人的事件被遗忘

而只有在这条道路上，圣徒们

意志坚强，心安理得。她们

一往直前地把道路踏在脚下

虽然艰苦，但却快乐。把存在的事物

比喻成存在的意义。于是

她们满怀信念在意义的道路上行走

当她们遇到朝山拜佛的行者

以磕长头的方式，匍匐着往前行走

肮脏的行者，匍匐着五体投地

双手向前直伸，每伏身一次

以手画地为号，起身后

前行至记号处再次匍匐，如此

周而复始，不怕千难万苦

三步一磕头，直至他们心灵的归宿

看到此情此景，翠儿小姐困惑不已

不解地问道："行者

你们这么跪拜叩首，令人感动

你们要去哪里？这么缓慢行走

何时才能到达目的地？"

行者继续他的动作，毫不停留

一边说道："我要用最虔诚、最激进的

方式，五体投地实现朝拜的目的

无论历经数日还是数月，这方式

不可更改。我要到冈仁波齐圣山

朝拜佛祖，完成我一生的愿望。"

"那里有寺院吗？"翠儿小姐问道

"冈仁波齐是第一神山

那里的喇嘛庙庄严雄伟

喇嘛庙里雕塑着佛祖的金身。"

"哦，行者，你的虔诚令人叫绝

可是，你只拜佛祖的金身塑像

难道你没感觉到被人欺骗

塑像里有多少佛祖的真心？"

"你是什么意思，这样说话？！"

"告诉你未尝不可，我们

前往朝拜真正的佛祖，虽然

他已不在人世，他作为

真人、真佛、真神，已名扬千秋

我们正要去那蓝毗尼，追寻

真佛的脚步，我们不去喇嘛庙求缘

也不去大金寺许愿。当我们

把真佛凭吊的时候，我们才能

获得真正的佛缘。无论我们

在蓝毗尼遇见一石、一砖、一花还是一树

都可以达成心灵中真诚的愿望。"

那行者站起身来，停止了动作

说道："小姐才是高贵的行者

可是，我们必须这样匍匐着

前往拜佛，不然，别人会笑我

活佛们也不许我进门。"

"原来如此！"珊珊听见他们的对话

这样说道。珊珊对此行没有多少兴趣

已经满心疲惫，她的坐骑

也并非宝马良驹，更不是唐僧的白龙马

这坐骑时不时撒泼，停下来不走

原来是道路过于艰难，这里

并非广阔的草原，马儿的生存原则

也在这里受到了极大的考验

它，没有一颗朝圣的心

仅仅怀着生存的信念。那位

三步一磕头的行者也并非它的主人

如果是，它必定会受到极大的感染

一行圣徒的心灵，没有一个

可以感染身下的坐骑，因为

她们不是去拜佛，而是去朝圣

马儿绝不会理解这一层复杂的关系

当她们行至一棵菩提树下，却发现

一个怪异的事物，那是一具

有血有肉的僧人，只见他

在菩提树下盘腿而坐，一丝不挂

蓬头垢面，衣衫褴褛都堆在腿上

身边有一根弯曲的三叉杖

这僧人比那位三步一磕头者更为怪异

保安队长告诉她们，这位

就是苦行僧，他欲通过自我磨炼

最终摆脱自己的臭皮囊

"他越是想摆脱，越是

变成了真正的臭皮囊，还是爱自己更好。"

珊珊说道，好奇地向僧人走去

翠儿小姐也想追问苦行僧的秘密

因为，当她越是走进佛国的土地

也越发激起了她的疑问

在她心中，她想理解人与宗教的关系

谁让她接受过哲学的训练，那位

唐璜博士虽然轻狂，但毕竟是一位哲学大师

"你好大师！"翠儿小姐说道

"你在这里修炼吗？这里荒无人烟

也没有什么寺院，希望能听听你的故事。"

那僧人不屑一顾，慢慢说道

"冈仁波齐，我心中的冈仁波齐

向往圣山，是我的苦行方式

人，需要经过多次轮回才能进入天堂

所有的苦难，一层层堆积

我只有磨炼自己，才能获得神谕

从而摆脱万劫不复的轮回

我在修行的道路上，选择了一条捷径。"

"大师，你是信仰大佛还是信仰湿婆？"

"我既信仰大佛，也信仰湿婆

我既不信仰大佛也不信仰湿婆

我只有通过我自己，我的肉身

是罪孽的载体，是臭皮囊一具

必须劳其筋骨、饿其体肤、空乏其身

方能获得精神的自由和灵魂的解脱。"

"到了那时，解脱之后又能如何？"

"既然是万事无忧的解脱，我必然

既是大佛又是湿婆，是一个化身。"

　"那好，你太自私，没有奉献精神

心中没有信仰，又是如此轻狂

你只能获罪于众神。"

　"我要成为一个化身，冈仁波齐是一个明证。"

这种交谈没有意义，也缺乏哲学高度

那老僧破衣烂衫，没有食物，身无分文

为了自我安慰，小姐赠送他几张大钞

只见老僧接过钞票，心中狂喜

他的行为终于有了一定的价值

虽然不能实现解脱，也是一种自我安慰

心中只贪求自我的人终会失去自我

当他急于摆脱自我而去追求另一个自我的时候

这几张钞票十分有用

他获得了被人赏识的途径，从而

再次踏上被神赏识的漫漫征途

终于，大路出现在眼前

一条凹凸不平的大道上人流如织

你只要回到路上，路就拯救了你

它会继续铺展开来，达到一个个

希望之地和生命的顶峰

这条道路载负着各色各样的人物

方向只有一个，那是众神的国度

这是一条被神性所指引的被脚步踏出的道路

虽然路途遥远，但却宽阔无比

几位少年僧人脱去袈裟穿上凡人的衣服

衣服令他们感到生活随意

说话也无须介意，可任意谈吐

几位凡俗的老人脱下身上的衣服

却披上老旧的，不再流行的袈裟

法衣令他们感到生命的严肃

他们欲把生命寄托给一件事物

几位妇女，双手合十向前赶路

在人面前她们抬起手，双手合十

没有人的时候，她们甩开双臂快速走路

在她们心中，有各种各样的神灵

神灵充斥于现实存在的各种事物中

一棵古树是神圣的

树上的黑鸟是神秘的

一群小鸟飞过树梢，喳喳叫着

它们领受了神意的指导

鸟儿的行动如此任性而轻快

那是可无限循环的神性的表达

在一切存在和不存在的神迹中

深感痛苦的永远是她们，她们

时刻将关于神的寓意背负在身上

待人接物时不能疏忽，在劳作时

不可忘记。在家里她们随时准备

把众神供奉。从此

她们心中充满信仰，坚定无比

她们不爱法衣、圣袍

只爱穿着纱丽的女性

用一种独特之美向人们展示虔诚

在路上，一行圣徒的马队特别显眼

马队后面跟着驮载货物的骡子

孤独的骡子紧跟马儿

健壮的马匹被圣徒驾驭

当它们也踏上众神的国土

它们的脚步变得严谨、认真

跟随着许多行人，用脚步

追求一种节奏，这种节奏是舒畅的

里面包含着许多种寓意

然而那些登山的队伍，在这条道路上

他们逆向行走，雄心壮志

他们怀抱着征服雪山的壮志

意志坚定，从不顾惜生命

一个个健壮威猛，步伐有力

他们也许征服过许多高峰

唯独不可征服的是冈仁波齐

他们是征服者，不是苦行僧

他们是任性的，心中缺少法度

哦，加德满都谷地是众神的寓所

有神牛在街上慢慢行走

一头神牛，两头、三头神牛

十分骄傲，当它们在城郊的野地

吃饱了青草，就走到街上逛逛

热心寻求某种与人对话的方式

因为它们，早已领受了神的指示

它们就以自我自然的存在方式

向众人示意，没有人敢回避

此刻，加德满都谷地

万里无云，碧空如洗

时间在这里变得缓慢

清晨迟迟不肯醒来，黄昏迟迟不肯离去

人对自然满怀敬意，自然对人心存感激

这是另一种格调的美，仿佛是

绿叶与阳光相互交织、缠绕的时刻

所编织而成的美

仿佛是，流水流过沙砾时

所激发的美。当这种美

被眼睛发现，眼睛就被感染

所以，眼光里也流露出相同格调的美

哦，使得人间变得亲切

也促使自然运动被约束在人的心灵里

从此，各种事物也在自然环境里约束它自己

哦，神圣的巴格玛蒂河在流淌

负载着三重神谕的河水每一滴都很珍贵

它的波浪就是它的眼睛

那眼睛与人类的眼睛默默相视

存在者受到巨大的感化

已逝之人受到无限的大爱

此刻，加德满都谷地

万里无云，碧空如洗

一条大道连接着无数条狭窄的古老街道

每条街上都矗立着散发古老气息的神庙

吸引眼球的古老建筑，吸引着

来自世界各地的游客

一行圣徒，将牲口委托当地的专人管理

她们找到合适的客栈投宿，又匆忙

到街上追寻迷人的古迹和圣迹

狭窄的街道，受到古文化巨大的熏陶

有如洪水，汹涌漫过河床

此刻，有一群人更加汹涌

他们用坚定的双脚踩踏坚实的石板路

有上百人，用力拉动一辆木轮大车

这辆大车装饰华丽，上面

站着一名和尚祭司指挥拉车的众人

他们意志坚强，甘当义务工

牵引着大车在石板街上缓缓而行

大街两边涌满人群，他们

向大车呼喊、祈祷、膜拜

上前争夺拉车的绳索，每个人

都想做一次车工，为大车出力

大车上载着一座小庙，庙中供奉着

鱼王神马其亨德拉

庙顶上用竹竿搭建一个高高的圆柱

圆柱上插满松枝，顶上飘着国旗

人们正举行一个神圣的仪式

这是古老的鱼王节，热闹非凡

鱼王和他的女儿要在人间相会

一连几日，鱼王的大车

将在城区的各条大街上行驶

整条大街，徐徐向鱼王开放

古老的鱼王让神迹向众人显示

鱼王乘坐千年的古代大车接受顶礼膜拜

有人用鲜花投送，有人说出祝福的话语

鱼王显示了古老的神态，在今天他复活

在人们的热爱中，他显示大爱

在人们的敬意中，他显示慈祥

在人们的狂热中，他显示威严

高高在上的鱼王有如盛开的鲜花一朵

年年开放，遵循着季节的变换

他掌管降雨，掌管收成

是命运之神，具有暗示的力量

其时，扎瓦拉克赫尔广场装饰一新

欢庆的人们将在这里把鱼王的大车恭迎

广场四周灯光齐明，大放光彩

四周的建筑上，大树上挤满人群

持枪的廓尔喀兵士乘车来回巡逻

鱼王节的活动达到高潮

观看的人群潮水一般向大车涌来

他们向大车抛撒大米、钱币

只见，红脸的鱼王昂首挺胸

如同凯旋的勇士

被一群僧侣高高抬起

在军乐和礼炮声中阔步前进

当鱼王被重新抬到大车上，忽然

有一名和尚跃到车顶，他向众人

出示一个金色的布袋，另一名和尚启开封漆

便取出一件金光闪闪的黑色坎肩

坎肩上镶满宝石，象征着帕坦的众神

和尚将宝衣向人群展示

东西南北各展示三次，随后

又将宝衣装入袋中，用火漆封好

之后，另一名和尚攀上车上高高的圆柱

人们战战兢兢，屏息以待

只见，和尚从高处抛下一个铜盘

这只铜盘将表达鱼王的心意

向人们暗示今年的收成，或者

暗示众神的期盼，有如一道闪电

其时，珊珊拉住翠儿小姐的手

激动不已，这热烈的场面从来不曾见过

这美丽的山国也是节日的国度

说道："小姐，我们去老王宫广场

那里，每天都有奇迹发生。"

"这里的人们，真会创造奇迹

无论是古代的神话，还是传说中的轶事

人们都热烈欢庆，他们心头藏着怎样的秘密

也可以说，他们对待事物的方式

与众不同，既然来到这里

我们必认真地体会一番，也不枉此行。"

"是啊小姐！我们节日中的王国

也是佛的国度，也是众神的国度

高兴地玩几天，也不虚此行

如果伊南娜催促我们

你也不要答应。伊南娜为人谨慎

事业心重，可她还是一个老女人

不懂玩耍，也不会开心。"

"走吧，珊珊。这个众神的国度

我们一一探索，你有空多打听打听

必有意想不到的收获。"

"小姐，问候人要说'纳马斯得'

与别人交流，点头不是摇头是

这些小常识也有意义

佛祖的故乡，在那遥远的南方

那里热浪袭人，我们

尽管玩耍，其他的事由伊南娜安排。"

老王宫广场热闹非凡

一群孩子跑来跑去，正在打水仗

他们用水箭互射对方

还有的孩子，手提一袋颜料

向路人抛撒红粉，那些
身染红粉的行人，向他们报以微笑
也不谴责他们。孩子们更加热烈
向街上奔去，撒出更多的红粉
"我们去看看，这里有什么喜庆。"
珊珊说道。她们向广场走去
只见，广场上人声鼎沸，一根
高高的竹竿，在广场中央竖起
有一面彩幡在竹竿上缓缓升起
升旗的时候，有乐队高奏、礼炮齐鸣
突然，周围的观众向着旗竿
抛撒一把把红粉。红色的粉末
在空中飘动，广场上一阵欢腾
纳马斯得，洒红节仪式正式启动
红色的粉末象征着火焰
人们欢声笑语向妖魔宣战
广场上，大街上，人们忘乎所以
在神的国度，人们以虔诚的态度
迎接着一个又一个的胜利
他们互相爱怜，生活无忧无虑
他们，热爱生活，每一个节日
都充满和谐的情趣
可是，在大佛的经典中
人生是多灾的，生命是苦难的
这些景象激励着翠儿小姐
去探索人生的奥秘

这些都不是哲学，而是活生生的
现实的生活，是生命的典故
也许，大佛的时代已经过去
有一个怎么样的现代社会，还能
容许、激发古老的激情

当众神的世界迎来迷蒙的落日
节日的欢声笑语也迎来谢幕的时刻
人们取道回家，或者
去圣河里沐浴，或者在神庙里
苦坐。只待另一个黎明降临人世
珊珊高兴地告诉翠儿
说："我们明天去看望女神
举世闻名的活女神，库玛丽
她在神庙里生活，有时
接待参拜的人们，不可不去。"
"活女神，库玛丽！"
翠儿小姐十分惊奇，仿佛终于
获知了众神的秘密，活女神
必定不是梦中的仙女。或者
她庄重肃穆，或者艳丽无比
一切都是好奇

当橘红色的黎明揭开了古城的纱丽
唯美的时间又在古城敲响了大钟
当人们醒来，而众神

就向着世界的幕后隐退

此刻，人们心中满怀着众神的形象

又在现实世界里将众神演绎

众神和人们，众人和众神

联结成为阴阳形式的契合体

向世界讲述他们道不尽的秘密

其时，翠儿小姐心灵微微激动

换取一身明亮、华贵的女士礼服

秀发上扎着一条粉红的丝带

今天，她们前往女神的庙宇

瞻仰、观赏、拜望或者供奉女神

在她俩的心中，每一个词语

都是合宜的，也是不妥的，因为

活女神的形象将决定她们的态度

上午九点钟，在金色的杜巴广场

鲜活的时间滞留在塔蕾珠女神庙旁

这古老的建筑，本身就是时间的化身

没有眼光可以逃避她

在她周围聚集着宇宙的火焰

在她的内部，凝结着世界的光芒

众神和国王轮番向她低头

来自廓尔喀的军士守护着她

当霹雳招致塔蕾珠女神的愤怒

国王无限惊恐，随即颁布圣旨

在全国遴选天生具有神性气质的女童

作为女神的化身，为天下祈福

这座高高的神殿，至今成为一个象征

神庙矗立在十二层塔基之上

周围造有十六座二重檐金顶小庙

那些小庙玲珑剔透，别具一格

台阶上立着雄狮和怪兽

在金门之上供奉着多手女神

手握宝剑、铜环、戟、棒等多种武器

女神庙的鎏金宝顶在阳光下金光闪耀

活女神库玛丽隐身在庙中

当翠儿她们早早地来到庙前

有一对神兽将她俩阻拦

守门人和蔼地说：必须等待

于是，她俩就在广场上踱步

欣赏着现代的阳光普照在古老的土地上

现代的各种风情，在此地有如幻影

古代的独特魅力在阳光下如同美梦

幻影中的光阴，美梦中的时间

把两位美人儿的心灵考验

如同在金炉中焚烧的一坛火焰

当她们再次返回到神庙门前

守门人仍然和蔼地说：必须等待

广场上人流如织，一阵骚动

活女神在高高的塔楼之上

她的神态无人可以想象

于是，身旁出现了各种猜想

旅客们纷纷议论

焦躁的心伴随着女神的迷惑

好在，伊南娜到来，她已经

使用三只金佛打通了必要的环节

三只金佛有如三条生命

使得三位现代美女与古老的女神能够团聚

于是，她们迈着谨慎的、骄傲的步伐

踏上了神殿的台阶。一步

一个脚印，一步一个回忆

咚咚的声音如同敲击着神殿的大鼓

她们，由一位祭司陪同

引领她们，越过这些超乎想象的台阶

直上塔楼。祭司安排她们

在一间狭小的房间里等候

这房间有如密室，一扇窗口外面

是一间精巧雅致的大厅，陈设着

一件件古代的宝器，金光闪闪

一刻钟之后，珊珊终于无法忍受

高声呼喊："库玛丽

女神，库玛丽！"

连续叫唤三次，突然

大厅里出现了一位女孩

双目圆睁，额头上描画着第三只眼睛

头戴炫目的金饰，毫无表情

翠儿小姐一阵激动，浑身颤抖

这神和人的化身，充满巨大的魔力

有如一匹小小的神兽

它，向着自己的眼睛里猛扑

翠儿使用自己的眼睛

紧紧盯住那神奇的三只眼睛

只见女神，颈项如海螺般光滑

身材如榕树般挺拔，睫毛

如母牛般浓密，面容毫无表情

此刻，翠儿小姐有一种惭愧的感觉

一次次袭击她的心灵。在她心中

有一位自我树立的女神

被一个更加稚弱神秘的女神召唤

这位稚弱神秘的女神

用魅力显示力量，用姿态发挥魔性

当她在大厅里一动不动

她身上却刮起了一阵狂风

大厅里的木门咣咣直响

大厅里的摆设也上下晃动

仿佛，活女神已经站不稳脚跟

一转身，她已经消失

"库玛丽！"翠儿忍不住失声叫道

只见，女神又出现在大厅中央

弱小的身躯散发出一片紫光

她便用那三只眼睛将一双眼睛凝视

她仿佛在说：你来自哪里

她仿佛又在倾听对方的回答

她面无表情，一脸严肃

轻易地，就可以把世界撇在一旁

然后，在她精神的天地里，她徜徉

她歌唱、舞蹈、追逐、游戏

她在那里，无拘无束，尽情表现自我

可是在这里，她开始厌倦神殿

她用几个令人难以理解的手势

向着凝视自己的人，张扬。突然

她却哑口无言，一种无奈的心态

促使她快速逃脱。就这样

她忽然之间，又从大厅里消失不见

"库玛丽！"翠儿又是一声召唤

不忍心让女神消失。可是

那女神却不见踪影

"活女神！"翠儿再次失声召唤

一阵狂风突然袭来，将大门吹开

女神不见踪影，消失得无影无踪

只见，有一位祭司进门

说道："女神已经出现，不可再见

走吧！时间无限宽广

走吧，有福之人不可阻挡！"

珊珊满心喜悦

翠儿小姐却无限失望

伊南娜说道："女神，足不出户

脚不可沾地，不可乱动

她不可轻易流露感情

不可拍手、抽泣、大笑，她必须

具备神的姿态，面无表情。"

翠儿小姐低着头，默默无语

珊珊说道："我们来到这里

已经朝见女神，可是

我们都是女儿身，为了

我们的胜利，我们必须入乡随俗

今晚，我们就为自己举办敬自己的节日

在王后餐厅里，举杯庆祝。"

"好啊，这事我最赞成

翠儿小姐来到佛国，已经不同凡俗

今后，必事业有成。"

伊南娜说完，便安排了王后餐厅里的活动

当她们在酒店举办敬重自己的节日

当她们举杯表示庆祝

当下，在众神的国度，女人们

将参加她们渴望已久的节日

为期三日的妇女节将在巴舒巴蒂庙举行

届时，神庙将成为妇女们的天下

她们身披红色的纱丽

成群结队向着巴舒巴蒂庙云集

她们向毁灭之神高唱赞歌

她们又向创造之神默默祈祷

在这神庙里，她们获得了短暂的解放

然后，她们不吃不喝，集体静坐

"明天，我们一定要去。"翠儿说道

"在这里，童女神受到极大的尊敬

妇女的地位却十分低下，深受奴役

女孩子可以成神，妇女却只能为奴

妇女们，在神庙过节

神庙将成为她们的救星。"

珊珊随后说道："小姐，我陪你前去

看看，神庙能否解救她们

也看看，在众神的国度里

女人享受什么样的地位。"

翌日清晨，她俩早早地

向巴舒巴蒂庙赶去。然而

为期三日的妇女节已经过去两日

在节日的最后一天里，妇女们

高兴的气氛已经消失。笼罩在

她们面庞上的，是一片阴云

女人们拥挤在神庙里，大门口

围得水泄不通，她们

默默地坐着，面无表情

其中，有两位女人独自坐在一起

仿佛，正在默默地啜泣

翠儿小姐走上前去，问道

"你们为什么孤独地坐在这里

好像十分伤心？"

其中一位印堂发黑的女人

用冷漠的口气说道："我在这里避难

不敢回到家里，因为

我的丈夫不久前刚刚死去，明天

要在巴格玛蒂河边焚尸

我如果回去，丈夫家的人

会把我连同死者一起烧掉

这是我逃脱不了的命运，我也想

为死去的丈夫殉身，可是

我还有年幼的孩子，我在这神庙里

只求逃避，直到那尸体焚毁

柴火熄灭之后，才能逃过一劫。"

"原来如此！"珊珊说道

翠儿心中十分苦闷。随后

拿出几张钞票送给这位可怜的女人

见状，身边的另一个女人连声说道

"尊敬的小姐，我也是个可怜的女人

我的丈夫懒惰，各种活计全靠我一个

每当我稍有疏忽，他马上虐待我

在家里我不能言语，只能

在这节日的神庙里偷闲几日

到明天节日散去，我决不回家

在这里绝食，看他们怎么处理。"

见状，翠儿小姐也同样觉得可怜

原来是神庙拯救了她们

而不是众神，在众神的土地上
当人们祈求众神，也只有神庙
是一个依托，是一个象征。于是
翠儿小姐又想到那个三步一磕头的行者
他是要进入寺庙朝拜，还是
要追寻大佛？必然在他心中
只有神庙，只有他自己的愿望
但愿普天之下的苦难之人都得解脱

此刻，众神之国的太阳已经缓缓西沉
两位可怜的女人，瑟瑟发抖
而那些幸福的女人，身披艳红的纱丽
向湿婆神唱完最后一遍赞歌，然后
她们一涌而出，集体向巴格玛蒂河走去
她们双手高举，扭着腰肢
舞蹈着，走进河水中沐浴
这条神圣的河流，将用那
从雪山流下的圣水为她们濯洗
她们站在水中，一遍遍用河水淋身
直至进行了三百六十次淋水
彻底洗去悲伤的记忆
彻底洗去附在身上的邪恶
然后，她们沿着各自回家的道路
兴高采烈地唱歌，跳着优美的舞蹈
她们，再次找到了女神的感觉
她们，通过与神相伴的快乐

为家人祈求平安、幸福和健康

然而，大神仍然挽留下几位女人

这些不幸的人受到神的眷顾

仍然在庙宇内祈祷，她们的语言

渐渐地开始凌乱，因为

她们的祈福不知道是为自己，还是

为了家人。她们成了

患难与共的众人

是夜，翠儿小姐辗转反侧

难以入睡，回想起自己

也有漂泊的往事。虽然现在

已经成为尊贵的小姐，作为女人

她仍然想探索山国女人的秘密

她们的感情、风俗和文化传统

于是，当橘红色的黎明

揭开了古城的纱丽，她悄悄地

独自一人，乘一辆装饰秀美的大篷车

向城郊驶去，前往一个具有独特风俗的古镇

参加一个象征性的婚礼

备受尊崇的尼瓦尔小姑娘

将要同一只大果实成婚

这风俗如此迷人，具有诗意

和蔼的车夫将她送到新娘家

只见，屋里摆放着一张木桌

桌上摆放着鲜花、炒米、红粉

等等五光十色的婚礼用品

木桌旁边，几位十岁左右的小姑娘

如同小公主一样，眼睛明亮

自信，在家里备受尊崇。她们

打扮得花枝招展，盘腿而坐

她们，额头上点有吉祥痣，手腕戴着手镯

一个个羞答答，低着头

依偎在母亲或亲友身边

此刻，女主人双手合十

口中念念有词，默默祷告

与此同时，乐队奏响明快的曲调

一位妇女手拎酒壶，围绕木桌一周

向大家斟酒，表示祝贺

然而，在木桌中央一只银盘子里

用红绸包裹着一只精心挑选的贝尔果

它，就是小姑娘的新郎。这果实

皮青肉红，经年不烂，象征着

百年之交，永不改变。只见

那敦厚的果实默默无语

欣然接受来自人世间的情意

成为她的初恋情人，成为

她的第一任丈夫。而她的第二任丈夫

那个世上的男人，无论多么无情

也不能夺走姑娘的童心和童趣

那么，女子就可以有意地走出家门

免受男人的虐待和奴役。只是

有谁能理解，这颗贝尔果的委屈

它一直默默无语，忍气吞声

其时，当婚礼的仪式结束

小姑娘们露出轻松的笑容

亲人将她们抱在怀中，亲吻

当乐队奏响最后一支乐曲

女主人向大家默念最后的祝福

那只贝尔果将被送到神庙珍藏

突然间，伊南娜和珊珊

来到这里，一脸无奈的表情

伊南娜说道："大小姐，你怎么

一个人来到这里？这里是异国他乡

绝不是随便玩乐的地方。我们此行

只为去蓝毗尼朝圣，可是

我们来此地已有数日，不可再耽误行程

即刻做好准备，择日前往蓝毗尼。"

当车夫听到这里，便走上前来

他是一个本地的熟人，曾经做过导游

车夫说道："几位小姐

蓝毗尼在遥远的南方，那里热浪袭人

若去蓝毗尼，必先礼拜斯瓦扬布纳特佛塔

佛塔坐落于斯瓦扬布纳特山顶

佛祖生前曾在那里讲道

阿育王也曾经君临此地。"

"好啊，好啊！"珊珊说道

于是她们，一行圣徒向斯瓦扬布纳特山出发

到那里将见证佛祖的智慧

正午时分，阳光璀璨夺目

斯瓦扬布纳特山上游客川流不息

金光灿灿的佛塔雄踞于山顶

鎏金宝顶与阳光争辉

有位圣人在这里预言，一片大湖

将成为众神的圣地，那曾经

盛开的莲花，为人间

带来永世的幸福

一行圣徒，她们沿着三百级台阶向上攀登

上山的路上，遍布佛塔、佛像

一丛丛玛尼石堆，飘扬着经幡

还有大大小小的经塔、经轮将佛塔包围

每一处建筑都有象征

每一处设计都有寓意

四眼天神庙用四只明媚的慧眼

看透一切，象征着法力无边

纯白色塔基，金黄色塔身

高耸的华盖与宝顶交相辉映

十三层镀金轮环是通向涅槃的途径

大殿里高大的佛祖金身像旁

东西南北，燃着长明灯

她们在佛祖金身像旁久久伫立

没有人说出祈祷的话语，然而她们

每个人都在祈祷，在心中酝酿理想

高大伟岸的佛身只是化身

佛祖曾经，在万物中将不同的化身显露

这化身也将成为一个理想

催促她们，继续南下追寻

之后，伊南娜说道："我们三人

前去蓝毗尼朝圣，心灵感应

与这里将会不同，我们必须胸怀坦荡

万分虔诚，去到那佛祖的故乡，为此

我们每人抄写一卷佛典佛经

作为献佛的礼物。可照千古的大佛

从来看不上世上的财宝，而佛典佛经

是佛祖心灵的演绎，最可获福。"

翠儿说道："我要抄写经文

经文里有佛学，堪比哲学

我想以神性的意义，用心研读佛学。"

于是，一行圣徒大饱眼福

心灵通透，快快不舍地离开佛塔

心灵通过慧眼获得智慧

于是她们恋恋不舍，急于求成

她们，受到了立地成佛的愿望驱使

回头将宝塔再次凝望，发现

自我，原来又渺小又可爱，又天真又痴心

当她们回到下榻的宾馆

翠儿小姐立刻委托珊珊，到街上打听

寻求购买贝多罗树叶和铁笔

她将用心抄写一部完整的《金刚经》

作为献佛的礼物。虽然

她们不懂得古老的梵文、藏文和巴利文

却可以学着经本上的原文

一笔一笔描画，如同学字的儿童

佛学博大精深，绝不可能随意学成

一片真心也可以表达虔诚

当黑夜降临，翠儿小姐孜孜不倦

一笔一画描写，直至抄完全文

仿佛，蓝毗尼就在眼前

那散发着奇特芳香的土地

在梦中向她招手

伊南娜，真是一位传统的东方女性

朝圣进香必在天亮前赶到

抢得头筹，以求万事吉祥。为此

她头天就联系到必要的车辆和导游

大半夜，就把两位美女唤醒

年轻的导游在门外等候她们

她们穿上梦想的衣服，轻描淡写

描化几笔淡妆，微笑着

下楼，坐进南下的车辆

漂亮的越野车，有如不羁的野马

疾速向南方行驶，在醉人的午夜时分

在迷人的道路上，划出一道道弧线

一路上，越过山川，穿过迷雾

穿过林莽，裹挟着阵阵芬芳

稻花的气息，田园的馥郁

果园里传来浓郁的酱香味

蓝毗尼是一个可以想象的地方

自然界的完美，映衬着原野的华丽

两者都在飘香，给人带来了

基于感官和意志的狂想。数千年的时间

它轻轻地挥手告别。今天

一行圣徒，又将它用心挽回

在眼前，将重现过去

在心中，将激起时空的涟漪

通过一个又一个生命把佛缘传递

其时，当车辆缓缓停在路边

旭日尚未将蔚蓝的天空点燃

蓝毗尼正睡眼惺忪，大地一片纯净

兰花飘香，溪流淙淙，山风呼啸而过

缕缕云雾从山间飘向平原

一袭透明的轻纱将花园覆盖

又有一只纤手将纱丽轻轻撩起

向一行圣徒展开了慈祥的笑意

伊南娜不敢怠慢，首先

去园中拜过佛祖生母玛雅·黛维女神庙

又向旁边的一座喇嘛庙走去

翠儿小姐也紧随其后，在这里

她学会了各种妙趣横生的礼拜形式

双手合十、低头、鞠躬、祈祷、跪拜

自我的身体被运用得行云流水

当伊南娜向着喇嘛庙走去

翠儿小姐，仍然逗留在佛祖生母庙前

在这里期待朝霞涌现的黎明

她用亮洁的双眼，搜索东方的天空

又在这鲜花烂漫的花园里赏读

阅读数千年流连不去的历史风情

一泓碧绿的池水，那是王后沐浴的地方

一棵枝叶繁茂的菩提树，那是王子降生的地方

一排宽大的佛像底座，时光在那里来回徜徉

翠儿小姐走到佛像底座旁，将一卷贝叶经

轻轻置放在宝座之上，从怀里

取出一只小鸟似的金瓶，压在经卷之上

此刻，东方第一缕熹微的光芒

刚好，洒落在金瓶和经卷之上

有如从大佛眼中飘来的第一束目光

这一缕光芒有如音乐家的手指

它指挥着遥远群山的合唱

此刻，遥远的山峰纷纷显露出巨大的身影

在旭日之下，它们缥缈的身影逐渐固定

一位圣贤，两位圣贤

从顽强的山巅之上向花园张望

翠儿小姐心灵激动，不敢

在圣迹旁久等，因为

络绎不绝的旅客已经陆续到来，他们

一步步朝圣迹旁涌来，速度很快

他们的举止十分轻狂，他们

取出相机不停拍照，又在

圣迹旁留影，轮番拍照。他们

急欲掠夺佛祖留下的最后资产

一会儿走到这里，一会儿又去那里

他们希望把不同的地方走遍

佛祖怜爱他们，佛祖会原谅他们

虽然这里许多圣迹上并没有描画出

佛祖的慧眼，而在空气中，在树林里

在地下千年的古迹里，保存着佛法的灵性

在缺乏光线的时候，他却能看得更清

而在花园旁边不远的地方

有一伙来自日本寺院的僧徒数人

匆匆忙忙，挖掘一袋袋泥土

"你们取土做什么？"有旅客询问他们

"我们，出高价购买这些泥土

打算运回日本，作为神圣的土壤供奉

栽培一些优秀的植物，作为

佛法生生不息的一个见证。我们僧徒

不可能在这古老的土地上长留

而只能运回神奇的土壤，今后

我们便可以永远居住在佛祖的土地上。"

哦，实在无知！翠儿心中想到

又想到苦行僧和三步一磕头的行者
现实的世界，实在令人迷茫

于是，翠儿小姐来到阿育王石柱旁
伫立，从历史斑驳的石柱上
聆听那些，不可能听到的话语
此刻，一只美丽的凤蝶
围绕在翠儿身旁，来回翩翩起舞
不舍得离去，有时在她头顶上空
有时在她身前身后，仿佛是
佛缘对于美人儿的馈赠
突然，一阵清风，从四个方向吹来
在石柱旁吹拂不去，形成一股旋风
有些是来自菩提树上的清风
有些是来自平原上的香风，有些是
从遥远的山上吹拂而下的凉风
围拢在一起，一阵舞蹈
又消失得无影无踪。其时
伊南娜和珊珊从喇嘛庙归来
她们兴奋无比，她们手持
一张金箔纸，上面
有高僧赐予她的一个很大的"善"字
它代表着善缘、平安和幸福
珊珊看到伫立不动的翠儿小姐
向她喊道："小姐，你的蝴蝶
在你头上有一只蝴蝶

来回飞舞，不舍得离去。"

翠儿不语，她从来不曾发现身边的蝴蝶

只发现有蝴蝶在花丛中扇动翅膀

花园附近还有十几座造型各异的庙堂

都是各个国家出资援建的项目

作为圣迹花园，蓝毗尼将愈加繁荣

络绎不绝的旅客，从世界各地前来

他们将像流水一样，流过佛祖的眼睛

高大的殿堂缺乏神圣

过去已经结束，未来就在眼前

历史的洪流归于一声长叹，也许

它胸怀佛祖的大爱

其时，当越野车向着来时的道路奔去

前来的车队，人流刚好与之相遇

就这样，世人来来往往，川流不息

他们，在光荣的道路上追寻往昔

翠儿小姐心绪难平，回头张望

再会，不乏神圣的蓝毗尼

再会，众神的国度，再会

在众神的寓所里栖息的女人们

再会，不可征服的冈仁波齐

她将追寻并且到达自我的殿堂

在那百花谷的原野，无人可知的地方

殿堂建造匆忙，众多仙子期待已久

重檐、柱廊、金顶，闪耀着光芒

愉悦的生命和心灵，将在那里并蒂开放

第五篇
◻———追求者

我，开始自遗忘的镜子

打捞那些早已沉默的面庞

时间在大道上，在天空中

完成了自然轮回的代谢

可是，心灵却无法实现一个小小的遗忘

我的心云舒云卷，万事难料

它真的，已经被感情搁浅

自从，翠儿她们前往蓝毗尼朝圣

上百个时日的光阴一直在心中回旋

是什么事儿将它翻动

直至感情困顿，时光变得苦闷

还能是什么事儿将心灵搅乱

我必是已经爱上了翠儿小姐，不能自已

每一天，从黎明时的迷雾到傍晚的云团

我的生活失去意义，在现实面前

找不到任何答案。待人接物的方式

也变得呆板，生活显得困难

爱就爱吧，感情可以教训自己

使自己找到一个自以为是的答案

以在感想的深处，把自己欺骗

蓝色的苍穹啊，那就是友谊

橘红色的黎明啊，那就是爱情

我这个法律界的才子，从来

不对现实产生幻想，严酷的现实

都是各种关系的产物。可是

今天，每一天，我的心灵却不自觉地

产生了自我难以判断的梦幻

比如说清晨起床，比如说去餐厅吃饭

比如说躺在床上的夜晚，这些

平凡的事儿已经变得不再平凡

每一件事儿，都必须三思，否则

那个行动者仿佛就不是自己

是啊，我已经爱上了翠儿，毫无疑义

是我，发现了她的身世

是我，爱护她，给她挑选最美的服饰

是我，发现了她的蝴蝶，她的美

也是我，爱上了她，难以自拔

也许，这便是我的运气，我的天命

如果，她回到雾岛，我必然

向她表达真心，关心她的事儿

有空就去看她，帮她寻找快乐……

如此，如此，怎么样都可以

只要与她见面，怎么样都好

我想，在神乳峰下，那个小小的山村

一位清秀的姑娘，十分迷人

那双眼睛流淌着清澈的泉水

我想，在刚到雾岛的时候

一位羞怯的少女，常常依偎着我

一切都很自然，都很和谐

可是当一位少女，变成了俊俏的娇娃

流逝的时间就开始反转

有时，那些已往的时间向着

我的心中倾泻，实在令人难以忘怀

我不仅发现了美，同时也发现

在我心中滋生的爱恋，如此

神秘的事件，却十分难缠

是啊，伊南娜曾经亲口

警告我，唐璜的教训如在眼前

我要知道，什么是真正的爱情

我必须在现实世界里寻找答案

我是一个大名鼎鼎的律师

嘉年公司里的各项事业，我了然于胸

当年，哈希码老板曾经依赖我

将大笔的资金，往产业里投放

为了发展，运转这个庞大的产业集团

我的谋略，在发展的道路上处处体现

为此，我必须雄心壮志

振作精神，给伊南娜制造一些麻烦

或者，让庞大的产业，以某种

金融运作的方式，通过法律的途径

逐渐归于我的名下。到那时

伊南娜只得向我求援

翠儿小姐，清纯温柔的千金

也会不自觉依恋我

这将是一个巨大的秘密，也许不是秘密

而是，以非凡的胆识在行动

为此，我必须要有清晰的思路

和各项翔实具体的计划

慢慢地，将各个困难解决

计划是完美的，目标是远大的

为了实现心灵的渴望，我将毫无惧意

我的理想，将把两个人的命运维系

除此之外，我没有任何理想

她们，也许正在佛的国度里徜徉

也许行驶在艰难险恶的道路上

也许享受旅途的快乐，每天

都把神奇迷人的景色欣赏

也许深受旅途的折磨，每日

都在期待着返回雾岛的时刻

我真替她们为难，翠儿小姐胆小

处处受到伊南娜的支配

伊南娜，也是一位精明坚强的女人

从来不会对过多的事物发生感情

分明是一位，孤僻的铁娘子

好吧，只要在她身边

翠儿小姐也会叫人放心

不会发生意想不到的事情

伊南娜会坚定地处理

甚至不怕产生巨大的浪费

夏日的雾岛清新爽朗

来自海上的风，时刻把雾岛洗濯

来自神笔峰的云雾，在烈日下躲闪隐藏

炫目的阳光，令人产生遗忘。然而

我的心反而愈加困惑、坚强

我想象着翠儿的身影，一天天临近

仿佛就在身旁。她微笑

有如蓓蕾在开放，她说话

好像一阵微风吹过。她生气的时候

大海也会翻起恶浪。可是

在她身旁，大海永远沉默

她从来也没有气愤的时候

什么事情只要过去，她就会轻松遗忘

她的眼睛里，从来没有激流涌荡

不知道为什么，来自大海的风

终于掀起了巨浪，好像

我的心灵产生了波动的异常

难道，一行圣徒将要回到雾岛

回到她们心爱的家园。在花园里

重新激发起花朵开放的风潮

花园期待她们，花朵也期待她们

我会在花园等候她们，我将会看见

在她们脸上洋溢着的神性之光

有如生命的淡淡的彩妆

此行虽然艰苦，却能给她们

增添擦拭不掉的慈祥

终于，在一夜之间

她们返回到府邸家园

好像是从天国降落的仙女

无限风光的花园也期待她们

盛夏的海滨花园，风情浓郁

人间难以找到这样的花园

这不是上帝遗忘在人间的花园

而是上帝亲切的馈赠

阳光用浓情的爱，把苍翠的花园滋养

当炽热的阳光撕碎第一道迷雾

洒落在花园的树梢上

我已经早早来到这里

希望能看见翠儿小姐，希望

问询她们此行的感觉

一连数月艰苦的朝圣之路

在心灵深处也会开启一个崭新的世界

当我与翠儿见面，她是否

会变成一个陌生的人儿，或者

她已将往事遗忘，生活重新开始

可是，她们十分疲乏，需要休息几天
整个上午，我在花园里白等一场
傍晚时分，当我再次来到花园
那里，仍然空空荡荡，只有
高大的古树迎风飘摇
海岛上空，迷雾再次侵袭阳光的空间
直至将阳光一片片驱散
这海岛已经成为雾的海洋
所有可见的事物，渐渐隐藏
真是一个令人既感伤又迷恋的地方

第二天，激烈的阳光又把海岛熏陶
我听见甜美的笑语在花园里回荡
翠儿和珊珊已经在花园里赏玩
这片在人间难以寻觅的园林
她怎么会遗忘？这是她眷恋的地方
虽然，她发现了另一片百花盛开的山谷
那里却是荒无人迹的原野
谁知道，翠儿的心会有怎样的思念
此刻，她俩朝着栽培着来自
南美洲的奇异花草的花坛走去
现在，正是盛夏和秋天交替的时节
各种花朵显出最后的狂热，各种果实
忽隐忽现，有的已经成熟，坠落

那个花坛里是什么花草，十分奇特

像是一个会玩弄魔术的小丑

长着数只长长的瓶子，瓶口时开时合

"这是猪笼草，小姐！"

珊珊终于透露出秘密，又说道

"草瓶里分泌蜜汁，能把小飞虫吸引

最后成为猪笼草的美食。"

"哦，珊珊！你也会玩弄把戏

看看，那个花坛里栽培的是什么

花朵粉红，十分迷人。"翠儿说道

向另一个花坛走去，仔细观看

"小姐，你只要拿手指触碰

它的叶片就会收缩，很有感应。"

"我知道，这一定是含羞草

虽然我没有见过，但书上都有介绍

今天看见，果然名不虚传

它的叶片敏感，像婴儿一样。"

"小姐，你再看看那个花坛

来自南美洲的秘密都在那里

肯定会让你惊叹不已。"

珊珊将小姐带到另一处花坛

这里的花草非同一般，有着

直直站立的高挑身段，还有

正在盛开的紫红色硕大花冠

每一枝叶柄上长着三枚清秀的叶片

此刻，我突然走到翠儿身边

告诉她说："这是跳舞草

也叫多情草，人只要对着它高喊

在音波的刺激下，它的叶片

会连续不断上下摆动，有如

飞行中轻舞双翅的蝴蝶

又像舞台上轻舞玉臂的少女。"

"孟德斯先生真会形容！"

珊珊说完，向着草儿连续叫喊两声

只见，跳舞草纷纷舒展叶片

连花朵也在摇动，婀娜多姿

叶片像抚弄琴弦的手指

草茎像多情而又羞怯的少女

翠儿正看得入迷，说道

"植物界也有许多秘密

这些不寻常的花草很有诗意。"

我立刻回答她的话语，说道

"世界上，本来就充满了诗

当我通过你的眼睛，认识了你

新的诗章就已经开始。"

此刻，珊珊兴奋不已，她

既泼辣又热情的品性显露无遗

说道："小姐的双眼着实迷人

水灵灵波光闪闪，人见人爱

孟德斯大哥必定是爱上了你

我看见，他经常向你偷抛贼眼

没想到大律师也是这么多情。"

"珊珊，不要乱说！"翠儿说道

"对不起，两位美女！"我说

"翠儿小姐越变越美，这两年来

她仿佛是一位脱胎成仙的天使

常常叫人心无旁骛，无心再做其他事情

自从你们前往蓝毗尼，每天我都担心

仿佛我，真的变成了一个有心人

我从来都不曾对别的女孩产生这种感情。"

此刻，珊珊也感到十分突然

翠儿小姐面颊红润，一声不语

转身，独自向亭台走去

然后，慢慢回到了她的书房

对于意外的事情，她无动于衷

一把闪光的利剑把我刺伤

也许我过于任性，过于多情

时间流逝，我无法向自己交代

空气向我施加胆怯的暴行

我站在跳舞草花坛旁边

呆呆伫立良久，再也不敢

以什么行为，将它们惊动

也许我过于草率，过于鲁莽

对待这样温存的美人儿，怎么可以

动用真情？只要采用欺骗、隐瞒

幽默或者滑稽的方式，让她开心

就已经实现了心想的目的。然而

来自天空的迷雾比我的举止更为任性

它们又像往日一样，在傍晚到来之前

一团团地，从那遥远的令人无法猜测的天空

飘落而下，渐渐夺取阳光的空域

在迷雾环绕的花园里，我激烈地想着

她，宛似一阵阵音乐涌满我的身旁

太阳驻足片刻只为了将她欣赏

于是，我在花园里千年的古树下散步

不仅为自己低诉心声，而且

想着下一步的具体行动。我已经

无法自拔，将爱进行到底

才是天大的责任。就这样

直到深夜来临，我才快快地返回

自我的家园。一座刚刚购置的墅苑

坐落于海滨大街不远。我想自己

已经成为可以独立的男人，不必过分依赖母亲

她也快到退休的年龄

而且在我的理想中，我要

为自己打造的事业将超乎我的想象

常常令自己激动不已。为此我必须发奋努力

聘请几位秘书、经理和安保人员

将公司搬迁到这座海滨墅苑

整个夜晚，都不再是属于我的时间

光荣的西兰府邸，有一位完美无缺的天使

在她面前，我首先向自己动了真情

神秘的西兰府邸，也许珍藏着成堆的宝贝

我的心也会无情地把它觊觎

华丽而宽阔的海滨花园，是一场

美的盛宴，分明是上帝的遗产

想象本身就令人激动不已。于是

我伏案写下这样的诗句

我悔恨分离，为此

偷偷洒下无数感伤的泪水

我不敢诉说逝去的往昔

在期盼中，让时光纷纷流逝

我敢于想象未来的甜美

只要在你身旁，我敢于梦想一切

你用天使的目光，照亮我的未来

为此，激动的泪珠流向自己的喉咙

像期待黎明一样，我期待你眼中的光明

这过于完美的诗句，正是

我心中的话语。我轻轻地

将它折叠，成为便笺

明天，我必定将它送给小姐

为了报答迷醉心灵的所爱

我必须，不顾一切

第二天，当炽烈的阳光

刚刚将浓密的迷雾撕裂

我怀揣忐忑的心情，沿着海滨大街

向着西兰府邸走去。这座海滨宫殿

神秘的府邸现在变得神圣无比

人流如潮的大街上，曾经有多少眼光

向府邸偷看，它华美庄严

古老的王宫又以现代的设计方案重建

许多艺术大师参与设计

还有许多哈希码老爷的个人杰作

适合居住、办公，又适合休闲娱乐

宽敞的门廊，明亮的落地窗

豪华的屋顶古朴又时髦

当我偷偷溜进大厅，登上二楼的走廊

发现小姐的书房房门开启

她喜欢上午在书房里阅读

午后去花园里散心。此刻

莉莉姑娘已经去街上，挑选一些

小姐喜爱的日常用品。此刻

我闪身进入书房，只见

翠儿小姐正在书架上寻找今天要读的书本

"早上好，小姐！"我说

"你最近爱读什么书籍？我可以

帮你找到，或者选购回来。"

"哦，我随便看看，自从

打蓝毗尼回来，我仿佛

变了一个人似的，失去了读书的心情

也不知道拿什么可以消磨时间。"

"是啊，世界无限宽广

从外界的事物，能获得更多的知识

如果你愿意，我也可以

带你去一些很有趣的地方。"

"好了，如果没有必要，我也不希望

伊南娜也让府邸安静。"

我随手，将一盒龙涎香油和便笺

放在她的书柜上，然后

观察她的表情，我能够猜想

翠儿小姐已经对我怀有戒心

她迅速打开便笺，以为

那是什么神秘的东西，因为

我常常给她送一些稀奇古怪的东西

只要听说什么新出的奢侈商品

我会买来送她，让她开心

当她把诗行读了两遍

她显出了令人难以猜测的表情

抬头问道："这诗行辞藻华美

显得感情多多少少，有堆砌之嫌

你为什么写出这样的诗句？"

"我现在的心情，自己都难以理解

莫名其妙地苦闷，胡思乱想

便写出这样草率的诗行。"

"这诗行虽然感情堆砌

但显得真切，用心良苦

诗中的美人是谁？"

"是你，小姐！"我认真地答道

"自从你去蓝毗尼，一百多个日日夜夜

我才知道，原来我早已对你有意

你的美常常令我心醉神迷

无法忘怀。请原谅我的过失

我也许不该这么做，可是

我无法约束自己，只能做出冒昧的事情

为此，我无法原谅自己

倒不如，我认真一点

什么话都向你诉说，这样更好。"

"你的话像你的诗句一样漂亮

你如果是真心，我也可以理解

可是我现在，从来没有想过要爱上

某一个人，也没有这种打算

我还年轻没有经验，在社会上

找不到属于自我的感觉

正如你所说的，我想知道

我什么地方把你吸引，使你鬼迷心窍

你也是一位有名的才子

我难道真像你说的那样完美？"

此刻，翠儿小姐如此镇静

既不羞怯也不动怒，用一双

明澈的眼睛，把雾水向我脸上倾泻

那是一种认真充满疑问的神情

在她身上却如此和谐

此刻她更加妩媚、明艳

完全成为一个天使，欲把她的信息

发布于整个世界

此刻，我必须认真地回答她

尽量使用轻柔的声调，也许

她期待的正是赞美。于是

我亲切地说道："你的纯洁就像水晶

在你身边，我能看见自己的想法

无论我是早上看见你，还是晚上看见你

你天生丽质的美永远不变

你走起路来，像一位娇娃

你说话的时候是一位公主

无论别人怎么形容你、看待你

你在我心中永远是天使

每一天我都无法逃避的事实

就是怎么样才能见到你，为此

当你陈述自己的想法，无异于

上帝向我下达谕旨

怎么样都可以，直到

等到你的回答，会很感人。"

真的没有想到，我用

如此亲切的赞美，所等到的

却是一阵笑容。只见翠儿小姐

手捂口唇，直笑得前俯后仰

坐在椅子上也笑，转过身去也笑

只好走到门外，几步就走到楼下的大厅

这情景，使我变得像一位痴然的情种

我真是无聊，拿自己也没有办法

我应该吐露得更多，也许

只有事实才能把她感动，可是

什么样的事实才能感动一个天使

一切过激的行为都会变得索然无味

此刻，只见莉莉从街上回到大厅

手里拿着一件刚刚购买的宝贝，异常兴奋

走到小姐面前，双手将宝贝呈予翠儿小姐

让她观看，翠儿接过宝匣

慢慢打开，想揭开其中的秘密

打开鲜艳的包装，里面

又是一层洁白的丝绸包裹

打开三层包装，里面

却是一瓶做工精美的龙涎香油

和我送给小姐的一模一样

"这是法国名牌香油

是刚刚进到雾岛的珍品

小姐你一定喜欢。"莉莉说完

打开香油的瓶盖

翠儿小姐接过精美的小瓶，然后

在大厅里，在壁橱上，在盆景里

随意挥洒，整个大厅无比芳香

久久挥散不去。这香油有黄金的价值

在生活中已经是无比奢侈，也许

翠儿小姐今天特别高兴，我的赞美

也许对她已经发挥作用

只见她，把小瓶交给莉莉

缓慢向大厅外面走去

宛如蝴蝶飞离枯萎的花朵

那么自由，完美无缺

我情不自禁地跟随天使

向花园里走去，而她

叫住珊珊，她们两个一起

去那花园西面的游泳池里沐浴

她们像两朵莲花在水中嬉戏

风光无限的花园荡漾着迷醉人心的风情

第二天，我没有前往西兰府邸

第三天，我也没有去海滨花园

我必须给自己找一个美好的借口

现在，翠儿小姐显示出高雅的身份

对什么都不经意，也不在乎

高贵的美人没有心思，仿佛

也缺乏理想，没有感情

更没有烦恼，真正地

修成了天使一般的情操

现在，我只有苦思冥想，寻找一件

能够打动翠儿小姐心灵的东西。于是

我委托朋友出高价，想尽办法，终于

购得一幅世界名画《许拉斯和水泽仙女》

拿画中情景比拟小姐沐浴时的景象

将会十分贴切、生动。于是

我专门在午后时分，当她们再去池中沐浴

突然来到池水旁边，叫莉莉帮忙

将一幅完美无缺的名画

展现在她们面前，生动而又逼真

仙女们，在梦幻般的水泽里

与一位俊美的少年热恋，那少年

如此痴情于美妙的幻想

一切都不真实，一切都很传神

真正的现实被美所覆盖

再次成为令人无法逃脱的现实

只见，两位女伴在水中异常惊诧

将这幅充满幻想的画作一遍遍观看

她们，纷纷游到池水岸边

用动情的眼睛再次赏阅

久久不愿移开视线

此刻，莉莉微笑着说道

"小姐，这幅世界名画

是孟德斯先生高价求购的真迹

池水里的仙女楚楚动人

与小姐在池水中的形象正好相似

这幅名画可以挂在小姐的书房

在读书期间，可以增添情趣。"

可是不知道为什么，此刻

伊南娜却突然出现在水池旁边

莉莉的话已经被她听到

还没等到她们两个上岸，伊南娜

便来到画作面前，仔细观看

一脸严肃的神态，一句话不说

我只好立即收起画作，认真地

把它收藏在一只檀木宝匣里

当她俩从水池出来，到小屋里换好衣服

走到油画旁边，还想着

打开名画，再次欣赏

伊南娜却说道："不必打开了

这只是一件赝品，仿制得十分逼真

不要动，在这里稍等就会知道。"

说完，伊南娜快速赶到客厅里

不知道在什么地方取出来一只

和我手中的一样的檀木宝匣

慢慢打开宝匣，再启开一层丝绸的包裹

再和莉莉一起，将画作抻开

只见，两幅画作完全相同

无论色泽、尺寸还是装潢都一模一样

只是，一幅显得色泽鲜艳、明亮

一幅略显暗淡、发黄

看到这里，什么都不用说

世上的宝物都有许多件仿真品

我的投资打了水漂。此刻

伊南娜说道："这幅画作

是英国画家沃特豪斯的成名之作

曾经收藏于曼彻斯特美术馆

老爷在世时，拿一幅仿品暗中调包

我们不知道用了什么方法，也不想知道

现在世上展出的许多宝物，往往

都是赝品，没有人愿意揭开秘密

所有的事情，秘密一旦揭开，暴露于世

世界还有什么意思？生活还有什么意义

黯淡无聊的生活谁也不愿意过

今天，孟德斯先生拿赝品前来唬人

请小姐不必在意，必须尊重事实。"

说完，伊南娜将画作收好

匆忙返回客厅，不知道将它隐藏在什么地方

此刻，空气中已经弥漫着恼人的迷雾

翠儿小姐和珊珊一起走了

莉莉也不见了，她们头也不回

我必须想到，府邸里藏龙卧虎

还有更多令人难以想象的宝贝

我也必须知道，伊南娜拿出此物

并非想炫耀财富，而是想

打击我的自信心，在翠儿小姐面前

让我难堪，让我灰心丧气

她早已知道我对小姐的用意

她也会早做防备，不知道

她在翠儿小姐面前说了多少坏话

这种事情想也可以想到

当我在水池边犹犹豫豫

没有心情离开，也没有心情

不离开这里。却看见伊南娜

向我走来，脚步沉重，若有所思

"你好，伊南娜小姐！"

我首先向她说话，尽量

保持我惯有的生活格调

伊南娜，直接走到我的面前

采用沉重的语气，低声说道

"孟德斯，你真是一位大小伙子

你对小姐的用心，什么都不说

我都知道。现在，小姐她

越发可爱，任何人求之不得

你尽量追求她，我，怎么可能反对

只要小姐对你有心，我

没有反对的意思。从前

我是哈希码老爷的忠诚仆佣

现在，我是翠儿小姐的贴心帮手

我一向认真，从来不会做小动作

也不可能别有用心，将人欺诈

你，只要赢得小姐的欢心

那是你的本事。可是

你不可以别有用心，你另开公司

资产迅速膨胀，而又把持着嘉年的股份

你以为如此就可以赢取小姐的关切

这样，你还是自己做出反思

当然，任何男人

如能迎合小姐的意志，做我们的新主人

你，我都无权反对，老爷的

庞大产业，必然要有新人继承

我希望是你！因为，我也不希望

有一位陌生人前来入住府邸

到那时，你比别人更会同情我的处境

可是，你做事往往激烈、过分

鬼迷心窍的时候你也会当真

今后，什么事你可都要自重。"

说完，伊南娜转身离去

没有给我留下说话的机会

我，这回真的发呆

自己都无言以对

鬼迷心窍！什么鬼迷心窍

我向来十分理智，只要方式正确

没有打不赢的官司。那么现在

如果有什么行为不当，不够谨慎

完全因为翠儿小姐，她的美

叫人不知不觉丧失理智，甚至

越轨、痛恨、狂热、无所畏惧

如果能取得最后的胜利

无所畏惧的精神，也是值得

第六篇
▫———海里的夭亡

自从翠儿小姐从黑鹰山回来

她的心灵被浇灌了一层昏暗的紫色

自从玉郎太岁和他的从来教葬身火海

聪慧的翠儿小姐被自我的人生迷惑

一种伸手可及的沉甸甸的未来

在翠儿小姐面前徐徐降落

如同雨后的葡萄串，降落，并粉身碎骨

当迷雾降临，异常激烈地在空间绵延

它邀请黑夜，早早地重返人间

未来，正在成为一支消逝的歌儿

时间不是治疗者，病人不在这里

这里没有哀伤。一层层迷雾

它们殷勤织造着绵延无边的忧伤

它们，又在生命的枝杈上凝结泪水

它们又在空间的每一处，上演

虚幻的动画，一幕接着一幕

历史上的美人儿，传说中的狐狸精

多少叹息和热泪把万人迷冲击

使得她们杳无音信，在空间某处隐身

哦，翠儿小姐愿卸下一切美的伪装

回归心灵之中一个完全自我的真实

可是，心灵在哪里？难道

在动漫的世界里飘来飘去？只要

一个响亮的声音就可以描述她，只要

一个伟岸的身影就可以塑造她

光荣的西兰府邸，黄金堆砌的堡垒

地下密室里收藏着无尽的财宝

世上人类的心灵都愿意在这里毁灭

美人儿的心灵，却只愿在这里崛起

如同怒放的花朵，将金灿灿的人间宝贝

作为为她滋养生命的粪堆

一只仙鹤的时间，比真实的时间

更加完美，它头戴鲜红的冠冕

在人迹罕至的原野池沼里舞蹈

对于流逝的光阴，它毫无悔恨

翠儿小姐，在梦中见到的就是它们

在百花谷，它们如同老人的孩子

一连数日，不见珊珊的身影

莉莉说，珊珊在家养病，将拍摄的照片

转给小姐看，希望得到小姐的同情

小姐确实同情珊珊，发信息关心她

也愿意把那些，本想献给玉郎太岁的黄金

留给珊珊看病，有机会

去美容院做做美容。大姑娘

尚没有男朋友，想想就让人心疼

最近，伊南娜也大献殷勤

每天下班回到府邸，先进入小姐房间

问候一番，留下一脸亲切的笑颜

翠儿小姐时常在卧室里躺睡

有时到书房站站，花园里她不想去

大街上，沙滩上，商场里

都变成了一连串的忧伤。正好

软绵绵的睡床是滋生美梦的好地方

那就梦想吧，灿烂的阳光总是不愿意离开人间

它不是照射在地球这边，就是

普照在地球的另一面。它哺育

鲜活的生命，把永不熄灭的爱

永远无偿地奉献。喜爱忧伤的美人儿

最爱梦想阳光灿烂的时光

有如一支支沁人心脾的音乐

它一遍遍歌唱着未来，或者童年

不是童年就是未来，不是未来就是童年

两个令人不解的时代，交相辉映

令人炫目，无缘无故使人痴迷

此刻，或者这时，今天或者明日

我，就是我。我必须

真切地看望翠儿小姐，真心地

培养她的感情。如果能够获得

一丝丝的爱情、缘分，将如同火花

点燃她的心灵，给她织造一个

美好的未来。现在是一个好机会

当我前往海滨花园里候她

她在书房里踟蹰，当我走进书房

她却在柔软的香帐里沉入梦乡

在热爱着她的人的感情里，她把

一连串美好的时光浪费，毫无珍惜之意

美人儿就是美人儿，从来不会珍惜

她可以轻易挥霍掉所有的财宝、所有的美

在她因此莞尔一笑的同时

将产生震撼人心的美，如同

夏日的烈日，无人敢将它仰视

于是，我在书房里候她

久久不见踪影，我又到花园里

漫无目的走来走去。这秋天的园景

各种树木争先恐后地吸收阳光

如同一只只即将进入冬眠的棕熊

"莉莉！"我看见莉莉，向她喊话

"翠儿小姐这么贪睡，不会有事吧？"

"孟德斯先生，你也真会猜疑

自从，那天小姐没去黑鹰山

第二天，听说从来教葬身火海

珊珊她，也被烧得容颜失色

小姐她，怎么还能高兴起来

每天，不是睡觉就是玩玩游戏
温暖的床铺变成了她的伙伴
你如果真的关心她、爱她
必须多想想办法，让她开心。"
"好啊，莉莉！我真想这样
有什么好办法，我一时想不起来
翠儿小姐，本来就生性单纯
她的心难以隐藏秘密
一旦伤心起来，就很难平复
对于这么多愁善感的女孩
我也缺少哄骗的手段
莉莉，你有好想法提出来。"
"翠儿小姐，爱看戏剧、听音乐
特别是古色古香的那种
感人的剧情能把小姐打动。"
"哦，好啊，这个好办！"
我立即想到那位盲人歌手。可是
现在根本难觅他踪影，自从他
声音嘶哑之后，消失得无影无踪
世上有各种情调的歌手
我得想想办法

某件事物在结束之前
的确应该存在，当记忆
再现的时候，它显得更美
我要在花园里举办一场乐趣横生的

音乐晚会，就设在盲人歌手

曾经停留的地方。在那里

当美妙的音乐响起，翠儿小姐她

会找到从前的记忆。为此

我多方联系，做出很有趣的准备

无论多么忧伤的人，也只是因为

她的心理，她的记忆，她的志趣

生活之美能够消除一切不良的记忆

爱好生活的人，才能创造一个未来

为此，我与伊南娜谈妥

音乐晚会就在周日举行

到时候，尽量敦请府邸上下人员

全部集合，营造一个热闹的氛围

当演员从幕后走上前台

一阵阵掌声，喧哗声

本身就是生活的情趣

哦，翠儿小姐可是西兰府邸的千金

是府邸的灵魂。随她怎么任性

一切快乐和美都要向她敞开

府邸上下人员，会因为小姐的快乐而感到光荣

其时，当周日的黄昏徐徐降临

在雾岛永远看不到黄昏，因为

激情不减的迷雾，已早先一步

在雾岛上空徘徊，与晚霞争夺人们的视线

只要，一阵海风吹来，迷雾前推后拥

裹挟着咸味的海风，向花园扑来

花园里的亭台，是盲人歌手曾经休息的地方

现在，用一面纱帘遮挡

演员先在那里藏身，他们走出幕后

突然出现于观众眼前，制造一个惊喜

从餐厅搬来几把椅子

把乐手安排在亭台周围

安排其他人员站在旁边围成一圈

我也请了几位朋友，一个个都是

身材伟岸的美男子，前来助威

于是，当迷雾渐浓，花园里

第一盏路灯亮起。乐队里的钢琴师

先弹奏一曲《献给爱丽丝》

用甜美的古典音乐迎接伊南娜和翠儿小姐

琴键轻弹，有如来自松林里的和风细雨

终于，吹送进她们的双耳

只见，伊南娜携手翠儿小姐向亭台走来

在餐椅上安坐，周围听众一阵鼓掌

伊南娜向大伙挥手，翠儿小姐

默默不语，感到新奇，在座椅上期待

悠扬的琴曲刚一停止

突然，亭台边奏起格尔纳塔克音乐

这种深情、沉重、迷人的印度古典乐曲

给人带来惊喜

沉睡了两千年的音乐，发人深省

当音乐响起，两位装扮妖艳的印度舞女

从亭台的幕后扭身而出，她们

衣着红色的纱裙，妖艳而华丽，满身金饰

她们赤脚踩在地毯上，身姿绰约

当古老的阿尔利布琴一响

两位舞女双脚并拢，两手向上伸去

扭动华丽的腰肢，她们

连续变换身形，用脖颈，用红唇

用眼睛、双手，用身体的各个部位

共同上演一支古印度的婆罗多舞

她们用各种表情，自由地

表现各种思想，各种感情

她们表演着印度教的古老传说

关于湿婆大神毁灭世界又创造世界的意志

双脚配合双腿围绕身体不停地移动

古典的琴曲让人耳目一新。周围

观众不停地鼓掌，连声叫好

气氛热烈，伊南娜也笑逐颜开

一曲既停，空间仿佛

仍然在颤动。片刻之后，突然

高亢的电子琴音从亭台边响起

音调高昂，像山涧急促的流水

随后，电吉他、电贝斯也纷纷鸣奏

只见，两位黑人小伙子从亭台幕后

闪身而出，用一种跳跃的姿势

瞬间来到观众面前，他们

在地毯上走起了飘逸的太空步

他们的身体，有如行云流水

他们的双腿，在地毯上前后漂移

他们加快舞步向前，但是

身体仍然像保持在原处，他们

正在进行很有节奏的月球漫步

一串串的电子爵士鼓伴随着他们的舞步

把一个时空的世界表现得淋漓尽致

他们的身体有如一串电流

流过钢丝铜线，闪着火花

园丁和保安最喜爱这种舞步

现代气息十分浓郁。几个保安人员

用尖厉的口哨回应舞步

大厅里的执勤小姐拿手机拍摄

餐厅里的阿姨也前来拍照

只见，两位黑小伙继续卖弄身体

他们快速地甩腿、旋转

同时，音响里播放迈克尔·杰克逊的名曲

此次晚会，已经是我的用心安排

一首古典舞曲，一支现代音乐

两者搭配最能激发感情

可是，当舞曲将停

翠儿小姐站起身，欲返回房间

她已经习惯了熟睡，无法忍受刺激

我连忙上前说道："等等，翠儿小姐

下一曲你一定喜欢，是一出可爱的戏剧

一定能够再现你的记忆

很古典，用滑稽的表现方式

像巫术一样充满魔力。"

"好吧，希望如此！"

翠儿小姐说完，又坐回原处

期待着下一个即将上演的剧目

只待我朝亭台方向一挥手

一阵鼓声伴着清脆的铜锣

节奏舒缓、轻快，而又十分神秘

只见，亭台幕后走出一位巫师

头戴硕大的鬼头面具

手持一根很有魔力的花棍

像一头雄壮的公牛，在地毯上

前后、上下，向着不同的方向

摆出他那具有神性的古老舞姿

这正是可以驱灾辟邪的傩戏

傩舞大师是真正的巫师，经过特殊的训练

举止庄重，步伐矫健，每一个姿态

都有强烈的暗示和寓意。只见

大巫师用传统的舞步行走，宽大的法衣

随着身体展开，扑朔迷离

而那位敲击铜锣的乐手，不是别人

正是翠儿小姐家乡的亲人，是村头的阿水

翠儿在童年时代，熟知这种傩戏

她也一眼认出了阿水，喜出望外

激动的泪水往喉咙里咽

只片刻时间，她已经

扫除了心中的阴霾。她安心看戏

只待着剧目结束，寻机会与阿水见面

原来，翠儿小姐思乡心切

自从母亲去世，她再也没有返回家乡

今天看见阿水，如同看见亲人。这一切

只有我一个人可以理解，我会安排

他俩见面的时间，也要为

翠儿小姐的未来着想，不可暴露身份

她是能够控制西兰府邸场面的人

有着不可推卸的责任

一曲终止，时光也凝滞不前

观众的眼睛充满了魔幻般的记忆

古典剧目深切感人，现代舞曲充满刺激

可是这深秋的海滨，凉风来袭

夜间的海滨花园不宜久留

伊南娜挥散工作人员

他们回到自己的工作岗位

我也指使朋友，将一班演员和乐手

带到街上，享用夜宵，付清他们的费用

然后，将阿水领到小姐的书房

让思乡之人，好好地倾诉衷肠

这一切，伊南娜看在眼里

一个坚强而且固执的女人，她

第一次衷心祝愿我，能够

赢取翠儿小姐的爱。人心都是

有血有肉的，每一个人的心灵

都可以被感动，只是每一个人

想法不同，追求的目标不同

有时候，一个人可以伤害他人，因为

他们之间，存在着不同的利益关系

正是因为这样，伊南娜深夜找我谈话

当所有的客人都离开府邸

当阿水也见过翠儿小姐，安排他

到街上宾馆里休息

当府邸里的工作人员用过夜宵

纷纷下班返回家园

当午夜的钟声即将敲响

空气中荡漾着令人痴迷的气息

当伊南娜走到我的面前

空空的餐厅里，只有我们两人

伊南娜终于开口说话，她想说的话

一直隐藏在心里，今天，她不得不说

只见她认真而且诚恳地说道

"孟德斯，大才子、大律师

将要成为大老板的人！"

"说吧，伊南娜！"我说

"你说什么我都听，决不反对！"

"好吧律师！衷心期盼你

能够赢得小姐的爱，到那时

我也就放心。翠儿小姐，心地单纯值得去爱

可是翠儿小姐，也不是一般的女人

这你知道，对于我们她代表着什么

我也不希望有其他男人进入府邸

为此，你必须多多用心，不可

三心二意。只不过，你可能用心太多

已经到了令人担心的地步。"

"请说，伊南娜，我认真听！"

"好吧律师！你为嘉年公司

做出巨大的贡献，人人皆知

可是，为了小姐的未来，你感情用事

你若是在小姐面前感情顺利

你也不至于需要投机取巧，你若是

在小姐面前感情不顺利，你以为

能够把持整个嘉年集团，最终

可以成为翠儿小姐依靠的人

你正是这样想的。为此

在我们一行人前往蓝毗尼期间

一直到现在，你使用特殊的手段

或者利用股票市场的波动

或者使用作为依据的法律文书

巧妙地占有嘉年的产业，直至

你个人公司的资产迅速膨胀

集团上下，没有人可以阻止你，也许

只有我和翠儿小姐才有这样的能力

可是，我们并不希望你人财两空

甚至，前途尽失，因为

我们也不是一般的朋友。"

"伊南娜，伊南娜！"我叫着伊南娜的名字

我无言以对，我如果

反悔、认错、坚持己见、无所谓、争执

每一种态度都不可取，我简直

哑口无言，在铁娘子面前不置可否

"孟德斯，好了，你不必诉说太多

我既然诚心祝愿你，我也不必

对你多费不必要的口舌。如今

翠儿小姐已经对你，深怀好感

而我，必须向你说明一件事情

哈希码老爷临终之前，交给我

一串钥匙和一个密码，他说

在这座花园餐厅后面，隐藏着

一条密道，直通海底，里面

有数不尽的财宝。我从来不曾

打开那一道大门，因为我也害怕

凭我一个人的能力，面对过多的财宝

绝不是好事，大难临头的时刻

瞬间便会降临。翠儿小姐，她社会经验浅薄

心地单纯，我也不曾告诉她这个秘密

今天，趁子夜时分，你我共同进入密道

查看财宝的原委。从今之后

你也不必侵占嘉年的资产，你尽可以

安分追求翠儿小姐，直至圆满。"

"哦，好的，伊南娜！"

我连声应允，内心激动万分

于是，伊南娜带我离开餐厅

进入隔壁的一个储物间

这间房平时堆放着粮食和油料

在北面墙壁上，有一只高大的橱柜

伊南娜示意挪开橱柜，我只好

用尽力气，才移动这沉甸甸的实木橱柜

后面，并没有不同的地方。伊南娜上前

仔细查看，用手敲击，原来

这是一面用防水胶布制作的仿真墙壁

伊南娜用力撞击，终于

墙壁开启一道约有一米宽、两米高的缝隙

伊南娜打开备用的照明灯，只见

一条向下延伸的通道，约有四十度的斜角

向北延伸，直通向花园里那座巨石巉岩的下方

我俩走下密道，在狭窄阴暗的地道里行走

不知道走了多远，仿佛

摸索到了地道的尽头，前方

出现一堵坚实的石门，表面上看

与一块大石板无异，秘密就在这里

伊南娜仔细查看，终于找到钥匙的插口

当要推开石门，向里面推进的时候

每打开一道缝隙，必须输入一串密码

连推三次，连续输入三次密码，终于

前方豁然开朗，密道变得敞亮

有灯自然开启，伊南娜反手将石门关上

我俩试探着往前走，密道里充满了海水的咸味

隐隐约约能听到流水的声音，好像

大海就在我们的身旁。我俩

每走十米，前方的灯光就自然亮起

后面的灯光熄灭，设计很是高超

我们向前走了大约百米的路程

展现在我们面前有一个大字：啊

"啊"字下面，就是第一个房间的门

伊南娜顺利打开一扇小门

只见，满屋子堆放着上百只木箱

大箱子在下小箱子在上，层层堆叠

木箱上涂着防水油漆，这些

木箱并未上锁，只要扳动几个小小的机关

很快开启木箱。原来

满满一箱子黄金，有金块、金条和碎金

大的金块用绸布包裹，小的碎金

随便乱放，好像是一座银行的宝库

"这些金块可以再铸。"我说

"搬运到银行可以融资

在地窖里私藏，没有一分利息。"

"是啊！"伊南娜说道

"我们先不要谈论这个，先看看再说

既然这满屋子都是黄金，其他

密室里，肯定藏着不同的东西。"

于是，我们离开第一间密室

将箱子封好，将门锁好，和从前一样

向前走二十几米，出现一个大大的字：嘛

"嘛"字下面，就是第二个房间的门

和第一扇门一样，伊南娜将门打开

只见，满屋子也堆放着上百只木箱

只是，每一个箱子的造型不同

有大有小，油漆颜料也不同，款式各异

伊南娜顺利打开一只小木箱

我也打开一只较大的木箱

小木箱里，装满了奇形怪状的海贝币

大刀币，和一些闻所未闻的古钱币

大木箱里装满了金币，有各种款式

我仔细辨认，好在我曾在欧洲求学

认识几个古典的字符，原来那些是

古罗马奥利斯金币、波斯银币

还有拜占庭帝国的苏勒德斯金币

这种金币曾经流行于地中海沿岸各国

曾经是古代贵族财富的象征

还有的木箱里，收藏着

秦代的半两铜钱，汉代的五铢钱币
还有的木箱里，收藏着
沙俄时代的金币，春秋战国时期的布币
这间小屋如同海盗的货船
哈希码老爷并未做过海盗
怎么会有这些东西？很难说
"你不要瞎猜！"伊南娜说道
"我们对于哈希码的年轻时代，一无所知
他本人没做过海盗，但是他
与海盗有一定的瓜葛，互有联络。"
"他真不简单，身手不凡。"
"我们先不要谈论这个，先看看再说
既然这满屋子都是钱币，那么
其他密室里，肯定藏着不同的东西。"

于是，我俩离开第二间密室
将箱子封好，将门锁好，和从前一样
向前走二十几米，只见一个大大的字：呢
和前一扇门一样，伊南娜将其开启
只见，满屋子摆放着数十个货架
货架全部采用不锈钢制成
一层层货架上铺着二三层丝绸
丝绸上面，整整齐齐地摆满了古董
除了唐三彩瓷瓶，青铜商鼎
还有价值连城、价值连国的宝贝
一只玻璃柜里面，摆放一件金缕玉衣

玉片上沾着泥土，好像刚出土不久

我发现一只战国时代的水晶杯

透亮的水晶，采用一整块雕成

伊南娜发现了一把神奇的宝剑

她高兴地叫起来，原来

这正是越王勾践的亲佩宝剑

剑上刻有：钺王鸠浅，自乍用鐱

剑柄上镶着绿松石

再向里走，货架上琳琅满目

各种古董宝物，尽是世上稀有

其中，有一根枪矛是耶稣基督的遗物

神奇的朗基努斯矛熠熠生辉

枪矛旁边，有一件更珍奇的宝物

用三层绢纱包裹，那正是

所有基督徒求之不得的圣物

是耶稣在最后晚餐上使用的圣杯

真正令人惊叹的还不止这些

法老图坦卡蒙的金面具

被存放在一只紫檀制作的木箱里

这面具是不可凝视的物品，我立即

将它放回原处。却又发现一个

来自中美洲的水晶头盖骨，那本是

玛雅人的圣物，拥有神秘的力量

在这间密室的最高处

在一只精致的佛龛上

摆放着一只瓷杯，里面用三层绢纱

包裹着，所有佛教徒的圣物
那正是佛骨舍利子。我无论如何
也不能打开此物。此刻伊南娜
也无心打开，让它静静地躺在原处
里面，还有更多神奇的宝贝
已经超出了我们的预期
让人惊叹的同时，一种惊心动魄的力量
袭击人的心灵。我们一言不语
惊奇地对视，我们马上离开此屋
将物品摆好，将门锁好，和从前一样

于是，我们离开第三间密室
向前走二十几米，只见一个大字：叭
和前一扇门一样，伊南娜将其开启
只见，满屋子摆放着数十个大小不一样的金柜
每只柜子，采用黄金做成
用黄铜做支架，用黄金做装饰
满屋子金光灿灿，在灯光照耀下
金碧辉煌、紫霞漫溢
如此珍贵的东西是什么，必须
仔细查看，认真探索，因为
每一件都保存得十分完整，有的
用绢纱包裹，有的用紫檀封存
我慢慢打开第一件藏品，原来是
明太祖朱元璋的亲笔手谕
用行书写成，上面附有六枚帝王印章

伊南娜打开的是《古兰经》手稿

出自先知穆罕默德的传人，欧麦尔的亲笔

另有一卷古希腊哲人赫拉克利特的残篇

我认真查看，古希腊文我略知一二

只见，用芦苇笔写在莎草纸上的淡淡笔迹

写有："一切皆流，无物常驻

人不能两次踏入同一条河流

品性，是一个人的守护神……"

这真迹称得上世界文化之瑰宝

伊南娜找到了一本

希特勒亲笔签名的《我的奋斗》

我还发现了写在羊皮纸上的《死海古卷》

发黄的字迹，斑斑驳驳。还有

经函谷关令尹喜而得以传世的《老子五千言》

我们不能打开每一只金柜

我们匆匆忙忙，第一次探索这些宝藏

老爷子真不简单，他不仅搜刮

世上的珍宝，还不忘窝藏人类的经典

"你小看他了！"伊南娜说道

"老爷子曾经组织了一个活动集团

他们，在全世界四处出击，以各种

可能的方式，无论盗窃、抢劫、收买

还是诱骗、敲诈、威逼，只要能够得手

他们什么都干，世界上

所有的宝物他都爱，当他

几乎掠尽了世界上的各种财宝，他

又将资本投入社会。现在，世上的

各种矿藏、美玉等等

各个大型采掘公司他都曾经参股

只不过，当老爷过世之后，有些股份

该舍弃就舍弃，你和我

也不是哈希码，我们没有那种天分。"

"哦，是啊！还是伊南娜小姐

你的想法，令人佩服！"

说完，我们封好金柜，将物品放回原处

将门锁好，和从前一样

于是，我俩离开第四间密室

向前走二十几米，只见一个大字：咪

和前一扇门一样，伊南娜将其开启

只见，满屋子堆满了陶罐

大大小小的陶罐，足有几百只

小陶罐堆放在大陶罐之上

不用说，每只陶罐都装满珍宝

它们是什么，在没开启罐子之前

谁也不知道。伊南娜说道

"我们，只打开一些装饰精美的陶罐

先看看再说！"

"好吧！"我说，我站在门口，不动

让伊南娜前去，捡几只精美的罐子打开

伊南娜开启了第一只精美的陶罐

用三层绢纱包裹，里面是一只紫檀木盒

打开木盒，又有三层绢纱包裹

原来，是一颗宝钻，我一眼就发现

这是一颗产自印度的"光明之山"

这颗美钻，曾经激发柯林斯的灵感

让他创作出《月亮宝石》之传世名作

伊南娜打开的第二只陶罐

里面珍藏的更是一颗伟大的宝钻

一颗偌大的"非洲之星"，有三千多克拉

当我仔细甄别，终于发现

这是一颗真正出自非洲的原钻

那后来所谓的"库里南一号""库里南二号"

皆为人们为满足虚荣心而制造的赝品

原来，当"非洲之星"丢失后

英国王室为掩人耳目，满足虚荣

炒作了一系列的欺世盗名之作

真正的原钻就在这里，自重

三千一百零六克拉，世上独一无二

不可能再有相同的东西

哈希码老爷，比谁都有眼光

比谁都有手段，只要他

想拥有，就没有得不到的东西

无论在天上，还是在人间。终于

我们又发现了一大箱黑格陨石

这些，来自天堂的宝物，一块块，一件件

它们，由各种原子组合而成，在世人面前

也都是奇珍异宝，价值不菲

里面，还有更多的宝物

整罐整罐的玛瑙，整罐整罐的翡翠

硕大浑圆的珍珠，还有几只木箱

上面用英文标注着"罗亚尔港"几个字

它们，来自牙买加首府，海盗的老窝

另外，"神像之眼""狮子山之星"等等

都有它们专用的小罐。伊南娜说道

"既然这满屋子都是钻石、珠宝

我们先看看再说，其他

密室里肯定藏着不同的东西。"

于是，我们离开了第五间密室

将罐子封好，将门锁好，和从前一样

向前走二十几米，前方已是密道的尽头

只见，一个巨大的天坑出现在我们面前

天坑里灯火通明，约有十几米的深度

天坑底部金光灿灿，紫霞流溢

天坑底部正中间，出现一个大字：哞

字体清秀，在灯光中闪耀光焰

那里必是一道大门，为什么设在天坑之内

"我们回吧！"伊南娜说道

"这天坑好深，不必继续探索。"

我向下方看了几眼，几经思索

说道："最好的珍宝，往往在最险要的地方

前面几个密室，都装满人世上的宝贝

这下方天坑里的密室，必然装满

来自宇宙的各种宝贝，我要前往一探究竟。"

"你要当心！我看到

那根悬挂着的绳梯，晃晃悠悠

行动必须敏捷，快去快回。"

我再次思索片刻，说道

"伊南娜，我自从神乳峰

把翠儿带来雾岛，内心一直珍爱有加

是我，发现了她的蝴蝶

是我，用心呵护，不愿她受到委屈

是我，因为太过用情，以致损害了嘉年集团

现在，我的话都想向你诉说

以免，以后我没有时间悔改

其他时间，你也不愿意听。"

"我会理解，我会理解！"伊南娜说道

于是，我离开密道的地面，抓住绳索

向下滑行，当滑到一半的高度

绳索却突然断裂，我心中大惊

我，向下一直跌落，跌落，再跌落

哪里有什么金光灿灿的坑底

再没有，那个闪耀金光的"哞"字

突然，天坑内的灯光全部自然关闭

漆黑一片，简直令人窒息

伊南娜，站在上方，心中产生恐惧

连连向后退步。当我的双脚

刚刚碰触到一个坚硬的东西，突然

一股巨大的恶浪汹涌的海水

向我狂袭而来。原来那个坚硬的东西

正是开启海水倒灌的机关

这里，原来是哈希码设计的夺命天坑

每一个勇于探险，贪心不足的人必然陷落于此地

此刻，我没有喊话的机会

也没有，思想的余地

恶浪已经剥夺了我的自由

我，被一下子推向深不可测的大海

一股狂潮，继续将我向深海推送

当我，身体稍稍安稳下来

我奋力用双手、双脚向上划水

好在，我进行过专业的游泳训练

在大学期间，我也是游泳爱好者

可是，这大海的深度仿佛没有尽头

我必须想到，海水具有浮力，只要

我不断努力，会有到达水面的时刻

这时候，我只有祈祷

神啊，救救我吧！大水已将我吞没

我没有立足之地，我的罪过

不至于毁灭我的生命！终于

我浮到水面，痛快呼吸着空气

海浪翻滚，一浪接着一浪

欲将我打回深海，进入哀地斯的冥府

在这里，我要么祈求于波塞冬

要么祈求于东方的巨龙，而我的双手

必须拼命，生命靠自己努力

可是，我深陷大海，没有任何方向

浓雾笼罩的海面，岸上看不见任何灯光

也看不见海滨花园在哪里。我想

我必是从花园后面的巨石巉岩之下

进入的这大海，此刻我必须

期待黎明，与海浪搏斗

然而，雾岛的黎明来得太迟

我也许，再没有看见黎明的机会

我感觉有鲨鱼在身边游弋，我又感到

一群莫名其妙的鱼类，触碰我的身体

恐惧，恐惧，全部都是恐惧

我爱我的生命，生命里不仅有我自己

还有我的母亲，还有翠儿，还有……

终于，一群群大鱼都从我身边游走

它们，已经被人类灌输了意志

已经成为人类的宠儿

它们只是喜爱我，同我游戏

我希望有那么一只海豚，将我托举

送到岸边，这个简单的要求如果不能实现

命运将会把我抛弃，因为我感到

四肢麻木，力气渐渐不支

哈希码，一个人类的狂徒

他，生前没有遭到应有的报应

到头来是我，为他担受罪责

他，变成了世界的恩人

我永远是世界的罪人。无知的人类

在财宝面前，永远不会反悔。难道

难道，凡是目睹过美的人，注定要死亡

我贪求财宝也是为了翠儿，她才是

我心中的真美，是我的女神。也许

我因此走得太远，现在没有回头的路径

"阿特曼，唵！普拉那，唵！"

只要把阿特曼当作"唵"来冥想

神会助我跨越这无穷深渊，苦闷的海洋

"唵！唵！啊，唵！"

神们都躲藏，鲨鱼也游走

各种小鱼群，厚唇鱼，乌翅鱼

幽灵一般的黑鲷鱼，它们纷纷逃避而去

我没有这么可怕，我是人类

鲨鱼和海豚都已经成为人类的朋友

几条敏捷的小飞鱼奋力飞向天空

也远远离我而去，我不是杀手

鱼类，也无法将我消灭。此刻

我深深爱上它们，我的伴儿我的朋友

我，变成了恐惧的代名词。难道

我在大海里也已经臭名远扬

我悔恨、痛苦，我无法重返人间

我的朋友，我的母亲，伊南娜，翠儿……

他们，也许早已对我咬牙切齿

我还被蒙在鼓里，我

生活在一切虚伪的世界里，这些鱼儿

就是明证，它们，快速地逃避我

然而，却有一个身影向我靠近

在海水里它漆黑一片，只见它

泛起一阵阵浪花，疾速游来

我越来越能看见，它有着尖尖的头颅

长长的脖颈，一双眼睛放射着晶蓝色的光

它速度如此之快，仿佛是一条长龙戏水

我看见那深邃发光的眼睛，极其恐怖

满嘴尖牙利齿，就像鳄鱼的大口

它长长的脖颈后面，拖着庞大的身躯

难道是我眼花缭乱，因恐惧而胡思乱想

不，不是，绝不是！那是一条真正的长龙

是一条在恐龙时代就已经灭绝的蛇颈龙

这消失了的物种，今天，怎么还出来害人

当我正在犹豫，感到好笑，只见

它一口就咬掉了我的大腿，它根本

就不客气。一切不可能的都变成了现实

已经灭绝数亿年的物种，它却张开了杀人的血口

与人类达成和解的鲨鱼，没有再次犯罪

只有这蛇颈龙，它亿年的野性不改

当它满足了对美食的欲望，愉快地

在海水中消失。可是，我的鲜血染红了大海

那些，与人类达成了和解的鱼类

嗅到血腥味前来，奋不顾身

它们，全然忘记了人类的恩情，凶相毕露

疯狂地袭击我身体的每一处

一群小鱼也闻声而来

在躯体上捡拾美味的残渣

其时，当天空向大海射来了第一道晨光

光明的世界，降临得太迟，太迟

我的那具躯体，早已消失不见

疯狂中的美味，贪欲里的猎食

健壮的体魄被一扫而空

在野性的世界，人，没有回头路可走

可是，我！我！在哪里

谁能够把死亡变成胜利？我

已经这么做了！一种彻底解脱的快感

像美酒那样浇灌我的所有，又像

一团炽热的烈焰，把我焚烧

只要我运动，烈焰也运动

只要我跳跃，烈焰也跳跃。这股烈焰

总是行动在我的想法之前

渔民和水手们，当他们在海上

看到那"燃烧的光轮"，那就是我

现在我看见，人世间的一切

都很令人讨厌，光明变成痛苦

快乐变成悲哀，美变成垃圾

一切存在都是陈腐、乏味和无聊的

女人的秀发仿佛是，恶毒的莠草

男人的头颅仿佛是荒废的石柱

每一个人都憎恨我，我因此

憎恨每一个人，无论有什么借口，都憎恨

可是，我必须寻求自我，那个

曾经完整的自己在哪里？每当我

有这种想法，立即，一股浓重的鱼腥味

向我袭来，久久不散，我已经成为

鱼类的一部分。那个吉卜赛女人发出的警告

被我忽视，她的语言变成了恶毒的诅咒

一切都是因为，我太贪心

在闪闪发光的财宝面前，我怎能止住脚步

虽然，现在一切都晚了，我必须

寻求一个存在的根据，否则我

缥缥缈缈，像一个可恶的幽灵

每当我有这种意识，我随即就能发现

有一座坚实的大门挡住我的去路

门口，有一个半人半兽的家伙

伸手朝我讨要钱币。我哪里

还有一分钱币，我的一切已经被鱼类掠夺殆尽

"不论我是卡隆，还是孟婆！"那家伙

恶狠狠地说，"欲过此门，必须付费！"

只见，门廊那边一片光明，人们的生活

井然有序。而大门外面，充满阴暗

像一个巨大的混沌，一切事物都不确定

这里，是凄迷痛苦的深渊

这里，是万劫不复的毁灭的场所

这里，一切存在疾速飞散，万物纷乱

又疾速地凝聚，纷纷扰扰

是无定之所，是无形之象

可怜的我，没有一文钱币

可怜的我，多少人都愿意把我遗忘

可怜的我，背负着永恒的伤痛

每当我想起存在的意义，我便意识到

原来世上还有一个从前的我，那个我

虽然现在，我不知道他在哪里，可是

我愿意，将那个存在者永远、彻底地追寻下去

否则，"我"毫无意义

有如溃烂的伤口，只能招致他人的咒骂

于是，我还有一丝希望，关于"我"的一切

就是追求一种存在的旅途

于是，我居无定所，到处游荡

缥缈不定，一无所是，自由自在

只要有任何事物向我致意，我便

暂停在它的身边，或者，忘情地与之互动一番

只要有一个人对我有意，我便

紧追他不放，看看他，对于我

是好意还是恶意。我听见

有一个声音，在空旷的荒野里叫喊

"人算什么？你竟顾念他

世人算什么？你竟眷顾他！"

这是什么声音？又清晰又响亮

我愿意循声而去。可是

那声音仿佛异常遥远，虽然

声音洪亮，但找不到一个根源

突然，又有一个响亮的声音

仿佛是一棵苍老的古树在说话

"你把神性的灵魂给予了时间

灵魂却禁锢于一个悲哀的身体

你将遭受残酷的命运和无情的遗弃。"

这是什么声音？又悲哀又凄迷

在"我"的旅途中，我将经历更多

更多不可思议的东西，这才是真正的无情

于是我发出悲鸣，大声呼唤

"阿弥陀佛，阿弥陀佛！"

我突然获得了自信，于是

我再次悲哀地呼唤

"真主保佑，真主保佑！"

我再次获得自信，可是

"我"在哪里，难道

在阴间的世界里我还想欺骗自己

连"我"本身都不存在，怎么还有意义

我为什么存在，"我"到底在哪里

只有一个事物可以确定我的答案

那就是爱！因为翠儿，我走上歧途

我再也不可能去追求她的爱、她的美

可是，我追求我的爱，将把这个过程

化为"我"存在的一切动力

我如果是一阵风，也要

围绕她的身影，我如果是一团火

也要燃烧在她头顶上的苍穹

她的美，她的心，她的情，这一切

都将与我无缘，可是，真爱的缘分

只有在爱的旅途中才能获取真的意义

幻想第三部
仪式幻想曲

他更强悍的存在令我晕厥，因为美无非是

可怕之物的开端，我们尚可承受，我们如此欣

赏它，因为它泰然自若，

不屑于毁灭我们。每一位天使都是可怕的。

——里尔克《杜伊诺哀歌》

第一篇
□———社会慈善家

人，是自然的一面明镜

无论是高贵的人，卑微的人

无论是真诚之人，虚妄之人

他都用理性，打造一个属于自己的未来

世界将因他的心灵，而晓谕

他的命运。从此，为他编织了一个宿命

人的心灵，那不停运动着的运动

有如雷声滚滚，在自然面前

心灵将它自己的存在一遍遍歌咏

欲表达无穷，欲投身于神性的

领域，在那里领受无限的光荣

当人，因为某些得失而犹豫不决

走走停停，他把自己关进牢笼

他观赏自己，甚至玩弄自我

世界早已大踏步向前，一往无前

从不顾惜人的生命

每个人都养育着三只豹子

行为、眼睛和心灵

三只豹子齐心协力，将为人猎取

意想不到的事物。然而，当三只豹子

五彩斑斓，向自我猛扑

将自我猎取，这个巨大的收获

却是，对于一切的丧失

此刻，人不再希望重新转身，发掘自我

此刻，只有世界将他发现

一面炫目的明镜将高高悬挂于

所有人的面前，人将无法逃脱

人可以因此发现命运，就在人群之间

他投身于社会，投身于一股激流

一条又一条大河，在前方汇聚

当个人的神性被激流冲击毁弃

而激流又向人灌输，一种超级的神性

激流在哪里？神神秘秘，飘忽不定

有时候它光芒四射，灼伤人的眼睛

有时候它黯然缓流，与人们合为一体

在那巨大的命运里，人追求他个人的命运

于是，那些莫名其妙的苍天、真主、上帝

莫名其妙地，向每个人发布谕令

在他的潜台词里，人还是人们

人们还是我们？我们还是他们

有时候，每个人都是我们

他看似糊里糊涂，分辨不清

其实，他心里早有定论

他，故弄玄虚，干扰人的耳目

每个人都是我们，每颗心灵

都构造另一个自我。然而自我

绝不是每个人。因此

伊南娜陷入思想的困境

生命是什么？财富又如何？命运在哪里

在另一个自我里，心灵才能获得安详

一连数日，她无法面对现实

头脑中产生一连串的幻想

恐惧，猜疑，莫名其妙的恐惧

嘉年集团拥有巨大的产业，府邸深处

隐藏着倾国倾城的宝贝

没有什么人可以将她哄骗，伊南娜

是一位铁娘子，行为风格独特、干脆

她必须，为自己编造一个事实

隐瞒过去，隐瞒众人，也可以隐瞒自己

为此，一连数日，伊南娜

前往乡村，前往人们生活艰难的地方

思索着，在人间许多痛苦的根源

哪里有苦难就去哪里

哪里贫困、荒凉，她就去哪里问候

她不仅追求人生，也关心人世

铁娘子也可以成为观世音

她真愿意成为一位现世的活菩萨观世音

用德行来驱逐心中的苦闷和恐惧

是哈希码给她制造的苦闷

一切财富并非世界的真理

是孟德斯的灭亡给她带来的恐惧

丧失理智去爱财宝是一条毁灭的途径

贪念，成为一切罪过之中最大的罪孽

巨大的陷阱在生命的前方张网以待

为此，世人常常相互诱惑

设法将对方捕获。可是

没有谁愿意坐以待毙，总会

想方设法逃脱，给心灵一个解释

获得宽慰，以至于达到无怨无悔

每当伊南娜，到达一个地方

对于世人，她关心备至

问长问短，用心体察社会

在闭塞的山村，她发现

有些百年的老屋歪歪斜斜

已经不能阻挡风雨的侵袭

坐在家门口的妇女们，用一双

无望的眼睛看人，在她们身上

疾病无法获得妥善治疗，而且

有些积年不愈的病症长期折磨她们

她们神情恍惚，一脸无奈

那些穷苦人家的孩子，满面无知的表情

有些孩子早早辍学在家

帮助家庭打理繁重的事务

而在海滨，渔民的孩子更加困难

他们在海边捕鱼，无视生命危险
大海里恶浪翻滚，每当遇到
台风来袭，总有人丧命
一连数日，伊南娜获得很多这种信息
她目睹，人间苦难深重
整个底层社会都在渴望先进的劳动工具
耕作的机器，廉价的医院，免费的学校
诸如此类，有钱就能解决问题

于是，伊南娜来到翠儿小姐的书房
欲要述说自己心中的意向
需要诚恳、细致，以免惊动翠儿
她耐心说道："翠儿小姐
我们的西兰府邸和嘉年集团
有可能遭受劫难，有些话
我想和你叙说。你现在
年岁见长，已经有能力理解，或者
担当一些必要的责任。"
"你尽可说明！伊南娜
你的话很是突然，让人始料不及。"
"哦，是这样！"伊南娜欲言又止
但此刻，她说话必须坚定
继续说道："你知道，孟德斯律师
他做出什么事情？他侵吞嘉年集团
巨量的资产，成立自家公司
他在股票市场上暗箱操作

他又倒弄一些法律文书，作为依据
以达到不可告人的目的
他欲要实际控制嘉年集团
想尽各种可能的计谋，逐渐深入
那时，当我们一行前往蓝毗尼朝圣
在几个月的时间里，他胆量惊人
做出一些实际操纵的动作
在府邸里，他又假惺惺
向你求爱，以达到最终独占的目的
这种人，必有败露的时候
现在，怎么样？当他事迹败露
当他深知丑恶的秘密将被公之于世
他却选择早一点消失于世人面前
现在，每个地方都再也找不到他的踪影
他选择失踪，以迷惑世人的耳目。"

"你说什么，伊南娜？！我还没有
听出门道，孟德斯怎么会失踪？"

"是的，他已经失踪！他不失踪
怎么能行？在事实面前他很聪明
选择失踪，一走了之，逃避一切责任
我们在公司里组织人手，发掘材料
发现被他染指或侵占的大笔资产
与雾岛房地产业的总价值相当
这是什么概念？无怪乎他选择走人
我们已经，将必要的材料交送司法机关
而且将尽可能追回资产。"

"哦，哦！是这样！"翠儿小姐深感焦虑

一边同伊南娜说话，一边忍不住叹息

伊南娜继续说道："翠儿小姐

你是西兰府邸的千金，当咱们

追回这么多资产，对于你，我们的小姐

也不是多好的消息，你的心也会愤愤不平

甚至焦虑万分，不知道未来的方向

孟德斯，他也好像一位谦谦君子

他曾经认真关怀你，痴心追求你

现在你必须将他遗忘。因为

他在世人面前，再也没有出人头地的机会

司法机关监视着他，社会舆论鄙视着他

为此，大小姐，我必须替你操心

我们有的是时间，不可再顾念那个人

你也刚刚成年，正是踏入社会的好年华

多少情郎都顾盼着你，对你穷追不舍

为此，咱们也需要营造一个良好的声誉。"

"谁能想到，孟德斯如此卑鄙

说什么我也不会相信，他对待我

无论采取什么形式的欺骗，好像都很认真

现在，咱们该怎么办？伊南娜

你可有下一步具体的打算？"

"我们已经将资产追回，那位律师

他尽可失踪吧，走得越远越好

现在我想，将这笔资金投入到社会

为广大贫困的人们谋取福利

自从哈希码老爷过世，我们就应该

向社会广施钱财，当世人因此得到实惠

咱们才能真正安心，也能够

以实际行动为老爷赎罪。可是

咱们却听从老爷的遗嘱，跑到

蓝毗尼朝圣，假惺惺，在神灵面前

讨取虚妄的慰藉。怎么样小姐

我们这么做，向世人奉献一份爱心

之后，我们无论走到哪里

都可以得到应得的光荣。"

"好啊，好啊，伊南娜！我听你的安排

必要的场合，我也亲临现场

这府邸好像成了我的深宫

我也该走出去，多接触社会。"

翠儿小姐一边说话，一边走回卧室

对于伊南娜的话，她虽然应允

可是，自己仍然不能接受事实

这种时刻，变成了突然的打击

到现在，她才感觉到孟德斯不可多得

失去的时候才感到珍贵

命运比任何现实都更无情

巨大的孤独感冲击着她的心灵

当晚，她给珊珊打电话，要求她

尽快做完美容，购置假发

准备陪同自己，参加一些社会活动

第二天，珊珊怯生生地来到府邸

她天生性格外向，举止一向热情大方

可是今天，却有种胆怯心理

没有什么能使一个女孩子更珍惜自己

除了自信的容颜，自尊的心理

她，额头上的伤痕被异物遮盖

披着一头长长的假发，走路时

仿佛摇摇摆摆，失去了自信的根基

"这头秀发更美！"翠儿说道

"这种假发可以任意选择，随心改变款式

可是，它不能满足我的心理

翠儿小姐，你喊我过来

我们要去哪里？"

"伊南娜有很好的安排

她说，愿意给社会多做善举。"

当她俩正在谈话，伊南娜已经到来

说道："我们今天，将离开海岛

前往大陆，多做善事

我们将不以社会捐款的形式

而是直接兴建学校，设置医院

在那贫困的地区，我们看见什么就做什么

如果把资金捐献给社会，那么

谁知道那些钱什么时候能送到穷人手里？"

"你的想法很好！"珊珊说道

"可是世界这么大，你要我们

去大陆做一帮游侠吗？再多的资金

也不够世人分配。当那些穷人

得到了钱财，他们也找到了懒惰的机会

我生在海岛，我是贫穷渔民的女儿

我最理解穷人的生活不易

可是我最爱我的家乡雾岛

将雾岛建设得更完善更美丽

岂不更好？我们都是雾岛的一员

西兰府邸，嘉年集团总部也都在这里

把资金无偿投入到雾岛，也是

我们的骄傲。希望两位小姐考虑！"

"是啊！"翠儿说道，向伊南娜望去

伊南娜沉思片刻，说道："珊珊，有道理

是我思虑太多，世界万象纷纷扰扰

我们不是政府机构，也不是观世音

雾岛的交通设施，海港条件

过时的医院，老旧的学校都需要改善

我本以为这笔资金庞大，可以为

更多的人谋福利，然而雾岛就在眼前

从这里做起更为可取。我们将

设立一家社会发展基金会，长期

为雾岛服务，把雾岛建造成为世界的明星

长期为基金会提供资金。虽然

穷苦的人挣钱付出的是血汗、是劳力

哈希码老爷获得大量财富，付出的

却是卑鄙和耻辱。现在

财富在我们手里，我们只有将它

应用到合理的地方，才有意义。"

伊南娜说到做到，从不拖拖拉拉

即刻，伊南娜联系到一些可靠的朋友

探讨关于创设社会发展基金会的事宜

自己，亲自前往雾岛的政府部门

而且，在总督大人面前表达心愿

当然，总督大人和各个政府部门

最希望看到这种热心肠的人出现

他们可以削减大笔公费开支

他们愿意提供必要的协助

只要，基金会决定翻新、扩建某一所学校

到时候，政府通知教育部门

教育部门派员，前往那所学校

监督协助办理各项事务

而且，总督希望嘉年集团设立三家基金会

社会基础设施专项资金基金会

医疗、教育专项资金基金会

社会贫困人口福利专项资金基金会

他们的胃口很大，他们

很清楚嘉年集团的家底

只要这时候轻松地敲上一笔

以后，政府机关的日子会很好过

充裕的闲散资金，足够他们

举办更多的会议，举行更光彩的仪式

数日之后，基金会很快成立

各种手续都办理到位，资金

也随即转移到那些账户

伊南娜这时发现，这些事业

并不像自己希望的那样，这样做

完全是为了政府办事。如果哈希码老爷在世

他就会这么做，而且他已经这样做了很多

现在，伊南娜更希望给社会做点实事

她愿意关心她希望关心的人

她愿意消除存在于眼前的苦难

她更愿意在现实面前真心诚意地做事

女人的心细，虚荣心对她没有意义

于是，她只身一人，抽空

到港口转转，去学生们身边看看

在海边，同渔民亲切交谈

这也是自她进入西兰府邸以来

第一次体验社会。以前

她难有这样的机会，更没有

这种意愿。她，像大多数女人一样

追求个人的快乐，在幸福的道路上

无怨无悔地生活。可是现在

人生的目标向她展现，她在其中

不仅发现了孤单的自己，同时发现

生命不仅仅是为了幸福，而且任重道远

是哈希码和孟德斯两个特殊的人物

赋予她心灵的意义。为此

她更希望翠儿小姐，明白自己
也希望翠儿小姐像自己一样，理解社会

终于，她找到了一个很好的扶持项目
在海边，她遇见了珊珊的老爸
一个已过知天命之年的渔夫，皮肤通红
那条渔船几乎陪伴了他半个人生
船帮上的木头发黄发黑
船底的一条龙骨发黑，几乎磨损
船上的白帆破烂，几乎不能用
"还好吗，大哥？"伊南娜上前问道
"你这么辛劳，一天的收获如何
你的小船也很陈旧，应该
换一条更大的新船。"
"谁不想更换新船？可是
这年头海产越来越少，许多种
鱼类几乎绝迹，而前来雾岛的游客
每日里有增无减，他们需要
大量的海鲜。只是苦了我们渔民
抓不到鱼儿无法供应市场
我也没有资金置换新船
自从珊珊进入你们府邸，我的日子
好过多了。我阿龙，已经年过五旬
对于未来没有更多的期待。"
"阿龙大哥，我想问你
像你这样的小渔舟

在雾岛共有多少只？"

"这种老款的渔舟，只能在近海活动

无法进入公海水域，那里风大浪急

一天之内，捕不到多少海产

现在像这种渔舟，在雾岛

应该还有一百来只。"

"那好大哥！我想代表嘉年集团

为你们这些渔舟，全部，实现更新换代

就是那种先进的渔船，可以

进入公海水域，为渔民朋友们造福

也是我们慈善福利事业的部分内容。"

"实在感谢嘉年集团，感谢伊南娜老板

如果你们确有这样的慈善事业预算

我即刻通知雾岛的渔民朋友们

集合申请，办理必要的手续。"

"这种小渔舟造价多少？"

伊南娜盘问阿龙，想着进一步的打算

"现价，只要一万美元。"

"哦，那好！那种可机动的渔船

马力十足，造价在八万美元左右

加上渔网，索具，灯具

九万美元应该可以搞定。我即刻

联络造船公司，签订必要的合同

你联系到渔民朋友们，务必认真。"

"好的，伊南娜老板

上帝保佑嘉年集团

真是感谢，感激不尽！"

伊南娜精打细算

前后仅需一千万美元左右

可以让雾岛的渔民得到理想的渔船

实现他们不敢想的夙愿

嘉年集团何乐而不为

这种亲民的事业，如果

政府部门插手办理，尚不知

何年何月，渔船才能交付到渔民手里

而且，那还得他们办理一道道手续

交付各种保证金，等等

就这样，伊南娜赶赴造船厂

在黑鹰山下的一个小海港，有一条

内河流经，在此注入大海的地方

这里有一家飞龙船舶制造公司

专业生产各种类型的渔舟和远洋渔船

这次，嘉年集团一次要订购上百艘渔船

抵得上飞龙船厂一年的业务量

如此大的订单，可以七折签订合同

十六米长的渔船，合同价八万美元

配置二百马力的发动机

蓝色的船篷，很是上镜

二十五米长的渔船，合同价十五万美元

配置二百四十马力的发动机

两层白色的船篷十分抢眼

船头上仿照游艇的设计风格

设有观光平台，通体白色

这艘船专门为阿龙定制

珊珊如果乘这艘渔船出海

会有怎么样的好心情

这些渔船如果出海作业

必须聘请水手，增加帮工

不可能再像从前那样，只有一个渔民

在海里独自作业。如此一来

将大大促进雾岛的渔业

此举不仅造福渔民

也将使渔业成为雾岛的支柱产业

几天来，阿龙联系到附近的渔民

登记名字，联系方式

总共有一百零八户渔民符合条件

那些本来已经拥有大船的渔民

总共有五十八户，排除在外

他们，经常在公海上活动

可以连续数日在海上作业

而这一百零八户小渔民

最可怜的就是他们，只能在沙滩附近

在近海水域作业，一天的捕捞量

除了自家食用外，已经所剩无几

这种情况，使得他们的船儿破旧

无力承担更新换代的费用

现在，当阿龙向他们宣布这个好消息

对于他们小渔民来说，可谓是

天上的馅饼，众人激动万分

他们三五成群，每日去阿龙家探听消息

或者干脆不走，在阿龙家蹲守聊天

带来一些美味的零食问候阿龙

对于他们来说，这是天大的良机

他们的儿子，很多已经成年

不可能在小渔舟上效力。现在

有了可以出海的大渔船

是小伙子们一展身手的好时机

趁机，小伙子们先去其他的大渔船上

学习驾驶和瞭望的必要技能

然而，阿龙膝下只有两个女儿

大女儿早年已经出嫁到外地

她有自家的事业，不可能前来船上

二女儿珊珊是一个好帮手，个性开朗、勤快

而她更愿意陪伴翠儿小姐

在西兰府邸是什么地位

任何女生，无论她有多好的际遇

都难以进入西兰府邸。从机遇来说

珊珊本人与翠儿小姐有缘

翠儿刚来雾岛认识的第一位女孩

就是珊珊，翠儿将她当成知己

就这样，珊珊也喜出望外

常常忘记脸上的伤疤，在他人面前

有说有笑，找回了从前的感觉

之前，翠儿小姐交给她的十根金条

足够支付她美容的费用。现在

她才清醒过来。从来教本来

就是十足的邪教组织，那位玉郎太岁

自称玉郎，自称是上天的宠儿

此人，在西方留学三年

专攻西方哲学、神学，此后

他又广泛游历于东方的各大名山

接触了佛教、道教和印度教的经典

把他的各种所学，兼收并蓄

自创从来教，自认教主

几年来，吸收到不少铁心的"圣徒"

他善于抓住他人心理

他倾尽所有的学识，紧紧抓住一个

关于世界本原的根本性问题

一切事物和人类，都有一个共同的本质

这句话最能打动人心，也是

所有的哲人、圣贤和宗教都无法解决的问题

也是世上的每个人都无法逃避的问题

现在，珊珊脸上的伤疤启发她明白

一个更大的问题：只有生活

才是快乐的源泉，只有幸福的生活

才能激发世人的一切爱心

现实比说教更有说服力

现在，她为自己的老爸高兴

她也为自己的未来欣喜

既然，现代美容可以消除额头上的伤痕

也就可以修整面庞上的其他部位

她渐渐爱上了美容，形成了依赖心理

三五天就去医院看看，去美体院逛逛

既美容又美体，既美体又健体

以她的开朗个性，很快

又迷上了健身娱乐运动

一个渔民的女儿，不用几年

就会成为一位优雅的女士

这一切，与伊南娜在府邸里的成长过程

如出一辙。只不过

珊珊为人爽朗、单纯

伊南娜个性坚强，独具魅力

伊南娜话语简单，言出必行

从不拐弯抹角，愿意独来独往

不仅是一位铁娘子

也是一位冷美人

其时，时间已到年底

圣诞节转瞬即逝

情人节张开热情的双臂

向世界招手致意。因为

雾岛被评为世界最受欢迎的旅游目的地

旅客涌来有如潮起，游客归去

有如潮退，潮起潮落

世人用他们的双脚前来践踏海岛

用他们的眼睛在海岛上四处扫描

他们，以他们机械般的身躯

将海岛的万种风情卷回故里

可是，最令人感慨万千的永远是迷雾

纷扰的迷雾永远留在雾岛

人们无法将迷雾带回故里

于是，他们心怀着梦幻般的雾岛记忆

仿佛是神话的世界，仿佛是童话的世界

第二年，他们又怀着憧憬的心情前来

故地重游，一次又一次

不愿意遗忘雾岛的令人魂牵梦萦之美

每一次都有新的发现

每一次，又都怏怏而归，怅然若失

就这样，雾岛就像一位巫祝般的魔术师

一次次玩弄世人的感觉，玩弄世人的神经

每到年底，海产品销量大增

价格随即翻倍，渔民们

深切盼望着新渔船下水

根据合同，一百零八艘新船

要在三个月内交付用户使用

飞龙船舶公司加班加点，日夜不停

分批完成合同

每批量产二十艘新船。从出厂

到交付用户，简直神速

当穷苦半生的渔民获得新船

喜悦的心情溢于言表，他们

成了大海的弄潮儿，万分感激

嘉年集团。许多家庭从中受益

然而，为阿龙家特制的大船

需要最后出厂，因为

这艘兼具游艇特色的渔船设计复杂

做工必须考究。最后

在船头观光台的位置上

加装一个漂亮的顶棚

令船儿显得十分神气。此刻

珊珊比她爸更期待船儿早些下水

她想随船儿下海游玩。为此

她有空就去船厂观看

根据自己的意愿，添加一些

叫人舒心愉快的设施

每年，春天总会早先一步在雾岛降临

为了满足世界众多旅客期盼的眼睛

今年，春光也为了满足珊珊的心灵

柔美的春色里大海波光如镜

温暖的阳光，温顺的海洋

也用心期待着珊珊，一个快乐的女孩

终于，"飞鱼鸟号"渔船如期交付

珊珊亲自为渔船命名。这个有趣的名称

是她用心思索多日，又根据

翠儿小姐的建议，才取的

希望，当船儿在海面行驶

各种鱼儿纷纷从海水中跃起

飞向渔网，飞向船舱。于是

在为期三天的试航期间，珊珊每天

跟随渔船，前往深海游玩

新船下水要举行摔酒瓶仪式

珊珊用力将一瓶香槟扔向船头

摔得粉碎，整艘船上飘溢着酒香

之后，由她老爸阿龙驾驶船儿试航

围绕雾岛航行，那里每一处地方

老渔民都很熟悉。之前

他并未到过公海水域，现在

他必须谨记方向，眼盯着罗盘

再耐心观察鱼群的动向

就这样，在试航的第三天

珊珊力邀翠儿小姐去海上一游

为此，特意在船上增添一些有趣的物品

几张精巧的座椅，水果盘，望远镜

钓鱼竿，救生圈，还有华丽的防风头巾

另外，珊珊在码头临时雇佣两名

熟练的水手，跟在船上

为翠儿小姐保驾护航

是日，翠儿小姐欣然接受邀约

这是她第一次嬉游于海上

她困守府邸，早有出游的想法

今天，各种条件具备，只待翠儿登船

她不必前往码头，只需要

从海滨花园出来，沿着

那座巨大的巉岩向海里伸出去的岩脚

在水手的陪同下，直接登上"飞鱼鸟号"

此刻，珊珊挽住翠儿小姐的手臂

满面笑容，情不自禁地

唱起了《海阔天空》

"原谅我这一生不羁放纵爱自由

也会怕有一天会跌倒

背弃了理想谁人都可以

哪会怕有一天只你共我

……"

歌声嘹亮，同时开启了伴唱的音乐

两位水手也情不自禁随声哼唱

愉快的情调在船上飘荡

渔船变成了她们的游艇

乘着春天的和风

踏着大海懒洋洋的波浪

一个崭新的世界向她们开放

在这里，每一个人都愿意

剥离那些本来已经属于自己的时光

然后，点燃这些时光，轻放于自己心中

这是一片被自我点燃的激情

又被自我发现，有如

自我演唱自我创作的歌曲

深情的大海同样被自我的心灵感染

碧蓝的大海清澈见底

逐渐地，碧蓝的大海泛着紫光

"飞鱼鸟号"快速向公海水域航行

许多小船在海面上消失，它们

在波浪中颠簸不定，有如

一只只悬停在空中的蜻蜓

春天是可爱的，大海是迷人的

在这万古的海洋里，潜藏着

许多深邃的秘密，不为人知

许多，叫不出名字的鱼儿

许多，顽强不息的海风

还有许多令人无法揣测的传闻

此刻，有一艘巨大的海轮在远方出现

有如一座钢铁的堡垒

两艘游艇一前一后

在海面穷追不舍，有如一对

快乐的兄弟，在海面漂来荡去

跳着它们自创的奇特舞步

越来越近，洁白的游艇超级豪华

流溢着银色的光线，在海面煞是迷人

后面跟着一艘米黄色的游艇

一前一后，原来，在公海上一动不动

早已在海面抛锚多时

透过舷窗，可以看见里面的人

他们围绕一张特制的桌子

表情特别紧张，气氛异常

"飞鱼鸟号"围绕游艇兜一个圈子

本来，船儿并没有捕鱼的任务

今天出海只是试航，检测船儿的性能

此刻，无意间却发现一个秘密

原来，白色游艇上满载着一伙赌徒

他们正围绕一张轮盘桌子下注

两位水手一眼就识破他们的赌局

"飞鱼鸟号"的船长，也是本船的舵手

珊珊的爸爸，阿龙无心留意什么赌局

他只想做一次无忧无虑的航行

当"飞鱼鸟号"离开游艇准备前往其他水域

两位水手招呼船儿暂停

他俩发现了游艇上不同寻常的举动

好像是即将发生一场火并。本来

火并，斗殴，黑吃黑是赌徒之间寻常的事情

然而，两位的身份是水手，一旦

有赌徒落水，或者伤及无辜

两位水手下水救人是他们的天职

何况这些人在公海上聚众赌博

绝不是一般人物，无论救起哪一个

都将会得到意想不到的报酬

正当水手说话之际，只见

游艇的舱门打开，有一男一女

他俩互相撕扯着，同时跃入大海
足有三分钟的时间，游艇上没有反应
再过三分钟之后，后面的米黄色游艇上
有三名水手，驾驶一只橡皮急救艇
前往出事的海域
"飞鱼鸟号"上的两名水手不敢轻易下水救人
他们在观察游艇上的动静
这种情况对于赌徒来说
如果搞不好，自己也会身陷囹圄
足有十分钟之后，男子被水手救起
可惜那个女人，被大海吞没
无影无踪，海面上只有碧波万顷

所有的人都叹息，"飞鱼鸟号"的舵手
驾船急速返航。此事出现得太过突然
简直令人无法回过神来
最为可怜的只有一个人，不是别人
却是翠儿小姐，她
本来就心地单纯，多愁善感
今天这丑事被她亲眼看见
多情的大海顿时变成了冷漠的暴君
快乐的歌声和音乐，瞬间
变成了冷风凉雨，直袭她的心灵
当船儿返回到花园后面的巉岩脚下
她都不敢上岸，身心麻痹
心儿仿佛被海浪撕碎

第二篇
□———梦中的情人

被大海彻底迷惑的翠儿小姐

当她，费尽心力上岸，绕过巉岩

脚步沉重，快乐的海上畅游

变成了一场哀愁。大海过于狂妄

可以撕碎心灵，吞没感情

当她走进花园，这熟悉的园林

变得奇怪，恬静却又令人焦虑

就是这座花园，与记忆里的花园无异

四处漂泊的春风在园中游来荡去

同样是这座花园，现在

满园飘零着伶仃的梨花雨

同样的春风，同样的园林，同样的梨花雨

今天，却显露出来不同的情调

那些零落的洁白的花叶

都像一只只苍白而有力的手

用力把她的眼光撕扯

撕扯着，向地面摔掼

令她的双脚和眼光，同时

碰触坚硬的地面，发出声响

其时，珊珊却表情坦率，无忧无虑

陪同小姐，慢慢走回府邸

两名水手，跟随渔船返回码头

自由自在的"飞鱼鸟号"测试成功

完全可以下水运营。现在

它置身于海面，显得十分任性

大海成为它真正的家园，就像

鸟儿飞翔在蔚蓝色的天空

这一切相当自然，又完满

大海虽然掠夺了人的生命

但那却是大海心甘情愿的行动

它已经，前后夺走了无数条生命

然而，这个突然发生的事件

在翠儿却是一场灾难

翠儿小姐，返回卧室倒头便睡

她心里虚弱，浑身乏力

外面的世界变得很是陌生

当她越是爱上香甜的睡眠，外面的世界

就越陌生。翠儿对外界不理不睬

外界渐渐把她遗忘，对她也不理不睬

时间有如一位多嘴多舌的伙伴

每一刻都将她欺骗、瞒哄

翠儿小姐，越发陷入睡梦

依赖着在梦中香甜的呼吸

美梦妙趣横生

有永远讲不完的故事，也有许多

闻所未闻的传说，既古老又生动

当外面的世界失去了意义，这时

美梦就会十分逼真，逼真得如同

亲身体会的场景。在梦中

有许多人讲故事，许多张嘴

都绘声绘色，比真事还真

一座山上有很多秘密，深藏不露

一棵树下有很多人影，数也数不尽

一片广场上全是阵风，光怪陆离

一条船上魅影婆娑，很是稀奇

一个想法接着一个想法

一片梦境接着另一场大梦

无论是现在的记忆还是早前的记忆

都积极主动地向她播放电影

当她置身于一条河边，水流清澈

她在河边，轻松地洗手、濯足

清凉的河水绕过一座座山岗

绕过一棵棵树，不断地

向着自己身边涌淌，她自己

尚有一堆衣服需要濯洗

她很勤快，双手也很麻利

洗啊，不停地濯洗，可是

衣服不是一件两件，而是一大堆

怎么来的这么多衣服，她想也不想

只是，一门心思地濯洗衣裳

洗衣仿佛就是自己的责任。然而

河水越流越急，水面变得宽阔

有如一片浩渺的海洋

她才感到惊恐。心想

应该舍弃这么多衣物。当她

刚站起身，却发现

所有的衣服消失，一件不见

正当她感到好奇，只见珊珊

站在自己面前，邀自己

去餐厅里食用晚餐

翠儿小姐体弱乏力，不想起床

头脑空虚，被许多乱象占据

根本没有进食的欲望。此刻珊珊

不知道如何是好，也无法猜测小姐的心理

春天的时光短暂，一心想着流逝

浓重的黑夜映衬着浓烈的迷雾

在房间内外，盘绕着不去

翠儿依偎在床，不愿多说一句话

夜晚八点钟之后，再到九点钟之后

伊南娜听说翠儿小姐心中不安

赶到房间，探听情况

此刻，翠儿也不想多说一句话

因为她实在说不清自我的心理

说多了反而失去意义

只有珊珊，不得不把一天之内

发生的事情，向伊南娜和盘托出

在伊南娜面前，她不敢有任何隐瞒

乘船出海是一件好事

春天里，大海风平浪静

各种鱼儿懒洋洋游来游去

正是放松心情的好时候

至于，在公海遇到聚众赌博

又发生意外，一个痴情的女人

被大海无情夺取生命，这件事

虽然令人吃惊，但也是人间的寻常事

不至于导致翠儿小姐心灵紊乱

关键就是，翠儿小姐出海的位置

想到这里，伊南娜问道

　"珊珊你说，翠儿小姐

是从花园外面的巉岩岩脚上

是从那里登上'飞鱼鸟号'？然后

你们在海上遇见赌徒们发生怪事

后来，也是从那里岩脚上返回府邸？"

　"是啊！若是去码头上船路途遥远

有两名水手保护，从那里登船安全

而且，小姐也特别喜欢从花园后面上船

那里有漂亮的岩石，联结着沙滩。"

　"哦！"伊南娜一声叹息

许多话，伊南娜无法向别人说

只有她一个人知道，是一个大秘密

那里，巉岩下面，有一条深邃的密道

那里，正是孟德斯葬身大海的地方

如今，翠儿小姐心灵紊乱，感觉异常

是不是，因此而被那个可怜虫的阴魂侵扰

谁也不知道，仅仅是猜想

"珊珊！"伊南娜说道

"你今晚就在这里，陪同翠儿小姐

哪里也不要去，明天

看看情况再说。"

"好啊，好的！"珊珊一边说话

一边寻找一条丝被，放在沙发上

准备在沙发上过夜。又准备

一杯茶水，放在小姐床头，然后

倾听黑夜的脚步，匆匆从身边走过

第二天，春风拉扯着阳光，已经

君临翠儿的房间，在阳台上忙碌着

她的心情不见好转，早上

仅仅喝一口牛奶，头晕目眩

只要躺在床上，就可以找到

一切美好的感觉。可是，当她起床

一切感觉消失，现实变得模糊

上午，十点钟之后

明媚的阳光弥漫开来

有一位老先生走进房间

原来，伊南娜不知道从哪里请来一位

心理咨询师。他高挑的个子

面庞清瘦，具有心理咨询专业一级资质

他好像是一位大学的讲师

先在房间里观察动静，一言不发

五分钟之后，走到沙发旁边

在珊珊旁边坐下，一边品尝大吉岭红茶

一边，慢悠悠打开一本笔记本

他想在里面查阅什么东西，其实

他要做一份问询记录。而后

他开口询问情况，说道："说吧

把你家小姐，最近两天的情况

向我说明，最好仔细，我将

一一记录在案，回头再认真分析

才能找到一个良好的对策

心理问题复杂，不可马虎

如果有那么一种特殊的际遇

可能就是，所有问题的所在

那将是一种难以回避的心结。"

于是，珊珊只好将最近两天来

小姐的经历一一说明，关于

在游艇上有个女人落水的遭遇，说得很认真

心理大师若有所思，他以为

那种遭遇并非全部的问题所在

因为，当时船上好几个人同时在场

其他的人心理正常，唯有小姐一人

虽然她感情脆弱，多愁善感，也不至于

导致卧病在床，对外界失去兴趣

心理咨询大师，只好

移坐至小姐床前，认真端详面部颜色

检查体征，他终于

在翠儿小姐的眼睛里发现了问题

询问道："小姐你，夜间必定多梦

是各种奇怪的梦，困扰你的心理

导致你感情溃退，体乏无力

说说吧，都是哪些奇怪的梦

我将遵从弗洛伊德大师的论断

那些最经常出现的梦，往往

就是问题的所在。"

翠儿小姐起床，走到沙发旁坐下

满面憔悴，感觉没有多少话

可以回答问题，因为在那些梦中

尽是残缺的片段，没有完整的记忆

只好答道："梦多，而乱

在心中不自觉发生，有时候

无法控制，只能任由思想天马行空。"

听到这些话语，咨询大师面带微笑

站起身，从随身携带的皮箱里

取出一块黑色闪亮的矿石

用一块纸巾包好，放在茶几上

说道："小姐，你的病没有多大问题

你要安心，多多休息，不可有人打搅
这是墨磐石，在矿物中属于'八珍'之一
敲打出一些碎片，每日三次用开水冲泡
睡前和醒后饮下，可有效缓解心理问题。"
说完，心理咨询师匆匆离去
他还有许多预约的客人，正在等候
他也是一位心理学名家，世人皆知
他崇拜弗洛伊德，认为是先师的高徒
世人尊奉他为"问心大师"

珊珊拿起问心大师留下的宝贝
在铁锤上面敲击，收集散落的粉末
用开水冲泡，端到卧室
服侍翠儿小姐服用。果然
这墨磐石的粉末如同一味良好的安慰剂
服下后令人心思安稳，面颊恢复红润
午餐期间，翠儿小姐恢复了食欲
咽下一碗银耳鱼翅汤
另加两片酱香熏牛肉
正午，春天的艳阳令人懒洋洋昏昏欲睡
翠儿小姐哪儿也不想去
又返身回到卧室，很快便进入香甜的睡梦
整个下午，有莉莉姑娘陪同

春天的阳光，真是一股启发的力量
曾经催使多少种子发芽，多少蓓蕾怒放

莉莉姑娘也被小姐的甜睡感染

倒在沙发上，进入梦乡

然而，春天的阳光又是那么匆忙

片刻，再片刻之后

阳光向着西方世界尽情挥洒

渐渐地，把东方的世界遗忘

当莉莉姑娘一觉醒来，发现

阳光不见踪影，空间早已被迷雾代替

然而翠儿小姐，仍然沉迷在深沉的梦乡里

毫无醒来的愿望，安慰剂只能用一次

第二次已经失效，再好的晚餐

对她也没有了吸引力，翠儿小姐浑身慵懒

对外界更加失去兴趣，毫无欲望

只有睡眠、美梦，不知道什么梦

一片一片的梦境，缠绕着她的心灵

任意的梦境缠缠绵绵，从来不怕浪费宝贵的时间

伊南娜最近工作繁忙

公司里有许多事情，基金会那边

也有事情需要她操办

当她返回府邸，已经是十点钟以后

她先来到翠儿小姐的房间

珊珊仍在这里照看小姐

珊珊向伊南娜汇报一天的经过

根据那位问心大师的调查

他要采访做笔录，拿回去分析

两天之后才有结果。而那块墨磬石

按要求每天服用三次。第一次
效果明显，带有强烈的暗示作用
以后每次，还需要观察再看
　"那好，珊珊！"伊南娜说道
　"小姐可能受到惊吓，或者
有什么一时想不开的事，小姐这里
还要劳烦你尽心照看
对于心理问题，时间是最好的良药。"

对于心理问题，时间是最好的良药
而对于心灵里面的秘密，时间
往往不够谦虚，有可能误人子弟
在现实世界里，许多心理学专家
心理咨询大师，心灵学专家
以及那些专门探索灵异现象的大师
往往搞不懂心理与心灵之间的关系
对于他们来说，每个问题
都需要分析。而分析的结果
往往牛头不对马嘴。在他们看来
人心本身就十分诡异。如果是
他们不能解决的问题，他们
总会找到借口，一次性推脱责任
就这样，两天之后
问心大师得出了最终的分析结果
说，翠儿小姐需要到幽静的山谷疗养
接受鲜花滋养，或者去音乐厅坐坐

接受音乐熏陶，只要她本人喜欢

去哪里都可以。只要

她愿意离开那多梦的睡床

这样的结果，要么是一个建议

要么是一种推脱责任的敷衍

反正，心理问题本身就复杂

只要他巧遇到一个方法奏效

都会给他的职业增添光荣

至于其他的方面，翠儿小姐没有一点毛病

血压正常，体温合适，身体功能健全

如果是在荒僻的山村

这种病症没有人问津

人们都会认为，是女孩子自己耍性子

闹矛盾，自己折磨自己

过一段时间，她自己就会康复

往往就是这样，女孩子的心灵

忍受不了身体的倔强，最终屈服

只要她自愿走出家门，到那时

空气也会成为一剂美好的良药

可是，这是在西兰府邸

这里不是荒僻的山村

问题不是像人们看到的那样单纯

就是在梦中，翠儿也会不自觉

思索一些问题，每当她思索问题

伴随着思索的情景就会入梦

一个孤独的女孩，一位高贵的小姐

一种他人难以理解的心境

每件事都可以折磨一颗单纯的心灵

当她进入雾岛，哈希码，孟德斯，伊南娜

唐璜博士，珊珊，玉郎太岁

每一个人物，都成为一场梦

每一件事都那么既生动又费心

最终，翠儿小姐的美梦降落在

孟德斯身上，那个刚刚失踪的人物

那个人，一直像一位体贴的大哥

又是那么痴心，最后变成痴情

"痴心"和"痴情"是同语反复

关键是，那个人突然失踪

无影无踪，毫无音讯

对于他的梦境，一片一片

像一场淫雨一样冲击她的心灵

就这样，自从问心大师走后

一连三个沉闷的夜晚，都有

许多破碎的梦侵袭她的心灵

无穷复加，反反复复

就这样，翠儿小姐终于梦到了那个人

那个人，孟德斯，那个消失不见的人

孟德斯，就是我，一个毫无踪影的人

一个曾经自命不凡的人物

我就是孟德斯，孟德斯就是我
像一阵风一样，我只是路过万物
当万物对我保持缄默，在于我
永远都是虚伪，都是伪装，它们
把我遗忘，愿意快速地毁灭我
我永远不会与万物达成默契

当有人思索我，我就能够复活
当我向万物呼喊：恒河女神甘伽
请将我救出这深渊
当我再次喊叫：大慈大悲的观世音
请赐予我力量
此刻，我立即就能获得能量
精神抖擞，宛如一面破碎的铜锣
将在某些人的心灵之中敲响
当然，对于生命来说，我是一种折磨
对于神灵来说，我是一个妖魔
对于完美，我仅是一种残缺的自我
可是，我还有什么能力不去追求
那个自我，那个自我曾经是我的一切
现在，我虽然不是自我的化身
但也是一个莫大的慰藉
我将在自我的形象里，编织
一个永恒不朽的大梦
一次一次地，将那个消失了的人物
笼罩在这个梦境的深渊里

只有这样，我才能在那

无限的消失之中短暂地复活

在这里，我不是太自信，也不是

太荒唐、太疯狂，而是

竭力还原那个消逝之人的在世能量

现在，翠儿小姐把我思索

我感到欣欣向荣，在时空之中跃跃欲试

有如一棵孤独的向日葵

我能够看见，时间在她的手指上

无穷往复地环绕。她的那颗心灵

有如一粒顽强的种子

在大地上寻求生根发芽的机会

而在她的思绪中，万物朦朦胧胧

有如月光下的世界，没有一件事物分明

美梦妙趣横生

有永远讲不完的故事，也有许多

闻所未闻的传说，既古老又生动

当心灵的世界自愿觉醒，这时

美梦更加真切，逼真如同

亲身体会的场景。在那里

一阵阵浓郁的花香向她袭来

她孤身一人，追寻花开的地方

沿着一条弯曲的山路

好像一条小河一样的道路

她孤身一人，自由自在在山路上漫游

芬芳的香味一阵阵涌来，可是

她看不见花开的地方，心中着急

一心只想找到那迷人的花乡

山路曲折蜿蜒，路面像河水那样流淌

她只有涉水过河，一次次

追寻前方的道路，慢慢地

她向山上攀登，费尽力气，终于

她孤身一人来到一座山岗，在那山上

却有一头巨大的怪兽，张牙舞爪

那怪兽一动不动，坐在一只石凳上

双眼散发着诱人的芳香，口里高喊

"我就是玉郎太岁！"声音十分嘹亮

翠儿孤身一人，终于感到巨大的恐慌

她奋不顾身向山下跑去，可是

脚步始终太慢，达不到心想的速度

此刻，她奋力一跃，忽然之间

她只身一人，进入到一片茫茫的海洋

那大海恶浪翻滚。可是

大海却不能将自己淹没，她十分好奇

感到欣慰，迈开脚步，向着一个

不知名的方向奔跑。在这大海之上

我还想要表达爱情吗？我是

什么人？只能是一个卑鄙无耻的家伙

我的意义对于她只能是一种折磨

在这里，她想怎么跑就怎么跑，她

想要怎样的速度就有怎样的速度

有时候慢慢踱步，有时候如同飞翔

渐渐地，她的双眼再也看不见海洋

自己的脚步已经踏入一片无边的沙漠

那里黄沙泛滥，狂风不减

她仿佛失去了自由，睁不开眼睛

只有俯下身来，躺到地上，才能

躲避风沙的袭击。许久，许久

当自己欲要睁开眼睛，想看看

自己到底在什么地方，当她努力

睁开眼睛却发现，原来

自己躺在卧室的床上。一切的行为

一切的努力，都是美梦一场

就这样，一连数日

翠儿小姐被无情的梦境折磨

自己根本逃脱不了梦的追逐

她也不想逃脱，也无力逃脱

只在睁眼闭眼之间

奇怪的梦已经到达她的心窗

看不见也必须看见，闭上眼睛也能看到

就这样，一连数日，翠儿小姐

已经面容苍白，精神憔悴

走路时慌里慌张，一不小心就会跌倒

可怜的美人儿，有如秋天的蝴蝶

找不到新鲜的花朵

可爱的娇娃如同被狼群追逐的山羊

红颜尽失，秀发凌乱

伊南娜再也不愿意看到小姐受难

把外面的工作交给他人打理

自己在家里亲自陪同翠儿

用一种亲切而认真的话语问她

"翠儿小姐，你的精神恍惚

身体疲乏至极，让所有的人都担心

今天，和我说话你必须认真

这几天，你到底做了怎样的梦

这么激烈，困扰你的心灵？"

翠儿坐起来，饮下一口墨磐石汤茶

回道："伊南娜，你要救我

设法逃离无穷多的大梦之网

我孤身一人，在海面上奔波

波浪并不曾淹没我的双足，我

一连数日在海上奔跑，像一只飞翔的鸟

后来，我却陷入沙漠。无穷的风沙

将我包围，有人呼叫我的名字。"

"哦！我知道了，小姐你

可能被邪灵缠身，你一定要

安分守己，不要胡思乱想

守住心田。这几天我

将在世界各地诚请最有灵性的法师

为你举行一场严肃的禳解仪式。"

说完，伊南娜起身，走到

大厅旁边的一间家庭多功能办公室

在网上搜索，联系朋友到处打听

又亲自前往雾岛上的一家灵修协会

根据秘密渠道提供的消息

终于，在西伯利亚通古斯地区

联系到一位女真人萨满教大巫师

此人神通广大，活像一位女神

此"女神"一直在通古斯语族中活动

前来雾岛费用高昂。此时的伊南娜

已经顾不了太多，无论如何一定

邀请此"女神"光顾雾岛。另外

从印度帕坦伽利瑜伽学院

聘请一位王瑜伽派大师，邀约他们

务必同一日到达雾岛。举行一场

严肃而隆重的禳解仪式

直到三月八日，国际妇女节这天

清晨，当雾岛上空雾霭翻滚

迷雾尚未散尽，伊南娜聘请的

雾岛灵修协会的十名学员，已经

早早赶到。根据萨满女巫师的要求

又根据王瑜伽派大师的指点

他们，将布设一个施行法术的场所

从翠儿小姐的房间门口

绕下楼梯，经过大厅，出门

直到花园，再绕过海滨花园后面的巉岩

再沿着岩脚向大海伸出的部分

直到浪花翻滚的海面

那里，正是翠儿小姐登上"飞鱼鸟号"的地方

也是从那里，翠儿小姐下船的地方

一路上摆设九百九十九支粗壮的红色蜡烛

在海边的位置，因为风大的缘故

给每支蜡烛罩上红色的油纸灯罩

到时候，务必让每支蜡烛燃尽

尽量不中途熄灭。为此

每位灵修协会的学员，将前前后后

沿着蜡烛布置的方向，来回走动

确保每支蜡烛不会被风儿吹熄

是日，整个白天阳光灿烂

雾岛上空澄碧如洗，云轻风淡

翠儿小姐在卧室里安歇

整天由珊珊陪同，不离左右

每日小姐毫无食欲，只能进食一些

细软食品，和一些清淡的茶饮

十名学员在外面忙忙碌碌

根据要求布置必要的设施，跑前跑后

脚步声一阵阵入耳，小姐听得清楚

可是，她并不想询问外面的事情

因为，那些美妙的激烈的梦境

时刻召唤她，使得自己的感情

自己的思绪，自己的意识，沉迷其中

在那里翻云覆雨，无法自拔

从禁制开始，到遵行、坐法

然后行使调息法、制感法、内省法

再进入静虑和三摩地之境

完全遵从圣哲先师帕坦伽利创制的法则

而且，王瑜伽派又是各种瑜伽派的激进主义者

他们更偏重于控制意念和调息

以自由自然的方式，深入自然运动

产生神通力，最终感悟神性

从此，王瑜伽成为一种超然的法术

以不动而牵制万物

以灵性进入万物，以至发现整个世界

流云、大海、林莽、飞瀑

最终成为自己的一般意志

正当王瑜伽大师以通彻的冥想

牵制万物的时候，翠儿小姐再次

昏昏欲睡，最终沉入梦乡

在梦中，她将感到一股力量

仿佛是一条急流的泉水。然而

与此同时，那十名来自灵修协会的学员

跑前跑后，在花园里听候支配

在花园北面，靠近海滨的位置

在那座巍然屹立的巨石巉岩脚下

只见，一位来自通古斯的萨满女巫师

已经布置好了各种通灵的法器

有数十支粗壮的红色蜡烛点燃

将她团团围在中间，她的一举一动

通过数十支巨大蜡烛的辉映

让她的身影在光芒中如同数十片魅影

不停晃动，在岩壁上投下变幻不定的姿态

她身穿豹皮坎肩，腰系虎皮围裙

在脖颈下方系着一圈飘带

长长的白色飘带一直垂到地面

随着她身姿的舞动

一条条飘带像五彩的水帘一样向四方散开

右手持着一根精短的鹿腿骨鼓槌

左手举着一面蟒皮做的萨满神鼓

脑后插着数根长长的羽翎

额头上系着一颗鲜红的宝石

她精神抖擞，一种气壮山河的神态

只要她跳舞，万物就被赋予灵气

在她古老的舞姿里，万物纷纷

向女法师献媚，在她周围

纷纷扰扰的不羁的时空被她约束

一切未来成为过去，一切过去

又瞬间发展出它们的未来形态

女巫师在这里展现出一个出神入化的世界

最具有感召力的法器就是那只手鼓

鼓声沉稳、通透，在她的舞姿里

鼓声感天动地，仿佛是一只

开天辟地的巨手规划了宇宙的秩序

令人不觉心动，令万物低头

时空的世界，在这里

纷纷显露出它们的原形

万物齐声喝彩，大海原形毕露

花园里，除了女巫师，伊南娜

和那十名灵修协会的学员

没有一个人围观。伊南娜打发他们

都躲到其他地方回避

以便腾出整座花园，和整座巉岩

让女巫师在安静的地方施法

花园里静悄悄的，巨石巉岩万分静默

波浪翻滚的大海被鼓声阻挡

在这神奇法术的境界里，大海

俨然是一个门外汉，跌跌撞撞

显得十分鲁莽，在女巫师身边

大海显得凄惨，失去了令人恐惧的庄严

所有的神奇已经被女巫师夺走

涌到沙滩上的波浪也失去光彩

就这样，那九百九十九支蜡烛

共同燃烧，用火焰铺就的一条道路

是灵性的捷径，从大海深处

从时空世界，从世上的万物

直通翠儿小姐的卧室门口

又从那里，通过瑜伽大师的冥想

进入翠儿小姐的心灵。此刻

花园里那位来自通古斯的女真人女巫师

通过她的一千遍舞蹈，在终极时刻

也是在拂晓即将到来的时刻

也是在九百九十九支蜡烛即将燃尽的时刻

女巫师通过抽搐和昏迷的方式

终于开启翠儿小姐灵性的大门

进入她那五彩斑斓的心灵

发现，那些景致令人惊奇

纷纷扰扰，凌乱而又诡异

许多现象都是女巫师不可说出的秘密

许多动态的心态都有一个主旨

那最高阶的心境已经被女巫师窥见

可是，女巫师仍然昏迷

全身抽搐，不能自已。此刻

女巫师的随身童子见状，立即

从亭台那里跑来，用严格规定的手法

将女巫师唤醒，送给她一杯清水

当女巫师饮下清水，恢复神志

心灵坦荡，像一位活女神一样站起身

此刻，九百九十九支蜡烛已经燃尽

没有一支蜡烛被风儿吹熄

女巫师招来伊南娜，说道

"恭喜夫人，你的女儿，小姐，她

心中原来正思念情郎，不可开交

心灵被情郎召唤，无法分心

她的心智被迷惑，精神困顿。"

"请问法师，那情郎，应该在什么地方？"

"其他的秘密不可告知

正像小姐心中所呈现的景象

只有通过一片古老的沙漠，方可获知消息

在小姐的心灵中已经发现，那神奇的沙漠

正是传说中的楼兰！"

说完，来自通古斯的女巫师收拾好所有的法器

领着她的童子徒弟，径直走出花园

走向大街，一句多余的话都没有

也不去小姐的卧室看望病人

她仿佛胸有成竹

把一个必然的世界，早已看透

第三篇
□———楼兰的故事

原来，尊贵的翠儿小姐

想要游览古老而神奇的古国楼兰

她，虽然个性单纯，多愁善感

心灵却异常狂野。若不是

因为通古斯女巫师的灵觉发现

任何人，都看不清小姐的心事

她，曾经与百花谷一见钟情

在那里建造神殿一般的别墅

现在，又梦想着前往古国探秘

真可谓，太过任性

那神秘的楼兰，早已被沙漠掩盖

在数千年时间里，埋藏着无穷的奥秘

对于世人，它像个传说一样

对于考古探险家，已经揭开了面纱

而有勇气的人，他们纷纷组团

前往探秘。那里，是沙漠荒原

不知道为什么，竟能吸引小姐的心灵

她曾经多次，在梦中置身于沙漠深处

仿佛，那儿有尚未被发现的巨大宝藏

因此，伊南娜对于女巫师的讲述

一点也不感到意外，毕竟

自己多次听到翠儿讲述梦境

确实有一片古老的沙漠，而且

翠儿小姐多次在沙漠里徘徊

睁眼闭眼都是沙漠。在梦中

大海的波涛变成了沙漠里的波浪

海风变成沙漠里的干燥风

难道，小姐将会在那里发生巧遇

或者，将会产生什么奇迹

这些都是不可言说的秘密

女巫师绝不会，明示他人

一切，都在于人的命运

当女巫师带领随身而来的童子

走出西兰府邸的大门。在楼上

王瑜伽大师也要急于离开府邸

他的时间不可耽误，欲赶回印度

他从来不做毫无意义的事。世上的

各种动态，他不感兴趣

他的存在，只服务于一个终极的目标

那就是生命的超脱，让自我的一切

回归于神性和自然的终极

于是，他们匆忙离开府邸

伊南娜以电子转账的形式

付清他们的资费，另加

酬劳的小费，也是一笔不小的开支

然后，伊南娜迈步上楼

来到翠儿小姐卧室门口

阳光刚好，随着伊南娜的身影

从阳台那里飘进翠儿小姐的窗帘

此刻，翠儿小姐一身轻松

正坐在梳妆台前梳理自己凌乱的发丝

许多天都没有使用的口红

她也想试一试，对于口红那红润的色泽

她现在深感兴趣

伊南娜看到这里，感到惊奇

好像看见一位，因为过分疲劳

而熟睡多日的美女。现在的她

睡意已去，一身轻松，正打算

去做她从前爱做的事情

此刻对于小姐来说，好像

什么事都不曾发生。她自己

该怎样就怎样，困倦了就入睡

想事情就做梦，醒过来就高兴

当她看见伊南娜进门

提前开口说话："这些天

我不知道为什么，不自觉地做梦

今天的我，终于梦醒，你看

我的头发凌乱，我的肚子饥饿

我还有许多事情要做

我不知道为什么，梦境发生得很突然。"

伊南娜看到这里，已经明白了

这场禳解法事的作用，可是

她立即为之犯愁，难道

真的必须依照女巫师的提醒

准备前往那遥远的楼兰古国

此去楼兰确实不易

不仅要组织一批合适的人马

还要浪费宝贵的时间

前次，一行人前往蓝毗尼，前后

用去了一百多天的光阴，今次

如果前往楼兰，来回乘坐飞机

包括所有准备的时间，也必须一个多月

想到这里，伊南娜说道："这样就好

我们西兰府邸里什么都不缺少

上下都盼望小姐的安康

你想什么都可以，只要合理

只要我们能够做到的事

咱们都希望好好去做，今后

事事才能顺心，大家都会快乐！"

"哦，太好了！伊南娜

不如，咱们抽空去沙漠玩玩

那里的景色比大海更加迷人

我在梦中多次梦到，还有

一个有诱惑力的声音，多次叫唤我的名字

不知道那是什么地方，但我们

可以多方面打听打听。"

听到这里，伊南娜无言以对

这正是让她犯难的原因。可想而知

那沙漠并非一般的沙滩、沙丘、沙地

那里，是遥远的楼兰

不仅遥远，旷古的大漠里还充满了危险

片刻之后，两个人陷入了沉默

翠儿小姐继续梳妆，当她发现

自己的面容憔悴，脸色苍白

不觉间，她无缘无故地

暗自叹息，泪流满面，有时候

抽抽搭搭地叹气，伊南娜看到这里

也不自觉地伤心。若去楼兰

所需费用不是问题，只是

此次旅途充满艰辛，这才是原因

许久之后，伊南娜说道

"小姐，你可想知道

梦中的沙漠，是哪里？"

"是哪里？伊南娜

我很想知道。好像

那里有很多秘密，说不定

在那里会有意想不到的发现。"

"是楼兰！"

伊南娜说完，不想再说下文

走下楼去。莉莉姑娘刚好上楼

她给翠儿小姐端来了一杯墨磐石茶饮

翠儿小姐喝下茶水，感到饥饿

但她更想知道关于楼兰的事

说道："莉莉，你喊珊珊上来

我想让她打听一下，或者

到图书馆搜索一下，关于楼兰的事

原来，我在梦中多次去到的地方

不是别的沙漠，却是楼兰。"

莉莉看到小姐精神恢复

对生活产生好奇，十分高兴。随即下楼

把关于小姐的想法，全都告诉珊珊

然后，莉莉给小姐端来一碗麦片粥

作为早点，她不想让小姐空腹吃下坚硬的食物

到了午餐时间，莉莉陪同翠儿小姐

来到餐厅，她已经吩咐厨师

上午多做几个可口的美食

专给小姐食用。一连数日

翠儿小姐从没进入餐厅

今日来到餐厅，大伙都很高兴

餐桌上很快摆满了飘香的美食

有葡式蛋挞，巧克力松露

五丝春卷，清蒸多宝鱼，羊肉烤串

糖醋排骨，八宝肉圆，章鱼小丸子

还有各种可口的饮品

厨师显出了各种绝技，但是

每一碟菜分量甚微，生怕

小姐吞咽过多，对肠胃不好

一顿甜美的午餐之后

莉莉陪同小姐上楼，可是

翠儿小姐一点也没有睡意，整个中午

她精神饱满，她走到书房

在这里等待珊珊，将带来什么信息

直到午后，珊珊兴冲冲地跑回府邸

直冲小姐的书房，进门说道

"小姐，你的梦确实神奇

你梦想的楼兰，是一个神秘的古国

原来那里水草丰美，孔雀河流经此地

古丝绸之路贯穿全境，在那里

楼兰美女举世闻名。虽然现在

楼兰已今非昔比，成为荒芜的沙漠地区

可是，那里发现许多古文书

许多竹简木牍，可谓字字千金。"

"原来是这样，难道

我已经看惯了现代的生活

感到厌倦，竟然不自觉地

前去发掘古老的文化奥秘？"

翠儿小姐的一句话，仿佛

道破了真理，两位姑娘欢欣雀跃

一心鼓动小姐前往楼兰

此刻，翠儿小姐也不觉心动

想到梦中的景象，自己

在那里可以任意飞翔。在那里

自己仿佛成了天使

就这样，她再次吩咐珊珊

探听一下前往楼兰地区的机票

看看，往来一次需要多少时间

再把其他的细节详细打听

就这样，在不到三天时间里

翠儿小姐的奇迹，她的梦想，她的计划

很快传遍府邸上下，又经过

府邸上下一百多名人员的传颂

雾岛的许多人，都知道了这个传闻

这却是一个异常有趣的传闻

特别是，关于翠儿小姐的事情

人们更愿意探听消息。几经传颂

几天之后，所有的秘密已经不是秘密

所有的消息仿佛都成了事实

一些人，见到伊南娜便问

"你们什么时候前往楼兰探秘？"

伊南娜一时无言以对，装作不知道

可是，当她回到府邸

听见的传闻更甚。甚至

有一位厨师正在打算打包几件

前往楼兰所要携带的炊具

伊南娜，看到小姐确有前往的心思
一时无奈，也不自觉地
主动探听一些消息。关于楼兰
此行并非不可能，早有多支考古队
深入到楼兰腹地，而且
若羌县城就距楼兰不远
而且，雾岛文物局的官员传来消息
说，他们愿意派员随行
他们，等待伊南娜商定的日期
到时候，同行前往楼兰探秘

最后，传闻成了不争的事实
伊南娜必须认真对待这个问题
询问航班情况，探听
若羌到楼兰的各种途径
图书馆里可以找到关于楼兰的记载
网上也可以查到必要的信息
问题是，一旦成行
还会出现一些意想不到的事情
大漠地区荒无人烟
风沙弥漫，古代曾经有多个民族
从那里陆续撤离。至今
使楼兰成了历史的传闻
当伊南娜找到翠儿谈心
又到文物局联系相关事宜

最后决定，在五月一日国际劳动节期间

前往楼兰。一行共有十八个人

雾岛文物局有一位文物专家

府邸负责保安的人员六名

由保安队长虎子哥带队

炊事人员三名，由文强带领，另外

有雾岛喜爱探险的四人随队同行

其间，虎子哥必须提前到达若羌

在那里，最好联络到两位向导

在那里，风沙早已把道路埋没

只有向导，才是此行的最大保证

各种物资可以在当地采购

所需的车辆也可以在当地预约

关键是那段沙漠中的旅途

虽然只有一二百公里

每天在沙漠中能够前进多少路程

却还是一个未知数。为此

伊南娜托人前往阿拉伯

在那里购置一百匹富有经验的骆驼

贝都因人擅长驯养骆驼

阿拉伯骆驼世界闻名

匹匹膘肥体壮，善于长途迁徙

善于驮载，善于奔跑

因此，伊南娜下定决心

打算将此次旅行，打造成为

震惊雾岛的豪华浪漫之旅

所有随同人员可以不带分文

尽情享受旅途的快乐

而且，当骆驼到达若羌

在那里集合，它们身上将要

披挂漂亮的彩缎、毛毯

另外，所需的各种用品、食品

所有事项提前准备，一应俱全

另外，还要预备一架直升机

这一切，都是为了小姐的安全和开心

自然，翠儿小姐从海上归来时

被邪灵折磨，陷入深沉的梦乡

后被女巫师破除邪气，分明

是一件大快人心的好事。今去楼兰

一定要把行程安排到位，尽量

彰显西兰府邸的豪华和气派

为翠儿小姐营造一个光明的未来

为西兰府邸创建一个响亮的名声

于是，一行旅客满怀光荣的期望

踏上了飞往古国的航班

那里，是欧亚大陆的腹地，也是

欧亚大陆的中心点，也是

东西方文明的交汇之处

东方文明，西方文明，中东古文明，古印度文明

在那里交汇，而且人类最奇特的精神

在那里孕育，有如一颗人类心灵的种子

在那里深深扎根。虽然

如今它被埋在赤裸裸的黄沙之下

而那颗富有神性的种子

将万古不坏。它只是

进入了深沉的冬眠期

当时机一到，它将郁郁勃发

将成为一股人类的再生力量

苍莽的森林将在那里生长、蔓延

万物将在那里复苏。那里

将再次成为孕育人类未来的母体

今天，正是这股神圣不可比喻的隐秘力量

通过时空飘移，进入翠儿的心灵

只有，像翠儿这样的人间美人儿

她多愁善感，心地纯洁，善思善虑

只有这样的女性才能深深感受古文明的魅力

才能以自身的母性，以梦境的形式

将它滋育，仿佛一股暗能量

它是人类集体无意识的根源

这颗根源的种子通过美人儿的心灵

在她的心境深处，刚好

与她作为女性的怀春意愿相吻合

发生了暗流涌动，化为一个形象

一个声音，一个美梦，深切地

勾引着美人翠儿的灵魂。然而

那位通古斯女巫师的灵觉发现

虽然精准，但只是表象

女巫师，不可能发现灵魂深层次的奥秘

那颗心，已经因为自身奇怪的际遇

被一种更博大的隐秘力量所勾引

这股力量，早已超越扬弃了孟德斯的灵性

宛如一个魔怪面对着浩瀚的天庭

它自惭形秽，已经湮没于无声

现在，那股隐秘的力量转化成一种美

是那种可永垂不朽的美的气息

把美人翠儿吸引。而在她心中

是一种喜悦，是促使自我奋进的力量

为此，她将无所畏惧，义无反顾地

将自我置于危险的境地

届时，如果危机真正发生于她的面前

她将没有叹息，以光荣的心态

赴命。将自我行为化为

一个感天动地的符号，最终将完成一幕

人间悲剧。然而，这出悲剧

却象征着一种博大的莫可言状的欢喜

暗示着人类精神终极意义的胜利

此刻，有一种悲喜交加的剧目

正在拉开大幕。当他们一行旅客走下飞机

已是傍晚时分，就在附近

一架直升机等待着他们

然而已是傍晚，黄昏即刻降临

飞行员不敢贸然在夜间飞行

进入沙漠区需要熟悉的向导

狂风会忽然而至，无法预料

从机场前往若羌尚有千里之遥

他们只好，在机场附近的宾馆求宿

等待明日，尽早登机前往若羌

与此同时，保安队长虎子哥

在若羌已有几日，他联系到两位向导

一位是五十多岁的麦得克

老家就在麦得克古城，现在

那里一片荒芜，渺无人烟

另一位老人叫阿拉穆勒，已经年逾古稀

他的家就在若羌前往楼兰的路上

他少年时代还在那里放羊

一晃过去了半个世纪，他还依稀记得

老家的模样，现在

家园同样被黄沙掩埋

阿拉穆勒老人，虽已年过古稀

但他精神矍铄，思乡心切

愿意随队前行，担任向导

两位向导都是本地居民，他们

也善于管理骆驼，有多年的经验

那从阿拉伯运送过来的一百匹骆驼

也已经到达若羌多日，它们

被圈养在若羌的一处老宅院里

给它们备置了丰足的草料

它们一个个神气十足

都像沙漠里的活宝。然而

那几个运送骆驼的贝都因人

卸下牲畜之后已经返回故里

至于管理、喂养这些大型牲口

还需要聘请当地的养驼人

至于一行旅客用完骆驼之后，将它们

怎样处置，贝都因人不管不问

他们拿钱走人。不用说骆驼本身的价值

就是从阿拉伯沙漠运送到若羌的费用

也已经抵得上骆驼本身的价值

一切全然为了旅行的安全和快乐

第二天，当一行旅客的直升机到达若羌

已经是正午时分，他们必须

在若羌县城住宿，做好一切准备

大沙漠已经逼近若羌县城的门口

这里也仅仅是一片沙漠绿洲

周围全被黄沙包围，小小的县城

人口稀少，只有一条丁字形主街

居民的家院少得可怜，只有

两三家不大的宾馆，很难看到饭店

一到夜间，几盏路灯忽闪着眼睛

好像那些失眠之人的眼睛

每天夜里都期盼着天明

这片绿洲，是塔克拉玛干大沙漠里

残留在人间的一小块栖息之地

若羌周边的古城，有麦得克、米兰

已被沙浪侵蚀得无影无踪

而那些被沙漠埋没千年的古国

楼兰国，少昊国，精绝国，鄯善国

它们，以最奇特的方式向旅客们招手

它们的名字诡异，它们的存在变得神圣

它们向旅客致意的方式也很吊诡

没有多少人敢于搭理它们

既然它们仅仅残留下最后一丝气息

现实生命就只得与它们保持距离

它们是燃烧殆尽的火种

它们是长满毒棘的野草

如果说死亡是留给生命的最后叹息

那么它们已经失去叹息，留给大自然的

永远是空洞的哀号和唏嘘

荒凉的沙漠是狂风的角逐场

荒原制造大风又吞没大风

风沙像幽灵那样出没

一行旅客，只好住宿在斯坦因曾经歇息的地方

几名保安，只好在彭加木失踪前

曾经入住的房间里安歇

空间里，到处散发诡异的气息

使得人不敢多想，不敢多问

无论人类有什么样的行为，只要时过境迁

一切会变得诡异，要么

成为神奇，要么成为怪异

人在人身上有着永远发现不完的秘密

第二天，正是五月一日

天空明媚，碧空如洗，风儿和缓

正是出发前往楼兰的好日子

天刚亮，伊南娜通知行人起床

先让骆驼饱饮一次清水

再给它们披上早已备好的毛毯

挂上驼铃，拉好绳索

一根绳索上系着一匹一匹骆驼

形成长长的驼队。精神饱满的骆驼

披上彩色的织毯，艳丽无比

仿佛是一支征服者的军队

浩浩荡荡向沙漠进军

二十名旅客却拥有一百匹骆驼

场面异常豪华、盛大

这是一支尚未进攻就已经凯旋的队伍

为了满足旅客们的心理

装饰华贵是必要的

一匹匹骆驼也十分骄傲、得意

两位向导在前，两名驼工一前一后

伊南娜的骆驼紧挨着翠儿的骆驼

其他的骆驼作为运载货物的驮具

十顶帐篷，二十条睡袋，两百桶水

还有其他各种用具

有四匹骆驼专门驮载食物

临行前，伊南娜要求直升机在若羌待命

当他们出了县城，前进不到十里

一种另类的感觉涌向他们的心灵

从这里才能感觉到绿洲的完美

沙漠是空洞的，埋伏着难以想象的危机

驼队缓缓前行，毫无顾虑，浩浩荡荡

后悔是无用的。旅客们

只能用一个期待换取另一个期待

除了一望无际的沙漠，只要

一有发现，就会令人情绪激昂

仿佛，那就是延续生命的保证

伊南娜用坚毅的眼光紧盯着前方

翠儿小姐以感悟的心灵体验世界

珊珊采取个人独到的心态

既赞叹不已又发出叹息，好像是

一只圈养的绵羊刚刚放回自然界的原野

保安队长虎子哥精神振奋

时刻关注旅客们的安危

只有他，是西兰府邸的忠诚卫士

年过四旬，身强力壮。当年

他毕业后进入府邸，担任府邸的保卫

目睹了哈希码老爷在雾岛的兴盛

为人忠诚，曾经受到老爷的赏识

此刻，阿拉穆勒老人带队

直奔他的老家，一个叫马扎的古村落

他的记忆清晰，方向明确

老人的脚步坚定。狂暴的风沙

尚不足以摧毁老人的心灵

虽然，家园被黄沙掩埋半个多世纪

但老人仿佛找到了少年时代的冲动

他眼光明亮，思乡的心情让他目光炯炯

坚定的步伐加快了驼队的速度

直到傍晚时分，他手指着一片沙丘

说道："那里，那里就是马扎！"

虽然马扎就在前方不远，近在咫尺

到达那里却很艰难，易于塌陷的沙地

把距离拉远，黄沙越来越厚

向导和驼工只得下地行走

手牵缰绳，一步一个脚印

一公里的路程却走了一个小时

天黑之前，旅客们终于到达荒废的村落

向导吩咐就在此地扎营，旅客们

即刻寻找合适的场地，支起帐篷

摆好炊具，点燃携带的燃油炉

那边，在一堆黄沙之下

就是阿拉穆勒家的老屋，看不见屋顶

周围只有两棵枯朽的胡杨树

老人攀爬到沙丘之上

用一根木棒在沙堆里乱戳

找到一个沙洞。此时

文物局的马可先生陪同阿拉穆勒

为老人打开探照灯，老人顺着沙洞进入老屋

不久，他从屋里递出来一辆古旧的纺车

纺车有两百年的历史，是家族的传承

又找到一些无用的物品。老人只好

费力地爬出老屋，回头观望

一脸无奈的表情。此行

已经满足了老人的心愿，他在世上

再也没有顾念的事情。当他

缓缓走进帐篷，沙漠里刮起了

冷飕飕的沙漠风。那些

来自南国的骆驼在寒风中挤作一团

无法忍受北方的寒冷，好在

现在是初夏时节，适合骆驼的本性

整夜，两名驼工身披厚厚的毛毯

陪伴在骆驼群中间，骆驼们胆小

最怕受到突然的惊扰

只有驼工深知它们的习性

整夜陪伴在它们左右

天亮即刻起程，朝着东北方向

楼兰古城在那里招手，它用一种

阴暗的微笑，向旅客们发出信息

巨大的荒原，像一个麻醉的病人

躺在手术台上，太阳以不屑的目光瞥视着它

一棵散乱的枯木是它的自然符号

它向着所有的生命发出救命的呼喊

一行旅客在沙漠里踽踽缓行

整个上午都不能停下脚步，以干粮充饥

用清水止渴。根据向导的意见

如果顺利，没有大风，两天就可以到达

一行旅客在驼峰上端坐，时而

俯下身子，时而拿望远镜遥望前方

这么漂亮又壮观的驼队

沐浴着阳光和沙漠风

怡然自得地走向目的地。虽然

黄沙与黄沙无异，枯燥乏味

而大漠里却隐藏着永远发掘不完的机密

时间虽然无法回头，回头观望的

永远是人类自己，每一个人都可以

把逝去之人和未来之人看作自我的一部分

为此，文物局里的马可先生

对于欲要探索的前方最为激动

他力求发现更多的东西，不时

取出照相机拍摄，又通过

一台精密的定位仪刻划位置

正午时分，旅客们在驼背上昏昏欲睡

是他第一个发现，在远处沙丘上面

一群人骑着光耀的枣红马列队前行

好像是古代的武士，在马背上耀武扬威

马可先生不能相信自己的眼睛

他即刻喊住向导，又叫唤伊南娜

只见，那一队武士在远处的沙丘上

飞速前进，扬起一阵沙尘。然而

那些马蹄又像在跳着太空舞步

当时间一分一秒过去，他们

却仍然奔腾于那片沙丘之上

当一行旅客马上就要到达沙丘之下

只见武士们骑着马儿缓慢行走

仿佛停下了脚步，期待着某件事情

此刻，所有的人都清楚地看见他们

确实是一队英勇的武士，衣着奇特

手持宝剑，两位驼工看得真切

喊道："看，他们胯下的就是汗血马

汗水如同鲜血，是产自波斯的神驹。"

一行旅客个个惊呆，向武士张望

马可先生也忘记了拍摄，他的意识

仿佛被武士们迷惑，一心想着

用眼睛判断眼前的武士

是真是假，他怀疑自己的眼睛

当驼工说出"波斯的神驹"这个词组的时候

那些马儿仿佛受到惊吓

蹽开马蹄，一溜烟向南方奔去

阿拉穆勒老人向旅客们讲述一个故事

说，沙漠里经常遇到这种怪事

谁也无法判断真假，曾经有一伙商人

在沙漠中为了躲避一队武士

却迷失了道路，差一点被沙尘暴毁灭

对于这种怪事，最好不予理睬

这些话，给每个人敲响了警钟

两位向导经验丰富，对于沙漠

他们心有灵犀，处事不惊

翠儿小姐却心惊忧虑，拿一双眼睛

在沙漠里四处寻找，想再次发现

那些令人无法相信的事物

这里，只是一片令人绝望的荒野

土地荒芜，渺无人烟

神不眷顾，所有的生命凋残

每一件事物都刺激着翠儿的心灵

每一个异常的东西都会引起她的注意

这种真切的现实比梦境荒凉十倍

但这真切的荒原之境，仿佛

比梦境隐藏着更多的神秘

看到的想不到，看不到的

引起了思想的注意

傍晚时分，风沙骤起

旅客们都戴上防风面罩

向导却把驼队喊停，说道

　"这里是一个沙凹处，只能在这里扎营

夜晚马上降临，切不可再爬上前面的沙丘

那里风大，不可再继续赶路。"

于是，旅客们各自忙碌

拉起帐篷，收拢骆驼，安放炊具

当大伙忙着办理各自的事情

却听见马可先生喊道："喂

那个人，在干什么，一个人匆忙走路？"

只见，有个人在驼队的后面

匆匆向南边行走，面无表情

身后背着一大包工具

当他听到喊声，停下脚步

说道："我是彭加木，我

这么匆忙，正急于返回我们的营地。"

向导麦得克叫住马可先生

说道："马可先生，不要理会他

彭加木多年之前已经失踪，这人

要么诡异，要么就是冒充。"

"我怎么会冒充？我就是彭加木

我返回营地只想报告我的发现

就在前方不远，在那座沙丘后面

我有重大的发现，可是

我孤身一人，没有能力发掘。"

说完，彭加木加快脚步

向南边急行，很快从视线里消失

麦得克告诉大家，前方正是罗布荒原的腹地

再向北就是麦得克遗址。这一带

围绕着罗布荒原，确实

隐藏着没有被发现的古城和墓地

这些话深刻激励着马可先生

对于那位自称是彭加木的人的话深信不疑

第二天天刚亮，马可先生第一个起身

唤醒大伙，收拾好各种物品

激励大家向前方沙丘行进

当一行旅客赶到高高的沙丘之上

再向东方遥望，那里

是一片亘古的荒地，偶尔

有几棵被狂风折断的胡杨

四周好像经历过一场厮杀、大战

大地的面孔被撕裂得血肉横飞，残缺不全

断裂的胡杨，横躺着的红柳

几根木桩胡乱插在大地的表面

麦得克说道："如果有墓地，应该

就在那里，那些木桩不同凡响。"

马可先生很是激动，走下骆驼

背上铁铲，向沙丘下面奔去

大伙只好向那个方向移动

虎子哥招呼几名身强力壮的保安

每人手持一把铁铲，在木桩下面乱刨

半小时之后，有了第一个发现

仿佛是一只残缺的史前陶碗

一只灰黄色的陶器，上面

隐约刻有一个"၄"字符号

另一个发现是一枚摩亨佐—达罗时代的印章

这两件都是人类古文化难得的瑰宝

马可先生亲自挖掘出一只木匣

这只残旧的木匣几乎毁于自身的腐朽

是干燥的黄沙保存了它，打开木匣

里面是几片刻有经文的木牍

马可先生经过认真辨认，发现那些

是用佉卢文刻写的《摩诃兜勒》

表达的意思就是：我们是兄弟

这个重大的发现令马可先生手舞足蹈

他满头大汗，决定继续发掘

可是，上午的时光异常珍贵

正午时分正是在沙漠赶路的好时机

两位向导不肯在这里停留

伊南娜更是着急，无奈之下

命令保安将马可先生抬到驼峰之上

用一条纱带系住他的双腿

旅行的目的地是楼兰，绝不可以

在半道上浪费时间，况且

沙漠里充满了凶险，为一些

地下的藏品丢掉性命，将毫无意义

地下的物品还有千万件，亟待被人发现

而每一件藏品无论多么珍贵

都绝不是伊南娜想要的东西

就这样，当驼队缓缓向着楼兰方向前进

到了傍晚时分，向导手指前方
告诉大伙，前方的那一片高地
那里不是沙丘，也不是荒山
正是楼兰古城废弃的宝塔。此话
令所有的人欢欣雀跃，大伙决定
无论早晚，都赶到古城那里扎营
只有阿拉穆勒老人表示反对
他说，古城置身于荒原的高处
夜间风大，不可在古城附近扎营
可是，旅客们没有经验，根本
听不进老人的劝告，况且
此行十分顺利，并未遇到沙漠风暴
正当他们议论之时，忽然
前方出现一队怪异的行人
他们，个个身披宽敞的蓝色披风
骑着白马，行色匆匆，他们
互相之间用一种古老的语言交谈
这种语言模棱两可，只有阿拉穆勒老人
才懂得个别的词语，当大伙感到惊奇
老人却喊住他们，说道
　"喂，兄弟！你们行色匆匆
可是也要前往楼兰古城？"
为首的那人身材高大，勒住了马缰
回答道："我们，永远都是行者
我们是远古人类的后裔，只有
在我们之间，才能使用雅士语

我们也是雅士语言的捍卫者

我们永远漂泊在人类文化之外

哪里有现代人类，我们就躲避

哪里荒无人烟，我们就去哪里

只有这样，我们才能真正看破红尘。"

说完，他们策马扬鞭，疾速奔去

洁白的马队有如天空的浮云

这场巧遇看起来万分唯美

而大伙却感到十分诡异，个个担心忧虑

大伙决定，迟早都要赶到楼兰

在那里扎营才能放心。那里

本来就是古人的家园，人类的故居

在这荒凉的半道上，只能碰到

更加诡异的事儿，尽是一些千年的墓地

因此，向导也无话可说

所遇到的事情老人也无法解释

于是，大伙加快脚步

鞭策领头的骆驼。刚巧

当天空降下来最后一道余晖的时候

驼队赶到了楼兰古城

在著名的三间房遗址附近

扎下营帐，驼工迅速聚拢骆驼

厨师们忙着整理炊具

趁此机会，马可先生

用金钱收买了一位年轻的驼工

他俩准备带上铁铲和灯具，连夜

在古城附近到处挖掘。正当他们

私下里议论之际，又有几名探宝者赶到此地

他们来自克什米尔，专门

趁夜探索古城，他们一行有八匹骆驼

配备有各种探宝的工具和仪器

不言而喻，他们才是古文物的大盗

已经潜伏在楼兰各地多年

在整个西域的大漠地区活动

从印度、尼泊尔，再到西亚各国

都留下他们的脚印。他们

经验丰富，专门寻找古墓群

此刻，他们要去的地方与马可先生要去的地方

刚好吻合，他们之间一拍即合

准备合作行动，趁夜

挖掘古提人的太阳墓

当一行旅客聚在帐篷里

食用晚餐，发现少了两个伙伴

马可先生和一位驼工不知去了哪里

正当他们犹豫之际，突然之间

一声巨大的爆炸声，在古城北方

不远处响起。突然之间

这群来自阿拉伯的骆驼受到惊吓

它们全部站起，准备向四个方向逃窜

好在，有一条绳索将它们相连

此刻，伊南娜感到惊奇，决定

带着麦得克向导和保安队长虎子哥

去到爆炸的地点，查看情况

当他们走上城堡，看到在北方不远的地方

亮着几盏灯，一伙人正在地下挖掘

他们用爆炸物炸开一座堡垒

如此丑恶的行径，令人不齿

伊南娜随口咒骂他们

当伊南娜赶到近旁，却发现

有一片巨大的圆形古墓，呈放射状展开

这正是古提人的太阳墓，在墓地一旁

有一具已经被他们挖出的古尸

在灯光下面，那是一位甜睡的美女

她有着柳叶弯眉，弯弯的菱角嘴唇

尖尖的下巴，小而精巧的美人鼻

脸上的小酒窝十分动人，微笑着的神态

简直像在玩弄着千年的魔术

伊南娜看到这里，一阵心悸

立即要求众人返回营地，并且

要求他们对此事只字不提

千万，不能传到翠儿小姐的耳中

不然的话，翠儿小姐如果犯病

此行，将功亏一篑，前功尽弃

然后，她要求马可先生返回营地

他的行为令人唾弃，至于

那些克什米尔人
尽管让他们疯狂挖掘
此地无法无天，尽是旷古的荒原
马可先生受到威吓和谴责
不得不，快快地返回营地
令人恐怖的罪恶再次笼罩着楼兰古城
人类在人类身上犯下的罪行
比之于，在自然面前犯下的罪行
更为可耻。因为
只有人类才能判断人类的行径

第四篇
◻———仪式之歌

黑夜的沙漠风向楼兰古城袭来

一行旅客毫无经验，也许

他们真的选错了地方，这里

是一片高地，寒冷的大风裹挟着黄沙

像无数把剪刀欲撕开帆布帐篷

他们将付出任性的代价

一群来自南国的骆驼冻得瑟瑟发抖

挤作一团，相拥着取暖

而那些，趁夜盗墓的克什米尔人

在这片荒凉的土地上，进行着

人类最后的疯狂。为了利益

他们将人类的精神踏于脚下

用毁灭性的炸药将历史粉碎

也许，是一行豪华壮观的驼队

惊扰了沉睡千年的古城的神灵

旅客们浩浩荡荡的进攻姿态令古魂恐惧

也许，是一群猖獗的盗墓人的行为

惊扰了沉睡数千载的古提人的灵魂

激发了它们毒辣的愤怒

那些邪怪精灵突然掀起了狂风

在恐怖的暗夜，狂风大作，飞沙走石

当那伙克什米尔人

再次引爆一束黄色炸药

伴随着爆炸声，出现在夜空中的

还有一道长长的刺目的闪电

夺目的闪电引发了沉闷的惊雷

瞬间之后，震耳欲聋的雷声大作

不是一声响雷，而是连续不断的炸雷

唤起了狂啸的寒风，引起了沙漠风暴

夹杂着粗大的雨滴，夹杂着飞沙

一块一块地将帐篷掀翻在地

受到惊吓的骆驼全部站起

此刻，那些盗墓人发现情况不对

他们，极快地收拾器具

跨上骆驼，一路向西逃奔

这些罪行累累的人，经验丰富

他们的骆驼也耳濡目染

对于惊恐它们早已习惯。于是

那些罪人逃跑了，带走了一件件无价之宝

回到人间，他们将成为世界的恩人

留下这些无辜的旅客

替他们承担罪恶的报应

真可怜这些心地单纯的旅客

没有经验，顿时慌作一团

两位向导年事已高，无能为力

两位驼工，私心很强

在危难关头，他们只求保全自身

虎子哥看到这里，立即

招呼另外五名保安前来保护翠儿小姐

保护伊南娜和珊珊

保安队长飞快地，不顾自身的安危

牵来两匹最为健壮的骆驼

扶持翠儿小姐和伊南娜

骑上驼峰，用两张宽大厚实的毛毯

紧裹在她俩身上，将两匹骆驼用绳索连在一起

要求一名向导，牵着骆驼向山坳处走去

然后，众人纷纷选择同样的方法

准备逃离这城堡的高处

然而，与此同时，一声

巨响的炸雷，掀起狂烈的风沙

让骆驼和人都站不住脚跟

两位向导只好伏在地上。此刻

当前面两匹骆驼刚刚向下坡走去

可怜的其他骆驼一阵惊慌，一个个

发起恐慌的冲刺，它们向着四个方向

像射出的冷箭一样，各自逃命

好在，翠儿和伊南娜被厚厚的毛毯包裹

两匹骆驼用绳索连在一起

它们，并驾齐驱，一路向南方狂奔

惊恐的骆驼根本无法控制

伊南娜呼叫翠儿，翠儿呼喊伊南娜

声音被狂风打断，谁的话都听不见

两位尊贵的小姐，只能

听凭骆驼撒野的意志

此刻，这里变成了狂风大作的战场

惊恐不已的翠儿小姐，反而冷静下来

这暴烈的现实超出了她先前的甜梦

可是，骆驼撒野如同飞行，这情景

又应验了那些梦境，她只有自责

用痛切的自我责备去悔恨自己的美梦

在自责中，她却听到一阵阵歌声飘来

如同大风编织的歌曲，与狂风一样凄切

歌中唱道："跑吧，快跑吧！

逃离罗布老家吧，想起从前

现在太阳落山了。跑吧

快跑吧！回到罗布老家吧

亲人的面容不见了

湖上的飞鸟不见了

空空的房子留下了

不要把我也留下

跑吧，快跑吧……"

这歌声一遍遍在耳中回荡

时而凄厉，时而温和，时而

像惊涛骇浪，时而像催眠的小调

两匹膘肥体壮的阿拉伯骆驼

最善于长途奔袭，它们

比传说中的汗血马更有耐力

两匹撒野的骆驼用绳索相连

一匹骆驼惊动另一匹

一匹骆驼的步态带动另一匹

它们互相激励，各不让步

在沙漠里如同飞行

此刻，两位尊贵的小姐

被束缚在驼峰之上

任凭撒野的骆驼在荒野里奔腾

她俩，仿佛潜入到了隐秘的时空

渐渐地，对外界失去了感知

昏迷也好，入睡也好

两位小姐被感官的世界抛弃

任由一个天马行空的世界在身边飞逝

不知过了多久，也不知失去的时间能否倒流

也不知道自己身在何处

也不知道能否找回自己的感觉

意识不存在了，思想被心灵挽留

朦朦胧胧地，翠儿小姐的耳边

回响着一阵琴声，清脆的琴声

有如呼唤着在睡梦中的人的声音

委婉而又亲切。瞬间之后

再瞬间之后，许多瞬间之后

翠儿小姐欲睁开昏睡的眼睛

欲开启心灵的窗户还原自我的意识

当她眼睛微微翕动，却发现

一位花枝招展的仙女就在面前弹琴

手指十分灵动，一串串音符

在光明之中飘来飘去。可是

当她，再次努力睁开眼睛

仙女却消失不见，琴声变成了流水的声音

一泓哗啦啦流淌着的泉水

她发现自己，被捆绑在骆驼背上

而两匹疲惫至极的骆驼，卧地不起

只剩下一丝气息，生命垂危

当她稍稍抬头，却发现

一位器宇不凡的男子站在自己身边

用一双怜爱的眼睛把自己观看

他也不急于解开美人身上的丝带

而是不停地观看，对于这位天上降下的仙女

他一见钟情，深深地着迷

甚至忘记了他自己的坐骑

一匹红色的蒙古骏马，在一边游来荡去

此刻，翠儿小姐也情不自禁地

看着身边的这位美男子，他玉树临风

高大威猛的形象如同非洲草原上的雄狮

当两双痴情的眼睛在空间里会聚

眼波乍动，精神飘忽，有如火炬

真是郎才女貌，他们两人

在对方身上发现了令人惊叹的美

空气都会在许多个片刻之间凝聚

可是，伊南娜也忽然之间醒悟过来

她很快就挣脱了身上的束缚

扔掉包裹的毛毯，当她向翠儿观看

却发现，一对痴男怨女在那里对视

一位仪表堂堂的男子有如苍劲的大树

在翠儿小姐身上倾洒着浓烈的爱恋

这种情景，让伊南娜想起了女巫师的预言

难道，翠儿小姐此行

经过一番艰难的折腾，之后

就是为了相会梦中的情人？这代价

高昂，暗藏着生命的危险

然而，眼前的美男子着实令人动心

一表人才，风流飘逸，像一只天上的雄鹰

这种神游的气息，是怎么样牵动人的心灵

成为翠儿小姐的美梦？伊南娜管不了太多

她起身，径直向翠儿走去

与此同时，那男子回过神来

快速解开翠儿身上的丝带，说道

"美女，你们从哪里来

当我发现两匹发狂的骆驼

在原野上狂奔，我策马紧追

直到骆驼因过分疲累躺倒在地。"

"这是在哪里？"伊南娜说道

"这就是美丽的可可西里，是我的家乡！"

"哦！原来到了这里

两匹骆驼在夜间受到惊吓

一路狂奔不止，带着我们两人

却已经飞奔到了千里之外的地方。"

"噢，原来是这样！"美男子说道

"现在已经是黄昏时分，你们的骆驼

疲惫至极，将有生命的危险

而在这可可西里的原野上

夜间会有狼群出没，今天

就请两位，到我家里休息

我愿意给二位奉上香甜可口的食品

收拾温暖的床铺，家里只有我母亲一人。"

"你叫什么名字，大哥？"翠儿问道

"你就叫我骑士好了

我不想说出自己的真实姓名，因为

我感到羞愧。我的父亲去北美经商

在那里发了大财，之后，他

爱上了一个黑皮肤的欧罗巴美女

然后，他把我们母子抛弃

一晃已经十年，他每年

只给我母亲寄来一笔现金

作为我们母子的生活补贴。而我

最爱在可可西里的原野上策马扬鞭

自由自在，有机会就去打猎。"

"哦，你真的自由惯了！"伊南娜说道

"骑士，你在原野上练就了一身的好本领

风流潇洒，气质不凡，今天

感谢你的盛情邀请，在荒凉的原野上

也是你拯救了我俩，以后定会报答。"

"我一向自由，不需要什么报答

今天，有一位像仙女一样的妹妹

光临我的寒舍，好像是上天的安排

我的母亲也会感到幸福。"

说完，他收拾好毛毯，铺上

那匹骏马的马背，用手臂把受惊的翠儿

抱上马鞍，也请求伊南娜上马

自己牵着马缰，走回自己的家园

原野上没有道路，也没有树木

辽阔的大地上生长着一丛一丛的野草

远处有一群羚羊飞快地奔跑

翠儿小姐想起了她的百花谷

和那一座已经建成的墅苑

神殿一样的墅苑根据自己的理想设计而成

它将像梦想那样完美，她

真想去那里看看，居住几天

想到这里，翠儿小姐问道

"骑士大哥，百花谷在哪里

你可知道？"

"哪里的百花谷？"

"就是传说中的那片百花谷

它处在古老的茶马古道上
是西行翻越喜马拉雅山的必经之地。"

"哦，美女妹妹！我知道了
那里我没有去过，只是听说
从这里向南，只要翻过横断大山
就可以去往百花谷。"

"好啊！过几天我一定
去百花谷看看我的神殿
原来这么近了，那两匹疯狂的骆驼
好像，猜到了我的心思
一路疯跑，就想带着我
去到我想去的地方！"

"不要再说了，翠儿！"伊南娜说道
"你的任性害得人好苦，到现在
还不知道与我们同行的几位，他们
怎么样，还有珊珊。"
翠儿一时无语，端坐在马背上
不住地向前方遥望

一座宽敞考究的庭院
装饰着藏传佛教的图案
有如一座小小的喇嘛庙，那就是骑士的家
他们进入门庭，安顿她俩入座
献上油茶。然后，骑士策马直奔附近的小镇
从那里购买招待客人所需的食物和寝枕
这是一座三层楼房的庭院

加上东边的厢房和厨房，西边的马厩

在乡村里，已经很是阔绰

院落整洁，几棵石榴树正在开花

大门口，一条干净的碎石路直通城镇

在院落的西面，就是苍莽的原野

这里空气清新，视野开阔

在这里，翠儿好像回到了自己的家

无拘无束地到处走动

伊南娜却满心忧虑，她打开手机

着急地打听若羌那边的情况

得知，骆驼只找到十八匹

两个驼工驱赶几匹骆驼已经失踪

麦得克向导带领大家正在返回若羌的路上

可是，那位阿拉穆勒老人

病重，直升机已把老人送到医院的病房

得知这些消息，伊南娜才敢放心

只要同行的旅客全部返回雾岛

损失一些财产无所谓。现在

她俩寄居在骑士家里，明天

伊南娜就打算返回雾岛，不可

在这荒僻的地方虚度时光

第二天，翠儿小姐懒睡在床

浑身酸痛，毫无起床的愿望

伊南娜也没有办法，她只好

在门厅里静坐，时而到院落里走走

直到午饭时分，骑士端上来满盆的羊肉

飘香的汤汁用红色的花椒熬制

骑士的母亲，一位胖胖的气质型妇女

好像一位阔太太，眼光尖锐

年龄比伊南娜略长几岁

也端上来一盘酱香薄饼

几个人，在厅堂里期待着翠儿起床

厅堂里，一张老式的八仙桌作为餐桌

桌子四面装饰着古老花纹的雕饰

满屋子各种家具都很老旧

但很有特色，把一幢庭院装点得

好像一座古宅。楼房却是崭新的

她的儿子已经成年，正是谈婚论嫁的年龄

母亲也是这样为儿子考虑。但是

她并不着急，依照儿子的气质、条件

很容易就能娶到漂亮的姑娘

当翠儿起身离床，走到

窗下的梳妆台旁边，一面秀美的铜镜

吸引了她的注意。这面铜镜光洁异常

里面的人像清晰，铜镜四周装饰着各种花纹

有两条长长而弯曲的龙纹

有凤鸟的图案，有菊花瓣形纹

上方，是一只燃烧着的大鸟

那就是古老的太阳图案

铜镜的背面雕刻着一尊佛像

周围一圈雕刻着护法的八大金刚

翠儿对铜镜爱不释手，她自己的面容

在铜镜里变得十分神秘、美妙

被涂上了一层金色的光泽，显得

妖娆、典雅，富有幻想色彩

像是一位印象派油画中的美人

在镜子里，她俨然是一位女神

那是她自己心目中的女神，也是

一位古典的风雅女神

在铜镜面前，她的心灵

仿佛获得了应有的完美体现

那正是她自己期待的自我

当她，不舍地在铜镜面前

观察自己，梳妆打扮

坐在厅堂里的人，已经等得心急

美男子骑士走到她的身边

说道："妹妹，这面铜镜

听说已有上千年的历史，你若喜欢

总会有时间，现在是午饭时间

大家都在等你！"

伊南娜说道："翠儿，咱们

不能在这里长留，有很多事情

等待处理。我们来到这里

已经打搅了人家的生活，这样一来

我们心里也过意不去。"

午饭之后，翠儿却一点没有想走的意思

骑士也想办法挽留。当翠儿

走到院落里观看鲜红的石榴花

骑士立即说道："妹妹，这石榴花

虽然刚刚开放，要到中秋时节石榴果才能成熟

但是，我在印度有朋友，在那里

有种宝格丽红石榴世界闻名

我现在就联系那位朋友，尽快

空运两箱过来，几天就到。"

"这怎么可以！"伊南娜说道

翠儿低头不语，骑士快速拨通了电话

然后，骑士牵出来他心爱的枣红马

邀请翠儿骑马出门，去野外溜达

他自己前去邻居家，借来一匹白马

两匹马并驾齐驱，向着

可可西里原野上奔去。两匹马儿上

漂亮的身影，如同两位天上的伴侣

伊南娜实在无奈，她不可能

抛下翠儿一人在这里不管，整个下午

她只能陪骑士的母亲在家里聊天

这位母亲，做事很有心机，很会算计

她一直，将伊南娜和翠儿看成是一对母女

伊南娜刚好比翠儿年长二十岁

从外表看，也确实像是母女

谈话期间，伊南娜装作糊涂

也不肯定，也不否定，唯唯诺诺

胖太太眼见这一对"母女"大有来头

非同一般，说话做事也不敢怠慢

又看见儿子和那女孩打成一片

举止谈吐十分默契，心中欢喜

下午，她请人宰羊，又到街上

买回来一堆可口的美食

提前下厨，准备鲜美的晚餐

其时，两位一见倾心的伙伴

策马在原野上漫步，向着原野深处

越走越远，丝毫没有返家的念头

翠儿在马鞍上逐渐变得熟练

从马儿缓缓漫步，到马儿快步行走

她握紧缰绳，心里完全放松

她是第一次体验自由的乐趣

又有一位心爱的美男子相陪

只有快乐才是唯一，再也

不愿意想起其他的事情

第二天，他俩早早起床

趁着晨雾还没有消散

两匹骏马已经来到广阔的原野

深情的时光将两个人眷顾

大自然已经将两个人理解

现在是五月初夏的时节

原野上的野草正茁壮生长

许多迷人的花朵十分渺小

有的在河边开放，有的在乱石堆里隐藏

翠儿的马术很有长进，她可以

使用马鞭。原因就是，马儿很有教养

已经被骑士训练了多年。当年

他只身前往蒙古大草原，在一大群马儿中

看上了这匹英俊的枣红马，从此

他与马儿如同一人，他到哪里

马儿也到哪里，他只要一声口哨

马儿飞快地就到达身边。今天

这马儿成了翠儿的宝骏，只有两天时间

马儿的举止与美人的心灵已经达成默契

只要美人儿的双脚一动

马儿就快步前行。当翠儿若有所思

眼睛紧盯着一个方向，马儿即刻

缓下步子，走走停停

这么充满乐趣的生活十分有爱

翠儿真的不想离开，每当伊南娜催她返回

她就会有一个很好的借口

她说，只等着印度的红石榴

这两天，就会寄来

第二天，翠儿已经可以将宝骏骑得飞快

骑士高兴得眉飞色舞，一整天激动得浑身打战

这么美的美人儿，他从不曾见过

想都不敢想，今天

她像仙女一样从天而降

秀美的身段宛如天上的红霞

明媚的双眼流淌着飘香的泉水

个性纯洁，声音甜美，多愁善感

她的每一句话都叫人倾慕不已

她的每一个微笑都像美酒惹人心醉

今天，骑士背上了他好久不用的弓弩

想在美人面前施展自己的猎技

只见，他挥动马鞭将马儿骑得飞快

在很远的地方，他停下来

等待美人儿到来，当美人刚刚赶到

他又突然挥动马鞭，使得

一匹白马飞奔如箭。直到

他发现了一群羚羊

在山坳里吃草，他才用力挥动马鞭

直冲羚羊群而去，那些羊儿十分矫捷

拼命奔逃，可是，马儿的脚步更快

就这样，他放射弩箭

眼看着羚羊倒地，他

却不捡拾猎物，继续追赶

他再次放射弩箭，眼看着

羚羊倒地，他仍然不捡拾猎物

继续穷追不舍。他只用六支箭

射到了五只羚羊，还有一只羚羊

负伤而逃，向山上跑去

当翠儿赶到倒毙在地的羊儿旁边

停下马儿，欲捡拾猎物

作为美味的野味带回家园

骑士却制止她的举动，劝说她

这些猎物不能捡拾，因为

这些羚羊已经受到了法律的保护

原来是这样，翠儿只好放弃猎物

驱策胯下的红色宝马，紧跟着

一匹洁白的马儿，在原野上飞奔

一前一后，两个漂亮的身影

有如上帝的两根飘带，在原野之上

飘飘然如同两条迷人的彩虹

上帝从来没有想到，在他造人的时候

赋予他们爱情。可是

被上帝所造的人儿心中，为了

感悟自身的完美，在相异的性别之间

他们产生了深情的爱恋，深刻之情

足可以感天动地，包括上帝自己

都惊愕不已，十分意外

真情的世界可以无限延伸

真心的话语永远也说不尽

马儿就是他俩的话语

互相追逐就是他俩的真情

在大自然面前，他俩表达的爱恋

就是无拘无束自由的放纵

时间给予了他们，无限多的

坦坦荡荡的呼唤，在空中

在无限多的地方回响，只要

他们经过的地方，就留下了深情的意愿

就这样，直到黄昏降临

他俩才并驾齐驱，返回家园

在路上，翠儿说道："骑士哥哥

我想要你答应我一件事情。"

"妹妹请说，只要你说出口

我一定照办，甘愿不辞！"

"过两天，你带我前去百花谷

那里，已经为我造好了一座奇妙的神殿

殿堂的设计方式，根据我梦中的景象

可是，我一直没有时间去那里看看

我十分想念那片美妙的山谷

好像世外桃源，更像是伊甸园。"

"那太好了，我一定照办

没有人可以约束我们

只要你愿意前去，什么时候都可以。"

就这样，当他们两位痴心人

谈妥了前往百花谷的事宜

回到家里，尽情享受飘香的美食

餐桌上，两位恋人欢声笑语

无话不说，互相礼让，敬献茶饮

当他俩满足了对美食的欲望

翠儿直言不讳，向伊南娜和胖夫人

说道："今天，我与骑士哥哥两人

在原野上驾驭两匹骏马，自由奔腾

心情愉快，美轮美奂的原野令人陶醉

然后，我俩谈妥一件事儿

就在最近两天，我们将携手前往百花谷

探望那座刚刚建成的艺术墅苑

那里，好像一片天庭里的花园

现在正是盛夏时节的开端，那里

百花正在盛开，期待着我们前往。"

伊南娜满心忧虑，站起身来

严肃地说道："翠儿，你做事好不任性

你虽然正值青春豆蔻年华，是谈情说爱的岁月

可是，咱们两人却是因为一场遭遇

才凑巧来到这里，咱们应该尽早离开

不能打搅人家太多。你既然

热爱这里的原野，又对你的心上人有意

咱们就应该留下真诚的态度

或者表达心情，或者举行一个定情的仪式

日后，只要是有情人，终成眷属

日后，也将是考验你们两人感情的时候

是否真心，或者仅仅是一时冲动

时间必然会做出判断。"

伊南娜又向骑士说道

"小伙子，你看如何

你们两人话语投机，一见倾心

你也是一表人才，人见人爱

而你必须树立远大的理想，人生

不是游戏。如果你愿意

你也可以随我们回到雾岛

在那里，可以提供一个很好的发展机遇。"

"阿姨，你的话很有道理。"

美男子骑士说道，"可是我不想离家远行

我在原野上自由生活，形成了习性

我也舍不得母亲在家孤身一人

我深深爱着翠儿妹妹，我决不想

离开她，她吩咐我的事儿

我决心去做，毫不迟疑。如果

你们哪一天离开这里，我希望

我与妹妹能够定下真情，或者

举行一个定情仪式。我会献出

一件可以表达真诚的礼物

日后，我必然将翠儿妹妹思念、追随

无论天涯海角，永不变心。"

此刻，胖夫人坐在那里一动不动

认真观看儿子的表现和态度

她唯一的儿子，是她唯一的指望

是她的宝贝，是她未来的一切

当听到儿子真诚的表达态度

胖夫人又认真盯紧翠儿，在她身上

看看能否发现一些值得挑剔的问题

胖夫人一向仔细，待人接物严苛

她可不希望，在未来的儿媳面前站不直腰

她宁愿儿子娶到一位勤劳、敦厚的乡村姑娘

此刻，在胖夫人严苛的目光里

翠儿实在可爱，像一位仙女

然而，她发现这位"仙女"却太过妖艳

在她眼里华而不实，不可能成为一位

踏实能干的村妇。即使儿子十分着迷

她也会，找机会向儿子吐露心声

此刻，当看到儿子真诚的态度

胖夫人即刻站起身来，走到众人中间

说道："我的儿子说话很有道理

我完全理解儿子的态度。这位大妹子

也说话中肯，什么事情都有规矩

今天，既然双方都有一片诚心

我，作为一个老妇人，十分欢迎

我现在就去镇上，请教一位很有名的风水先生

测得一个好日子，也可以探问一下生辰八字。"

胖夫人转而又向伊南娜说话

她说道："大妹子，我能否求得

翠儿小姐的生辰时日

出门办事必须有一个凭据。"

伊南娜对这一套毫无兴趣，可是

又对人家的好意感到无奈，说道

"生辰八字就不必了，有些话

在此之前不可明说，我家翠儿小姐

可是大有来头，希望你能珍重。"

胖夫人闪身走到门外，在院落里

与她的儿子认真嘀咕了几句

然后，她走出大门，径直向镇上走去

翠儿走到铜镜面前，坐下来

在一面古色古香的镜子前把自己端详

仿佛，是一位临水照影的仙女

更像是一只屹立于水边的仙鹤

现在，她的心中波澜起伏

正在期待着一块石头落地

是人生的重大决定，一切的心愿

都将被这件事情所包容

此刻，她不自觉想起了往事

第一位出现于记忆中的人

是她的石头表哥，小伙子很是鲁莽

第二位就是那个很会炫耀的唐璜博士

一场舞会的骚乱结束了他那自作多情的爱情

第三位是谦谦君子孟德斯大哥

一个有着宏大梦想的贴心人

也是一个自作多情的痴心人，他

痴心不改，最终在人生的道路上失踪

自己从来没有爱上他们，也从来没有

在那些求爱的人的感情里发现自己

自我的心灵，将情不自禁舍弃他们

真心愿意他们消失，直到不见踪影

果然，每一个自作多情的人，都已经

消失了踪影，他们获得了完美的空虚

如今，在这面古色古香的铜镜面前

她才发现一个真正的自己，真的自我

是自我的心灵鼓励着自己的眼睛

是自己亲眼所见，将自我的形象

一点一点地归纳入自己的心灵

太生动，太逼真，太感人

于是，翠儿的心灵一阵阵激动，想到

这位骑士哥哥将成为自己的心上人

想到未来的生活，未来的自我

就像这铜镜所能表达的那样

既古朴又逼真，是自我本身的原形

有谁能够知道，当一位美人儿

在生活面前显现了原形

她的悲哀即将降临，她将因此

失去一切幻想，失去自由，失去梦

成为社会的一员，成为主妇，成为过去

黑夜来临，这苍茫的原野

这宽敞别致的小庙似的庭院

美妙的感情在这里凝结，如同

一滴晶莹的露水，在绿色的叶片上

颤抖着，向着大地埋没激情

门外传来一串清脆的脚步声

房门打开，只见胖夫人

怀抱一捆散发着野味浓香的艾草

将野草在门口放好，走进门厅

说道："大妹子，翠儿小姐

风水先生报告了一个好消息

明天就是端午节，机不可失

早上，咱们共同庆祝节日

有狮鼓舞，还有龙舟竞赛

下午，咱们两家就定下亲

在家院里举行一个热闹的仪式

我家将邀请两桌亲朋好友

按照风俗，定亲仪式规规矩矩

不可不办，一定要大事操办

越喜庆越好，越神圣越好

从此以后，两位心上人也可以

自由交往，无须顾虑世俗上的闲言碎语。"

"哦，好啊！"伊南娜说道

"明天是端午节！很好，该操办的事

迟早要办，越早越好。事后

我们也可以返回雾岛，让他们

两个有心人互相牵挂对方，培养感情。"

胖夫人又说："我们两家就要成为亲家

有些话不得不说，在定亲仪式上

根据风水先生的实际判断

将有一个小小的祭礼，到时候

希望翠儿小姐遵守约定，依法行事即可。"

"什么礼仪这么神秘？怎样遵守约定？"

伊南娜问道，心中充满疑虑

"很简单，明天就会知道。只要
翠儿姑娘依照约定做事
不知不觉就会过去。"
胖夫人说完，走到旁边的一间厢房里歇息
那是她的卧室，那里有一只古老的大木箱
箱子里有她收藏的金银首饰

浓黑的夜晚扑面而来
在每个人的心中涂抹上沉闷的睡意
伊南娜带着疑问入眠，心中
猜想着明天的礼仪。翠儿小姐
在铜镜前恋恋不舍，然而
她在原野里畅玩整天，一身的疲惫
困倦涌上心头，于是
她心怀着美妙的憧憬，走到床前
在梦里期待着端午节的到来

就这样，神秘的午夜悄然来临
在所有的人进入梦乡的同时
真正的梦才刚刚开始
一个美梦扇动翅膀在各处飞翔
一个美梦在更高的天上观看人间的事情
一个噩梦像个巨大的身影压在胸口之上
还有一个调皮的梦时刻变化着脸上的形象
像个演员在舞台上快速演绎着变脸的绝技

它不仅变换形象，而且双手乱舞

活蹦乱跳，如同滑稽演员

又像一个不知天高地厚的儿童，举止轻狂

它在翠儿最喜爱的铜镜下面玩耍

一会儿身形矮小如同蜜蜂

一会儿身体变大如同灵猫

翠儿十分好奇，起身就向铜镜那里走去

铜镜却一如往常，而镜面里边的人物

给翠儿递来一张白纸和一支闪光的笔

纸和笔很是奇特，就像是魔法师的道具

当她刚刚拿到这支笔，她突然

就有了写诗的灵感，而且

灵感让自己激动，情不自禁地

在那张白纸上写下来自己心中的诗行

诗中写道："你如此伟大

使我不复存在

你的力量吸引我来到你的身旁

是一片巨大的黑暗

我这小小的光亮

仿佛是你的衬托

在你身上，我实现了自我

尽管有毒蜂追赶我，将我叮咬

……"

这首诗刚刚写完，纸和笔却突然消失

一阵忧伤袭击她的心灵

她便在房间里到处寻找

梳妆台上没有，衣柜里没有，屋角也不见
只有在床上，有个人躺在那里一动不动
她便朝那人身上摸索，刚碰到她的脸
翠儿便从梦中惊醒，原来发现
自己的手正在自己的脸上摸索

清晨，端午节的锣鼓已经敲响
骑士的母亲早早起床
在大门两旁插上香艾，挂上香囊、荷包
又走到院落里，洗手焚香
镇中心的大街上表演着狮子舞
两只雄狮上下蹦跳，一只红色
一只黄色，锣鼓队在它们后面敲响
沿着热闹的大街，走街串巷
经过乡镇附近的每一个村落
后面跟随着舞龙的长队
还有两人吹奏着刺耳的唢呐
当舞狮队经过骑士家的门前
骑士从马厩里牵出来两匹强壮的骏马
邀请翠儿骑马出门玩耍
翠儿便同骑士一道，向江边走去
通天河从镇中心流过
河流在这里变宽，水面清澈
两匹骏马便停在桥面上，观看
河中央龙舟竞赛的盛况。而在
人流如织的通天河两岸，众多的人

用目光锁定桥上的两位恋人，在他们眼里

两位痴心男女如同比翼双飞的天鹅

引得众人羡慕，赞叹不已

有熟人向骑士打手势，小伙子乱吹口哨

一对恋人和他们的骏马，伴着龙舟竞渡的景象

共同上演着端午节的热闹华章

乡民们群情激奋，喊声四起

给这条河流增添了无上的光荣

在骑士家里，他的老妈妈

正在张罗着晚上的定亲仪式

她打电话通知亲友们光临

从镇上请来专门包办喜宴的厨师

约定好时间，到时候

厨师会将各种菜肴、酒杯、桌凳

等等备齐，运送到骑士家院落里

主人家的亲友们，届时，只需等待赴宴

不耽误举行各种礼仪

礼仪是人生的大事，骑士的母亲更是看重

厅堂内设置一桌喜宴，专为主事之人所用

根据规矩，情郎和情妹将坐在首席

旁边是他们两家的至亲

院落里设置两桌喜宴，专为贺喜的亲朋所用

亲朋们将带来祝贺的礼金

主人家也会返送一些小礼物

所需的各个环节都已经齐备

正等着各位亲友如约而至。然而

胖夫人却怀着另一件吊诡的心事

她一直嫌弃翠儿小姐太过妖艳

不像是一个勤劳坦率的农家女，为此

她耿耿于怀，在风水先生面前

说了不少唠叨话，风水先生

也深明大义，为她送出一个阴损的招数

根据风水先生的明示，在宴会期间

必须劝诱未来的媳妇饮下一杯雄黄酒

用以压制她的艳气，冲洗她的妖媚

胖夫人把先生的话牢记在心

为此，她请来两名会用巫蛊的老女人

从她们手上买来一杯三年陈的浓郁雄黄酒

以备在宴席上，专为翠儿饮用

这杯酒浓烈，包藏着祸害之心

她们，以驱妖洗艳的名义

将荼毒翠儿的心灵，可怜的美人儿

届时，将在烈酒中沐浴，这烈酒

比烈焰更炽，渗透了雄黄的毒素

然后，胖夫人又安排两位老女巫

专门坐在大门口，一边一个

每人手持一把被念了咒的香草

在门口等待着翠儿走进房门

只要，美人儿一踏入情郎的家门

女巫就把香草举起，在大门两边

两把香草象征着驱妖辟邪的大刀

美人儿只能在大刀林立的门口走过

可怜的翠儿，心地单纯，哪里知道

大门口还有这种诡计。那位美男子骑士

也从未听说有这种阴暗的安排

他也被蒙在鼓里，一无所知

其时，一对情投意合的恋人

整个白天都在镇子上游玩，观看

龙舟竞渡，观看狮子舞和长龙队

上午，他俩在一家酒馆里享用清香的牦牛肉

下午，他俩又策马到原野上飞奔

直到黄昏降临，家里打电话通知

客人已经到齐，酒宴也已经齐备

专等着情郎情妹回家，举行定亲的仪式

于是，两位痴心人在一阵笑声中

策马扬鞭，向家园飞奔

在大门外，两人下马，把马儿拴在树上

此刻，黄昏的余晖射来了五彩的霞光

这光芒十分绮丽，充满了迷人的魅惑

色彩和黄昏交织，光明和黑暗交汇

当翠儿走进大门，此刻

两位老女人立即把香草举起，她们

用奇怪的眼神盯住美人的脸庞

翠儿哪里理解这是什么用意

甩开脚步，径直向厅堂里面走去

骑士的母亲，那位很有福相的胖夫人

用笑脸在门口迎接，手捧一只木匣

里面有数只金银首饰，全是祖传的古董

打开宝匣让翠儿选择。那些古老的首饰

做工精细，每一件雕饰都很独特

翠儿不知挑哪一件好，骑士帮她

选了一枚戒指，翠儿更喜欢那一对大耳坠

翠儿自己哪一样都不缺，身上都有

每一件都是名牌，可是在这里

没有人识货，她也不想向人炫耀

胖夫人说，必须选一个，这是仪式的规矩

翠儿只好随便挑选，指定就是这件

还放在木匣里，这件宝贝已经归翠儿所有

这个小小的仪式已经完成，骑士随即上楼

取出一条珍贵的沙图什披肩送予翠儿

丝巾全部采用藏羚羊绒织成

是骑士自己私藏的宝贝

只为送给他未来的心上人

热闹的晚宴已经开始

菜品丰富，十大盆热腾腾的牛羊肉

另加十个冷盘，乡村的喜宴讲究实惠

并没有多少花样，翠儿随便吃了两口

对这种乡村的大餐她没有多少胃口

两位情人坐在首席，旁边坐着胖夫人和伊南娜

还有一位老太太，是胖夫人的老妈

老太太很是殷勤，时常给翠儿加菜

在老人眼里，翠儿活泼，灵巧可爱

正是老人想象中的美人，老人十分开心

院落里的两桌喜宴上

全是远道而来的亲朋，他们

大吃大喝，高声喧哗，只求

很快填饱肚子，醉醺醺地

赶回家中，他们不想回去太晚

在黑夜赶路很不安全

亲朋好友们的宴会很快便散席

他们，骑着摩托车，或者呼叫的士

纷纷告辞而去。只有

厅堂里的这桌宴席，用餐十分斯文

都是自家的至亲，有很多

说不完的话儿，有很多礼节

也有很多叮嘱和期待

席间，胖夫人终于呈上她准备的酒杯

这杯大约只有一两金黄色酒液

散发着谜一样的光泽

胖夫人端起，直接走到翠儿面前

说道："翠儿即将成为我家的儿媳

今天非同一般，是我儿子的大好日子

我特意敬酒一杯，请翠儿务必饮下此酒

以求得，今后大吉大利。"

翠儿并未接过酒杯，她滴酒不沾

感到不好意思。伊南娜说道

"大姐，承蒙你的好意。可是

翠儿滴酒不沾，不会饮酒。"

"这杯酒务必喝下！"胖夫人严肃起来

说道，"这杯酒是喜宴的最后一个过程

根据古老的传统，也是风水先生的亲口安排。"

伊南娜说道："这习俗我从来没有听说

让我来替翠儿饮！"

可是，胖夫人一味劝说翠儿

将酒杯放在翠儿面前，一再督促

并说，这种事儿不可代劳

翠儿一时无奈，面颊泛红

此酒来历不明，色泽太浓

一时，她心里着急，只想拒绝

突然，翠儿头上盘旋着一只彩色的凤蝶

飘飘然，不离她的身边

众人很是好奇，暗夜里怎么会有蝴蝶

骑士手快，伸手想把蝴蝶捉住

可是，那蝶儿翅膀扇动太快

时高时低，时远时近，好像一个调皮鬼

根本无法抓住蝴蝶，一时

酒宴陷入僵局，翠儿

真不想端起那只酒杯

大伙的视线被蝴蝶搅乱

此刻，只见那两个老女巫走进厅堂

她们，也一心劝说翠儿饮酒

她们的话都有道理，她们

会引经据典，也会旁推侧引

说什么，这是传统的规定

说什么，饮下此酒以求得大吉大利

此刻，翠儿仿佛被两个老女人吓蒙

她一直都喜欢自由自在，无拘无束

从来不爱听别人的劝诱和威逼

看到老女人的表现，她十分厌恶

决心不喝此酒，坚决拒绝到底

然而，就在此刻，大门外

突然传来一阵急促的脚步声

只见，一个快递员抱着两箱邮寄的物品

骑士看见，正是他从印度购买的红石榴

他曾经多次查询、催促

要求快递公司尽快送货上门

他很激动，即刻开箱拿出几颗红石榴

在座的每人一只，又亲手剥开一只

将鲜红的石榴粒倒进一只瓷盘里

送予翠儿，劝她吃下石榴果

翠儿看见石榴果激动不已，终于

她有了进食的借口和机会

当美人儿，吞下甜美的石榴果

岂知，这正像是仙女珀尔塞福涅

被诱惑而吃下石榴果，一阵

香甜的美味迷惑了她的心灵

使得翠儿丧失了提防的意识

当翠儿咽下石榴果，胖夫人趁机

即刻端起酒杯，送到翠儿面前

催促她尽快饮下此酒，说道

"饮下雄黄酒，妖魔都远走

不要犹豫，翠儿，这点酒

喝下去只需要一口

即便是毒药，也难不倒

我未来的儿媳，常言说

长痛不如短痛，只要一口

没有什么难过的关口！"

胖夫人说话坚决，话里带着诱惑

翠儿，只好伸手接过酒杯

拿眼睛看看骑士，恋人也深情地鼓励她

只见，翠儿一口咽下，十分干脆

众人，立刻发出欢笑的声音

赞美翠儿，以后可以成为持家的主人

这杯雄黄酒，药物过于浓重

若是骑士饮下就会没事，可是

偏偏是翠儿，美酒变成了她的毒液

只见，五分钟之后，翠儿感觉头晕

面色通红，眼光失色，渐渐地

她头重脚轻，站立不稳，明显

不胜酒力。骑士只好将她扶到床上歇息

美人儿已经醉倒，未来的儿媳妇

已经把该做的都做了
人们心中欢喜，尽快收拾好残席
厨工们进屋，很快把厅堂清理干净
他们，开着车消失在夜色之中
伊南娜只等着天明，离开此地

现在，已经满足了翠儿小姐的心情
也满足了骑士的痴心，也满足了
胖夫人狡辩的要求，再也没有
什么话可说
伊南娜联系好了离开的车辆
从网上预约到了轿车，明早
就可以到达指定的地点
预计，天一亮就起程